거미입니다만, 문제라도?

저자 바바 오키나
일러스트 키류 츠카사

13

contents

1 마물을 퇴치하는 임무

"누오오오오오오오오오오!"

이 세상의 소리 같지 않은 포효가 주변 일대에 울려 퍼졌다.

저 포효를 터뜨리는 주인의 실루엣은 애써 표현하자면 고래와 비슷할까?

어디까지나 애써 붙여준 표현이고 실루엣이라는 말을 쓴 만큼 실제 내 눈으로 본 모습은 고래와 거리가 많이 먼 모양새였다.

까놓고 말해서 기껏해야 통통한 몸통밖에 공통점이 없다.

애당초 여기는 육지인데 바다에서 서식해야 할 고래가 있을 리 없잖아.

아니, 이 세계의 바다에 고래가 있기는 한가?

이렇게 아무래도 좋은 잡생각을 하는 동안에 고래 유사종의 몸이 폭발에 휩쓸렸다.

"누오오! 누오오오오오!"

고래 유사종이 화나서 몸을 격하게 흔들었다.

겨우 몸동작 한 번에 부근의 지면이 깨져 나가고 충격파를 발생시키고 있다.

고래로 예를 들어서 말했던 만큼 저 녀석은 덩치가 크다.

어어, 커다래~! 설명 불필요!

이렇게 말하고 싶어진다.

단순한 질량이라는 게 존재만으로도 위협이잖아.

아무튼 다시금 고래 유사종의 겉모양을 설명하자면 뭐라 참 표현하기 어려운 모습을 가지고 있었다.

실루엣은 진짜 고래랑 닮았거든.

미리랑 몸체가 딱 붙어 있어서 경계를 알 수가 없어.

아니, 머리에 해당하는 부분에는 입밖에 없고 눈이라든가 코라든가 다른 부위가 아예 없다.

아무튼 유일하게 있는 게 입인데 한 마디로 말하자면 구멍.

이미지를 대충 커다란 벌레 계열 몬스터 부류의 입이라고 설명하면 이해가 좀 되려나?

그런 느낌의 구멍 비슷한 입이 벌어져 있단 말씀이야.

다만 이 녀석은 벌레 계열의 몬스터가 아니라는 증거로 팔다리가 잘 달려 있다.

지느러미 비슷하게 거대한 앞다리에 생선의 꼬리 비슷한 뒷다리가 입이랑 반대쪽 몸통의 죽지에서 자라났거든.

응. 실루엣은 고래가 맞아.

그래도 재를 고래로 불러주기에는 무리가 좀 많지 싶네요!

"누오오오오오오오오오!"

고래 유사종의 입에서 구멍 안쪽으로 반향하는 느낌의 포효가 울려 퍼진다.

"시끄러워!"

그 포효를 가로막는 것처럼 흡혈 양이 놈의 거체에 칼을 휘둘렀다.

그러나 흡혈 양이 휘두른 대검은 저 포동포동한 회색 피부에 막혀서 베어 가르는 데 실패했다.

"쳇!"

혀를 차는 흡혈 양에게 고래 유사종의 지느러미 따귀질이 작렬.

흡혈 양의 몸이 콩트처럼 휙 날려 간다.

고래 유사종이 막 날려 보냈던 흡혈 양을 목표로 재차 덮쳐들고자 몸을 앞으로 기울인다.

다만 자세가 앞쪽으로 기울어졌을 뿐 더 이상 움직이지는 못했다.

실이다.

고래 유사종의 거체와 비교하자면 너무 가늘어서 눈에다가 힘 잔뜩 안 주면 제대로 보이지도 않을 실이 둘둘 휘감겨 있었다.

그 실을 잡아당기는 녀석들은 사방에 흩어진 인형 거미들.

인형 거미 네 명이 다 붙어서 고래 유사종의 움직임을 막아 냈다.

"누오오!"

고래 유사종이 짧게 포효.

고래 유사종의 온몸에서 무시무시한 냉기가 분사되더니 휘감겨 있던 실이 동결됐다.

깨져 나간다.

앗, 이때 날아드는 한 자루의 검.

그 검이 불꽃을 발생시키면서 폭발한다.

고래 유사종이 분사하는 냉기와 검의 폭발이 충돌, 결국에 승리한 쪽은 고래 유사종의 냉기였다.

뭐 이런 무식하게 센 녀석이 있담…….

과연 신화급의 마물이네.

맞아, 저 고래 유사종은. 뭐하러 숨기겠어. 위험도 신화급의 마물이었다.

신화급이면 인간의 몸으로는 대처가 불가능하다는 평가를 받는 위험도.

신화급의 마물은 달랑 한 녀석이어도 나라 하나를 멸망시키고 남을 무력을 보유하고 있다.

저 고래 유사종은 개중 하나.

마족령 최북단, 아무도 접근하지 않는 불모지에서 쭉 조용히 살아왔던 살아 있는 전설.

이름은, 뭐였더라…….

뭔가 엄청나게 긴 데다가 발음하기 불편한 이름이었는데 말야.

휴포 어쩌고저쩌고.

……응! 고래 유사종으로 하자!

내가 고래 유사종의 이름을 떠올리려고 머리를 쥐어짜는 동안에도 전투는 계속된다.

이번에 참전한 인원들은 흡혈 양, 오니 군, 인형 거미들, 메라.

너나없이 인간의 틀을 벗어난 맹자들.

신화급 마물에게도 대항할 수 있는 포진.

뭐랄까, 인형 거미들은 위계로 말하자면 고래 유사종이랑 같은 신화급이고…….

다만 둘 다 신화급이라고 불려도 실상은 천차만별.

같은 신화급이어도 마더랑 인형 거미들은 능력치가 곱절 이상 차이가 난다.

그와 마찬가지로 고래 유사종은 같은 신화급이어도 인형 거미들보다 강하다.

나는 더 이상 감정을 못 쓰기 때문에 상세한 무력 정보를 알 수 없지만, 쓱 봤던 느낌을 능력치로 환산하면 평균 1만 5천은 대충 되지 싶거든.

인형 거미들이 1만을 살짝 넘어선 수준이니까 단순하게 1.5배쯤 되는구나.

1대 1 승부라면 인형 거미들도 못 당한다.

뭐, 이렇게 숫자를 갖춰 대항하는 이유가 있지.

그러나 이 세계는 능력치만, 숫자만 갖고 단순하게 계산해서는 승부를 가늠할 수가 없다.

스킬의 질이나 상성 따위도 큰 요인으로 작용한다.

그런 점에서 말하자면 고래 유사종은 난적이라고 평가할 수 있겠다.

인형 거미들만 한정되는 게 아니라 거미 계통의 마물은 얼음 속성이랑 잘 안 맞거든.

불 속성 정도는 아니라도 상성이 나빠.

게다가 흡혈 양도 얼음 속성을 주체로 하는 전투 스타일이고…….

얼음 속성의 상대한테 얼음 속성을 퍼부어도 효과는 별로지.

어차피 고래 유사종은 아마도 얼음 속성의 내성 무효까지 갖고 있을걸.

즉, 효과 없음.

참격도 아까 전 흡혈 양의 대검이 안 통했던 걸 봐서 상당히 높은 내성을 가졌다.

즉 인형 거미에게도 흡혈 양한테도 까다로운 상대라는 뜻이다.

그럼 나머지 메라랑 오니 군에게 기대하고 싶은 마음이지만…….
둘 다 단순하게 역부족임을 부정할 수 없다.
메라는 애당초 우리 중 가장 약하고 말야.
아니, 노력은 열심히 했거든?
원래 평범한 인간이었던 과거를 감안하면 이런 초차원 배틀에 참가할 수 있다는 게 진짜 대단하잖아?
엄청 노력했다.
그러나 마냥 노력만 쌓는다고 승리가 보장될 만큼 세상은 쉽지 않다.
유감스럽지만 고래 유사종에게 대미지를 입힐 수단조차 가지지 못한 처지다.
본인도 자기 처지를 잘 알아서 치료 마법 따위를 중심으로 서포트하고 있고…….
그러면 오니 군은 어쩌고 있나, 이쪽은 일단 유효타를 가지고 있다.
폭발하는 검, 작렬검이라는 녀석 말이야.
하지만 나름 세기는 해도 고래 유사종이 자랑하는 단순한 능력치의 폭력에는 한 걸음 못 미친다는 느낌.
분출되는 냉기에 기세에서 져버렸잖아~.
총평하면 일곱 명 전부 달라붙어서 간신히 호각.
강하구나, 고래 유사종.
뭐, 어쩔 수 없다면 어쩔 수 없지.
고래 유사종 녀석, 도대체 언제부터 있었는지 모를 정도로 오래된 마물이라니까.
마족의 구전에 따르면 아~주 옛날부터 이곳 북쪽의 땅에 눌러앉아 살았다더라.
마왕마저도 언제부터 있었는지 모른다고 말했던 만큼 어지간히 오래 살았을 거야.
오래 살았다와 같은 뜻은 강하다.
이 등식은 마왕을 보면 이해하기 쉽다.
오래 살았다는 건 그만큼 경험치를 잔뜩 쌓았다는 소리잖아.
한마디 더 하면 오래 살았다는 건 그만큼 스킬 레벨도 자연스럽게 올라간단 소리가 되고.
게다가 마의 산맥 정도는 아니어도 이곳 마족령의 북쪽 땅은 극한의 대지다.
생물이 살아가기에는 혹독한 환경.
그런 환경에서 줄곧~ 살아서 버틴 녀석이 약할 리 없잖아.
마족 사이에서는 전승으로「북쪽 땅에 가면 휴포 어쩌고저쩌고 녀석이 튀어나오니까 절대로 가지 마라!」라는 말도 나도는 것 같고…….
전승이 될 만큼 대단한 존재라는 말이 되겠네.
그런 전승을 상대로 우당탕 치고받는 흡혈 양과 아이들.
오? 흡혈 양이 공격 마법을 산(酸)으로 전환했다.
피를 연상케 하는 붉은 물이 고래 유사종을 덮치자 방금 전까지 흠집 하나도 안 났던 피부가 살짝살짝 녹아내렸다.
"누오오오오오오오오오오오오오오오오오오오오오!"
이제껏 들었던 중 가장 길고 큰 포효를 고래 유사종이 내질렀다.
아마 먹혔나 봐.
아무튼 고래 유사종도 가만 당하지는 않겠다고 흡혈 양한테 입을 들이대며 돌진한다.

흡혈 양은 폴짝 뛰어서 회피.

고래 유사종은 지면에 키스를 하는 처지가 됐다.

그렇지만 멍청하게 머리를 지면에 처박은 게 아니다.

지면은 마치 두부처럼 단숨에 파먹혀서 고래 유사종의 입 안쪽으로 쏙 사라져 간다.

곧이어 얼굴을 들어 올리는 고래 유사종의 입에서 집어삼킨 지면이 마치 탁류처럼 쏟아져 나왔다.

탁류가 맞나? 아예 브레스 공격?

목표는 물론 흡혈 양이었다.

"으엑?!"

"아가씨?!"

흡혈 양이 속절없이 토사에 휩쓸렸다.

뭐, 저 정도면 죽진 않겠네.

곧장 메라가 구출하러 갔고…….

그나저나 벌레는 아니라고 방금 말했었는데 역시 이 녀석 벌레들 친척 아니야?

어떤 진화를 거쳐야 이런 불가사의 생물이 되는 거야?

수수께끼지만 생명의 신비에 대해 궁리한들 답은 안 나온다.

지금은 이 녀석을 해치울 수 있나 없나가 문제니까.

어째서 우리가 고래 유사종이랑 싸우는 중인지 말해보자면 에너지 회수를 위해서다.

사실은 저 고래 유사종 이외에도 각지의 비경으로 일컬어지는 전

인미답의 땅에는 이런 신화급 마물이나 비슷비슷하게 대단한 마물이 서식하는 경우가 있다.

고래 유사종과 마찬가지로 오랜 세월을 살아남는 과정에서 사람이 미처 감당하지 못할 만큼 강해진 녀석들이다.

이 세계의 마물은 사람을 적극적으로 공격하게 프로그램이 되어 있다.

그 이유는 사람의 손에 쓰러지거나 반대로 사람을 해치워서 성장하는 것, 죽거나 죽어 나가고 죽어 나가다가 죽는 반복을 되풀이하며 시스템에 에너지를 공급하기 위해서였다.

그런데 이렇듯 고래 유사종처럼 가끔은 너무나 오래 살아온 탓에 사람의 능력으론 차마 감당이 안 될 만큼 성장해버리는 마물도 아주 조금 존재한다.

저런 녀석들이 적극적으로 사람을 습격하면 사람 따위는 당장 멸종이다.

따라서 일정 이상의 무력을 보유하게 된 마물은 반대로 사람에게서 멀어지는 행동을 취하도록 프로그램 되어 있다.

그런 녀석들이 신화급 마물.

뭐, 어디까지나 이러이러하게 사고 유도를 받는 게 전부라서 속박을 뿌리치고 사람을 덮치는 마물도 개중에는 있겠지만…….

그런 녀석은 역대 용사나 마왕 등 영웅이라고 불린 인물들이 사투를 벌인 끝에 토벌하기도 했다.

가만 방치하면 진짜로 인류 존망의 위기가 닥칠 테니까 마땅히 죽기 살기로 토벌해야겠지.

진짜 위험한 부류는 쿠로, 즉 규리규리라든가 현 마왕 같은 강자가 사람들 모르는 틈에 처리하지 않았을까 싶다.

아무튼, 요런 녀석들 신화급의 마물은 경험치를 잔뜩 쌓아 놓은 만큼 죽이면 많은 에너지가 된다.

시스템을 쳐부수는 마무리 단계 이전에 조금이라도 에너지를 채워 넣자는 게 신화급 마물 사냥을 결정했던 이유다.

덤으로 흡혈 양이며 다른 일행들의 레벨 업 훈련도 되니까.

사실은 내가 아작을 내버리면 에너지 손실도 더 적어져서 좋지만 말야~.

우리 일행들의 레벨 업에 경험치라는 에너지가 흘러 들어가잖아.

뭐, 조금 흘러들어도 결국은 오차의 범위.

지금은 곧 도래할 최종 결전에 대비해서 아군의 저력을 끌어올리는 것이 더 좋겠다는 판단으로 신화급 사냥을 시키고 있는 셈이지.

위험해지면 가차 없이 개입해서 아작을 낼 작정이다.

응. 신화급이든 뭐든 지금 나라면 여유롭게 해치울 수 있었다.

그렇게 센 내가 꼼꼼히 지켜봐주고 있는 상황이라서 사실은 상당히 안전한 레벨업 코스란 말야, 이게.

다행히 지금까지는 내가 손써야 할 위기는 없었다.

이미 고래 유사종 이외에도 몇 마리쯤 신화급은 토벌 완료.

준신화급도 상당 숫자를 토벌했다.

뭐, 이쪽은 진짜배기 신화급에 속하는 인형 거미가 네 명이나 있는 덕분에 준신화급은 상대가 안 되더라.

흡혈 양과 오니 군도 이미 무력을 가늠하면 신화급에 도달했고.

메라는, 음, 그래! 서포트를 열심히 맡아주잖아!

아니야! 메라가 약한 게 아니야! 상대가 너무 강할 뿐!

왜냐면 지금 메라의 능력치는 평균 5천 정도거든.

5천이면 아라바보다 더 높단 말이지?

아라바보다 강한 메라가 약할 리 없잖아!

다만 적들은 훨씬 더 강력한 놈들이라서…….

신화급, 신화에서 언급될 만큼 위험한 녀석들.

괜히 사람의 몸으로는 대처 불가능하다고 말하는 게 아니다.

메라도 보통 사람의 입장에서는 부조리하도록 강한 게 맞기는 한데.

다만 부조리하대도 대처가 불가능한 수준은 아니거든.

얼마 전 대전에서도 메라는 철수하는 처지에 몰렸었잖아.

솔직하게 말해서 메라의 실력으로 철수하는 처지에 몰렸다는 건 완전히 예상 밖이었지.

능력치의 압도적인 격차도 숫자와 기합으로 뒤집을 수 있다.

그래, 지금 막 토벌을 앞둔 고래 유사종처럼.

고래 유사종은 우선은 흡혈 양의 산에 피부가 녹아내렸고, 녹은 부위에다가 인형 거미들이 가차 없이 독을 퍼부었으며, 움직임이 둔해졌을 때 오니 군이 작렬검으로 폭파시켜버렸다.

귀신이냐, 너희들은!

……세 명 정도는 귀신이었네.

나머지 네 명도 거미고.

그랬었지~ 거미란 말이지~.

겉모습이 이미 인간이래도 손색이 없어서 자꾸 잊어버리지만 인형 거미들도 어엿한 거미잖아.

거미니까 물론 독 종류는 갖고 있겠지.

지금껏 인형 거미들이 풀 스펙을 발휘해서 싸울 만한 상대가 없었던 터라 등장을 안 했을 뿐, 요 녀석들은 공격 수단의 다양함으로 말하자면 신화급 중에서도 몹시 까다로운 부류에 속할 거야.

실이나 독 따위가 있는 데다가 인형의 몸으로 구사하는 무기 및 체술도 있고…….

능력치 자체는 신화급 중에서 얌전한 부류지만 그런 단점을 보충하고도 남는 풍부한 전투 수단이 있다.

능력치 평균 1만이 얌전하다니 신화급이 무시무시하다는 느낌이 드네.

어쨌든 그 무시무시한 신화급도 지금은 사냥당하는 존재에 불과했다.

고래 유사종이 자신의 거체를 천천히 기울어뜨린다.

그리고 땅울림을 울려 퍼뜨리며 지면에 쓰러졌다.

"흐아아아……. 목욕하고 싶어……."

"고생하셨습니다."

"고생 많았습니다."

토사를 잔뜩 뒤집어쓴 흡혈 양은 달성감보다 피로감이 더욱 강한지 넌더리를 냈다.

그런 흡혈 양한테 위로의 말을 건네는 메라와 쓴웃음을 짓고 비슷하게 인사를 하는 오니 군.

인형 거미들은 넷이서 하이 터치를 했다.

고래 유사종은 능력치 및 내성만 보면 상당히 높았지만 그런 요소에 잘 대처한다면 수월한 상대였을지도?

공격 수단이 입 벌려서 집어삼키기와 삼킨 걸 고속으로 되뱉는 어딘가의 분홍 별 악마랑 비슷했잖아.

온몸에서 분출되는 냉기랑 자기 거체를 살린 후려치기가 전부였는걸.

다른 수단이 딱히 없었으니까.

방어력에 비해서 공격력은 별 대단할 게 없었던 덕에 대처가 쉬웠던 것 같아.

뭐, 어디까지나 신화급 중에 쉬웠단 소리야. 그냥 이 녀석 한 마리만 나서도 가볍게 일군을 박살 내는 정도는 가능하니까.

아무튼 이런저런 생각을 휘휘 떠올리면서 쓰러져 있는 고래 유사종의 곁으로 걸어갔다.

조금 떨어져 있는 곳에서 관전했던 탓에 미묘하게 거리가 멀었다.

전이하면 한순간이지만 가끔은 건강을 위해서 걸어 다녀야지!

"아."

흡혈 양이 가까이 온 나를 알아차렸다.

그리고 고래 유사종과 나를 번갈아 쳐다보다가 다음은 자기 대검으로 눈을 돌렸다.

아, 뭔가 불길한 예감이 들어.

"있잖아. 이거……."

"무리."

흡혈 양이 알랑알랑 목소리로 보채며 꺼내려던 말을 먼저 읽어서 싹둑 거절했다.

"그래도 어떻게든 좀, 안 될까?"

귀엽게 고개를 갸웃거리며 졸라 대는 흡혈 양.

이 녀석, 마족의 학원에 다니면서 남자 거느리는 방법을 깨달은 이후 이상한 특기를 터득했다.

그런 아양이 나한테 먹힐 것 같냐!

"무리니까 무리인 거야."

"잉~."

괜히 귀엽게 삐친 척해도 안 되는 부탁은 안 된답니다!

뭐랄까, 진짜 무리거든.

흡혈 양이 뭘 바라서 아양을 떨고 있는가. 고래 유사종의 소재를 써서 대검을 강화할 순 없냐고 묻는 것이다.

흡혈 양이 가지고 있는 대검은 펜리르라는 신화급 마물의 발톱으로 만든 물건인데, 거기에다가 빙룡 니아라고 역시 신화급 용의 비늘을 합체시켰다.

덕분에 절삭력 발군에 내구력도 높고 얼음 속성까지 갖춘 초월 무기가 됐다.

고래 유사종은 얼음 속성이니까 대검이랑 친화성은 높을 거야.

그런데 말야, 나한테는! 정작 가공할 기술이! 없어!

저번 가공도 내가 해낸 게 아니라 쿠로가 해줬잖아.

같은 신이라고 다 가능한 게 아니란 말야.

"소피아 씨. 저런 걸 섞으려고?"

삐치는 흡혈 양을 보다 못했는지 오니 군이 나서서 말을 건넸다.

오니 군이 가리키는 고래 유사종은 처음부터 뭐라 표현하기 어려운 모습이었고 그에 더하여 포동포동했던 피부까지 산에 녹아내린 가엾은 상태였다.

까놓고 말해 징그럽다.

"……."

흡혈 양도 고개를 돌려 보고는 침묵.

포기했는지 쓱쓱 내게서 멀어졌다.

저런 징그러운 녀석을 애용하는 대검에 섞는 것은 싫었나 보다.

거기까지 생각이 미치기 전에 행동부터 덥석 감행하는 흡혈 양은 여전히 참 생각이 없는 녀석이야.

이런 아이니까 학원에서도 이것저것 저질렀겠지.

뭐, 그건 지금은 됐고.

나는 다시금 움직여서 고래 유사종의 시체를 전이로 이공간에 날려 보냈다.

신화급 마물 시체쯤 되면 혼이 빠져나간 상태여도 상당한 에너지를 보유하고 있다.

혼은 시스템에 회수되는 반면에 몸은 고스란히 남거든…….

몸에 축적된 에너지도 남김없이 유효 활용을 안 해주면 아깝잖아.

이공간에 보내 둔 고래 유사종의 시체는 거기에 있는 내 분체들이 와작와작 먹어줄 거다.

그렇게 에너지를 분체에 흡수시킨다.

사실은 이 에너지도 시스템에 보내는 게 좋겠지만 말이야.

어쨌거나 나도 전력을 증강하려면 일정 이상의 에너지를 쌓아 둬야지.

이게 다 자원의 유효 활용이올시다!

아무리 볼품이 징그러워도 먹으면 먹는 대로 에너지가 잔뜩 차오르는 영양 만점 식자재니까!

그러니까 흡혈 양아, 그렇게 질겁하는 눈으로 보지 마!

마왕성에 흡혈 양과 일행들을 전이로 돌려보낸 뒤 장소를 바꿔 이곳은 인족령의 요새.

아니, 인족령의 옛 요새구나.

이곳 오쿤 요새는 본래 인족이 관리했던 요새였으나 얼마 전 대전에서 제2군의 공격으로 함락시켰다.

으음. 정확하게는 제2군이 아니라 제2군에서 계략으로 불러들인 원숭이 녀석들이 세운 공이라는 느낌이지만…….

엘로 대미궁에서 나도 고생을 했던 원숭이 패거리.

마의 산맥에도 같은 종류의 원숭이가 서식하고 있다는 걸 노린 제2군의 군단장 가슴 여자는 그 녀석들을 유인해서 오쿤 요새로 몰아갔다.

저 원숭이는 한 마리라도 살해당하면 끊임없이 나타나 습격한다는 민폐 가득한 성질을 갖고 있거든…….

마침 원숭이가 번식기를 마친 뒤 늘어났던 시기여서 오쿤 요새는 원숭이 녀석들에게 잔뜩 유린당했다, 끝.

덕분에 제2군은 아무 피해도 없이 개선.

그러나 문제가 하나.

오쿤 요새가 그대로 원숭이에게 점거당해버렸다는 것…….

원래는 원숭이들 구제까지 맡아 처리하는 게 제2군의 역할이지만 가슴 여자는 뺀질뺀질 자기 의무를 회피했다.

뭐, 애써 아무 탈 없이 요새를 함락시켰는데 원숭이랑 싸우면 상응하는 피해가 발생할 테니까~.

자칫하면 인족과 싸운 것보다 피해가 더 커질 수도 있고.

그야 인족을 쳐서 무너뜨린 원숭이와 싸워야 하잖아.

다행히 원숭이들은 요새에 가만 눌러앉았을 뿐 마족에게 피해를 끼치지도 않아서 제2군은 곧장 감시라는 명목으로 요새 근처에 주둔했다.

그렇지만 다 핑계고 마왕의 눈이 안 미치는 곳으로 피난하고 싶다는 가슴 여자의 희망이 역력하게 들여다보인단 말이지~.

가슴 여자는 마왕을 엄청나게 무서워하니까.

이대로 잘 버텨서 원숭이 감시라는 명목으로 틀어박혀 있을 속셈이었겠지?

뭐, 가만 안 놔두지만!

"마왕님께 받아 온 명령서입니다."

담담하게 페르미나가 가슴 여자한테 명령서를 내밀었다.

"즉각 귀환하라는 분부십니다."

이어서 명령서에 쓰여 있는 내용을 단적으로 설명.

가슴 여자는 명령서를 말없이 받아 들더니 미간을 잔뜩 찌푸리고 펼쳤다.

계절 인사말 같은 내용도 조금 포함됐지만 요약하면 페르미나의 말대로 어서 복귀하라는 뜻의 명령이 쓰여 있었다.

쓸데없는 수식어도 많지 않아서 읽는 데 걸리는 시간은 한순간이다.

“그래도, 우리에게는 저 요새를 감시할…….”

“그 역할은 저희 제10군단이 이어받겠습니다.”

가슴 여자가 감시를 핑계 삼아서 둘러대는 말을 페르미나가 싹둑 잘라버린다.

가슴 여자가 가증스럽다는 듯이 페르미나를 노려봤다.

“출발 준비를 갖추는 데 시간이…….”

“사나트리아 님.”

거듭 핑계를 내세우려고 하는 가슴 여자의 이름을 페르미나가 싸늘하게 불렀다.

“마왕님께서는 즉각 귀환하라 명령하셨습니다. 거역하면 어떻게 될지……. 잘 아실 텐데요?”

한마디 말에 얼굴이 핼쑥해지는 가슴 여자.

그 후 가슴 여자의 움직임은 신속했다.

후다닥 철수 작업을 진행하더니 하루가 다 지나기 전에 철수를 개시했으니까.

전광석화라는 말이 이런 뜻인가!

평범하게 장군으로 유능한 사람이었어, 가슴 여자.

지휘 능력도 뛰어나고 책략을 짠 결과지만 아무 피해도 없이 적 요새를 함락시켰고…….

그나저나 이게 뭐랄까, 도저히 지울 수 없는 송사리 느낌.

이런 신속한 움직임이 마왕을 무서워하기 때문이라는 것이 좀 그랬다.

어쨌든 귀환할 곳에 마왕이 떡 기다리고 있잖아.

뭔가 어중간하게 잔머리를 굴린 탓에 자기 걸음으로 함정에 빠지러 가는 느낌이라서 눈물을 솟아나게 한다.

뭐, 가슴 여자의 진퇴는 내가 알 바 아니야.

제2군이 철수해서 사람들 눈이 사라지는 이때부터가 임무 시간이랍니다.

"그러면 제10군. 이제부터 오쿤 요새의 공략에 돌입합니다."

페르미나가 제10군의 멤버를 이끌고 오쿤 요새로 다가간다.

가슴 여자한테는 감시 역할을 이어받겠단 느낌으로 말을 했지만 제10군은 가만히 감시를 할 의도가 아니었다.

진짜 목적은 원숭이의 섬멸이다.

페르미나의 지휘를 따라서 하얀 옷차림 집단이 요새로 나아간다.

그들의 접근을 알아차린 원숭이가 돌을 던져도 하얀 옷차림 집단은 적중당하지 않았다.

민첩하게 피하고 있었다.

뭐, 맞아 봤자 대미지는 아예 안 들어오지만…….

왜냐하면 저 하얀 복장은 내 실을 써서 내가 정성을 들여 꿰맨 특별한 거니까!

방어력은 보증할게.

일단은 내가 군단장이잖아.

부대를 맡은 입장에서 대원들한테 제대로 된 장비를 지급해주자는 마음으로 최고의 물건을 마련해줬습니다!

물론 장비뿐 아니라 대원들도 제대로~ 단련해줬습죠.

그 증거로 요새의 벽에 도달한 대원들은 수직의 벽을 어려움 없이 올라가는 중이다.

그리고 원숭이의 투석에 따른 피해는 전혀 아랑곳 않고 수월하게 요새 내부로 침입해서 전투를 개시.

아니, 전투라기에는 너무나 일방적인 그저 유린이었다.

원숭이는 분명 까다로운 마물이지만 결국 방대한 숫자의 힘에 의지할 뿐이었다.

죽이고 죽여도 자꾸자꾸 모여드는 숫자의 폭력이야말로 원숭이의 진면목.

하지만 제아무리 숫자가 방대하더라도 무한하지는 않다.

과거에 내가 엘로 대미궁에서 녀석들을 끝내 격퇴했듯이 싹 죽여 버리면 결판이 난다.

이 요새에 있는 원숭이들은 이미 인족과 전쟁을 치르면서 꽤 숫자가 줄었다.

그리고 원숭이 한 마리 한 마리의 힘은 대단하지 않았다.

이렇게까지 조건이 잘 갖춰지면 내가 단련시킨 대원들은 여유롭게 승리할 수 있다.

자, 말했다시피 제10군은 내가 군단장으로 있는 부대다.

몇 년인가 이전 인족과 대전을 준비하면서 군비 확충을 진행하는 도중에 마왕한테 떠넘겨 받은 부대였다.

응. 떠넘겨 받았다니까.

뭐, 나는 마왕군 안에서 직책이 붕 떠 있었겠다, 제 10군도 이름만 남아서 실체가 없는 상황이겠다. 그래, 마침 잘됐다는 느낌으로 마왕한테 친히 군단장의 자리를 임명받았지.

마왕군은 말이야, 제1부터 제7까지는 예전부터 제대로 유지됐던 반면에 제8 이후는 이름만 붙어 있을 뿐 군대로 기능하질 않았었거든.

그게 다 인구 부족이라 편제를 갖추기 힘들었기 때문이야.

그런데 마왕의 군비 확충 정책과 아울러서 반란군 숙청이니 군 내부의 구조 개혁이니 이것저것 바뀐 결과로 제8군 다음도 정식 조직을 진행하게 된 셈이지.

그렇게 제8군의 군단장에는 오니 군을 앉혀다 놓은 뒤 대원들은 부정을 저질렀던 영주의 사설군 등을 적당히 쏟아 넣었다.

뭐, 요컨대 노예 처지로 전락한 병사 제군들이지.

이른바 쓰고 버리기를 전제로 하는 특공병이 모인 부대인데, 오니 군도 사실을 잘 알기 때문에 대전에서는 주저하지 않고 적을 아군째 작렬검으로 폭파시켰잖아.

한편 제9군은 제8군과 사정이 완전 달라서 병사들은 다들 바깥에서 데리고 온 용병이라고 할까.

어쨌든 제9군의 군단장은 규리규리, 즉 쿠로.

마왕 및 나의 활동을 감시하면서 지원하기 위해 명목상 제9군의 군단장으로 마족령에 눌러앉은 셈이다.

또한 제9군의 인원은 전부 인간화를 한 용(龍)이나 용(竜)들이었다.

요컨대 쿠로의 권속들.

마왕군 소속이라며 이름을 대기는 해도 실제는 마왕의 아래에서 따르는 게 아닌 특수한 군단.

그러니까 대전 때에도 제9군만큼은 전투에 참가하지 않았다.

아무튼 나머지 제10군이 여전히 공석으로 남은 상황이라 자유로웠던 내가 군단장으로 지목됐다.

다만 이 시점에선 인원 할당이 대강 다 끝난 참이었거든…….

제10군에 흘러 들어온 인물은 학원을 막 졸업한 병아리이거나 다른 군단에서는 정착하지 못하는 사연이 있는 녀석이거나.

요컨대 제대로 된 인재가 없었다.

쓰고 버리기를 전제로 병력을 모은 제8군이 이미 있건만 거기에서도 자리를 못 찾은 녀석들.

뭐~ 한 사람 한 사람의 경력을 살펴보면 꽤나 재밌더라.

그 필두가 부군단장을 맡아주는 페르미나다.

이 아이의 반생은 눈물 없이는 이야기하지 못할 격동의 세월이었다.

대체로 흡혈 양 때문이지!

페르미나는 무척 좋은 집안 출신의 아가씨다.

비슷하게 좋은 집안에서 자란 도련님과 혼약까지 맺은 The 귀족이란 느낌의 태생.

그런 내력을 갖고 있어서 어릴 적부터 장래에는 마족의 지도층이 되기 위하여 엄격한 교육을 받아왔다던가.

뭐, 타고난 우수함도 거들어서 학원에 들어갈 때까지는 탈 없이 살았다나 봐.

학원에 들어갈 때까지는!

학원에 들어갔더니 거기에서 기다리고 있던 녀석은 어디에서 왔는지 모를 수상쩍은 여자.

그래, 흡혈 양이다.

귀족의 예의범절 따위 알 바 아니라는 야생아 흡혈 양은 정말로 이래저래 많은 의미에서 학원을 온통 휩쓸었다.

흡혈 양도 일단은 좋은 집안 출신의 아가씨일 텐데 정작 본가가 물리적으로 소실돼서 갓난아기 시절부터 방랑자 신세였잖아…….

어쨌든 간에 인족의 귀족 출신이면 마족의 귀족과 예의범절이 다를 테니까 의미 없지만…….

마족은 전투력을 중시하거든.

그래, 전투력. 여행 중 이미 능력치랑 스킬에 한정 짓는다면 하이스펙을 달성했던 흡혈 양은 마족의 도련님, 아가씨들의 자부심을 우둑우둑 마구 꺾어줬다고 한다.

뭐, 그게 전부라면 아직은 해는 적거든.

소년, 소녀의 자부심을 뚝 부러뜨리지 않았냐고?

그런 정도는 싼값이야.

좀 꺾였다고 다시 못 일어나면 어차피 언제든 금방 좌절했을 테니까.

게다가 그 후의 소동과 비교하면 정말 귀여운 수준이거든.

흡혈 양이 도대체 뭔 짓을 저질렀냐면 매료 난사로 남자들 혼을 모조리 홀딱 빼 놓은 데다가 심지어는 닥치는 대로 마구마구 피를 빨아 마셨다.

……도대체 뭔 짓을 저지르고 다녔던 거야.

아니, 흡혈귀로선 아주 올바른 행동이지만 말이야.

아마도 흡혈귀는 사춘기를 맞이하면 피를 빨고 싶다는 욕구가 강해지나 봐.

흡혈귀에게 피를 빨아 마시는 행위는 식사인 동시에 부하를 늘리는 수단이기도 하다.

뭐, 요컨대, 뭐냐.

S로 시작하는 망측한 소행이랑 비슷한 느낌으로, 거 뭐냐, 사춘기라면 저런 데 흥미를 갖기 시작하는 시기잖아?

요컨대 그렇고 그런 뜻이라는 말!

보통은 자제했겠지만 흡혈 양은 이것저것 스트레스가 쌓인 입장이었는지 저런 부분의 빗장이 떨어져 나갔었나 봐.

남자들을 매료해서 마치 여제처럼 학원에 군림했다던가.

그런 상황에 들고 일어났던 게 페르미나.

페르미나의 혼약자 왈도 군까지 흡혈 양에게 매료돼버려서 이대로 방치하면 미래의 마족 지도층이 괴멸하겠다는 위기감에 흡혈 양을 배제하고자 나섰다.

하지만 결과는 실패.

왈도 군이 중심이 되어 흡혈 양에게 매료된 남자들이 결탁.

부모라든가 집안의 권력 따위를 싹 동원하여 페르미나의 본가를 압박, 오히려 페르미나를 추방시켰다.

덧붙이자면 페르미나의 본가도 마족 중에서는 상당히 고위에 속한 집안이었지만, 왈도 군의 본가처럼 동격이나 대충 비슷한 가문이 다수 적으로 돌아섰던 탓에 페르미나를 추방 처분할 수밖에 없었다더라.

게다가 이게, 페르미나를 노린 포위망은 흡혈 양이 마왕의 관계자라는 이유 때문에 만들어졌거든.

혹시나 흡혈 양한테 무슨 안 좋은 처분이 가해지면 마왕의 보복이 얼마나 무서울지 짐작도 안 된다며, 매료당하지 않고 정상적인 판단력을 가진 어른들까지 도리어 페르미나를 배제하는 방식을 선택했던 셈이다.

뭐랄까, 저기, 우리 집 아이가 여러모로 죄송했어요…….

우리 집 아이 때문에 추방 처분을 감수해야 했던 페르미나.

아무래도 가만 방치하기는 마음이 아팠지.

웬 우연인지 내가 지휘를 맡게 된 제10군, 그곳의 전 군단장이 페르미나의 아버지였던 인연도 있어 페르미나의 신병은 제10군에서 맡아주기로 했다.

미남이지만 왠지 모르게 박복한 인상이었던 페르미나의 아버지가 「모쪼록 딸아이를 잘 부탁드립니다」라며 고개 숙이는데 가만있기는 좀 그랬어.

뭔가 마족의 상층부에는 온갖 고생에 시달리는 사람이 많은 것 같아.

그게 대부분 마왕 때문이지만 말이야!

……진짜, 우리 집 아이가 여러모로 죄송했어요…….

그런 옥신각신의 끝에 제10군으로 맨 먼저 소속된 인원이 바로 페르미나.

그 후에도 페르미나처럼 사연 있는 인물이 들어오게 되면서 제10군은 제법 형태를 갖춰 나갔다.

그리고 사연 있는 녀석들이 잔뜩이라는 말은 문제아가 잔뜩이라는 말이기도 하다.

그런 때 어떻게 하는 게 가장 손쉽고 간편할까?

답변, 혼쭐을 내서 말을 듣게 만듭니다.

이런 건 처음이 진짜 중요하거든.

이렇게 해서 압도적인 무력을 본능에 딱 각인시키면 다음은 대충 시키는 대로 순순히 따라주게 된다.

어? 말을 듣게 만드는 방법이 야만스럽다고?

동물 길들이는 방법으로 무슨 짓이냐고?

인류도 넓은 뜻에서는 야생 동물이니까 괜찮아!

암튼, 요런 소리를 하면 조만간 동물 애호 단체에서 항의하러 오려나?

알아, 알아.

그래도 여긴 이세계인걸!

동물 애호 단체가 없는걸!

혹시 있다면 초기 무렵의 나를 보호해줬어야지, 제길!

……얘기가 많이 어긋났다.

뭐, 아무튼 혼쭐을 내서 시키는 대로 잘 따르게 만들어준 대원들 말인데, 그럼에도 몇 가지 문제가 있었다.

하나, 숫자가 적다. 둘, 약하다. 셋, 장비가 없다.

하나는 어쩔 수 없어.

원래 나머지의 또 나머지들이 모인 집단이니까.

숫자가 적은 것도 그냥 당연하고.

다만 둘이랑 셋은 중대한 사태다.

아니, 둘의 약하다는 말도 내 기준에서 봤을 경우이고 마족의 병력으로서 딱히 약한 건 아니었지만 말이야.

그러나 앞서 말했듯이 제10군은 인원수가 적다.

적은 인원수를 보충하기 위해서는 개개인의 질이 요구된다.

질보다 양이 아니라 양보다 질.

양이 적으니까 달리 방법이 없었지, 뭐.

아울러 제10군은 마지막에 조직된 군단이고 게다가 인원수도 적은 까닭에 장비라든가 기타 군비를 배정받기가 어려웠다.

다른 군단을 우선해서 할당되는 탓에 제10군까지 남는 게 없었던 거야.

그 결과, 천 옷과 노송나무 막대기라는 어딘가의 용사가 갖고 다니는 초기 장비 비슷하게 빈약한 차림으로 싸워야 하는 처지가 됐지.

이렇게 장비 부분의 빈약함을 메꾸기 위해서라도 본인의 질이 요구된다.

그래, 결국은 훈련이나 할 수밖에 없었던 거야!

그런고로 훈련을 시켜줬습니다.

구체적으로는 흡혈 양이랑 오니 군이랑 인형 거미들에게 시킨 것처럼 에너지 회수도 겸해서 이런저런 지역의 마물 퇴치를 떠맡겼다.

아, 물론 신화급 같은 아찔한 녀석한테 돌격시키는 짓은 안 했거든?

세심하게 약한 마물부터 차례차례 해치웠다는 말씀.

대원들의 역량을 가늠하여 아슬아슬하게 안 죽을 정도의 난이도로 조절해줬답니다.

전이로 전원을 마물 떼거지 안에 던져 넣은 뒤 싸움이 끝나면 전이로 데리고 와서 휴식을 준다.

내 전이를 활용하면 마족령뿐 아니라 인족령에도 갈 수 있잖아.

보통 마족도 인족도 웬만하면 진입하지 않을 마물의 영역에 전이를 활용하면 간단히 왔다가 갔다가 할 수 있거든.

그렇게 시간이 허락하는 한 군단 택배 서비스처럼 대원들을 마물 떼거지 속에 던져 넣었다가 회수하기를 반복하면서 레벨링을 시켜줬다.

덕분에 대원들은 무럭무럭 레벨을 올리면서 실력을 길러 나갔고…….

그러다가 어느 정도의 기초가 닦인 다음에 이번에는 내가 고안한 훈련을 시켜줬지.

흡혈 양은 훈련부터 한 다음에 레벨을 올려줬지만 그때는 시간이 있었다.

사실은 훈련부터 한 다음 레벨을 올리는 게 더욱 효율이 좋은데, 지금 시간이 아주 많지는 않았다.

제한된 시간 속에서 최대한의 효율로 대원들을 강하게 길러주려면 후딱 레벨부터 올려줘서 훈련에 따라올 수 있도록 능력치를 만들어주는 게 급선무였던 거야.

능력치가 심하게 낮으면 내가 궁리한 훈련 중에 죽거든.

어? 죽어 나가는 훈련은 훈련이라고 말을 안 한다고?

그러니까 죽지 않도록 먼저 마물 떼 안쪽에 던져 넣어서 단련시켜줬잖아.

어? 세상 사람들을 마물들 떼 안쪽을 사지라 부른다고?

……상식은 던져 버려야 하는 것!

대원들의 눈동자 속 빛이 사라지든 말든 살아서 레벨 업 하고 돌아왔으니까 괜찮아!

몇 번인가 난이도 조정을 실수해서 사망자가 나올 뻔했던 건 비밀이다.

괜찮아, 괜찮아.

그 덕분에 이기지 못할 상대에게서 도망치거나 숨어서 버티는 훈련이 됐어!

그렇게 마구 훈련시켜준 성과가 이쪽.

요새 안쪽에 있던 대량의 원숭이 녀석들은 눈 깜짝할 사이에 퇴치가 다 끝났습니다~.

와~ 짝짝~.

"상황, 클리어했습니다."

페르미나의 보고에 고개를 끄덕거려준다.

좋아. 아주 괜찮은 솜씨야.

푸하하! 나의 제10군은 훌륭한 군단으로 성장했음을 선언한다!

참고로 부족했던 장비는 직접 조달하는 방법으로 해결했다.

방금 말했던 것처럼 하얀 복장은 내 실을 써서 부지런히 장만한 물건을 지급했고, 무기는 오니 군한테 살짝 떼써서 제작을 부탁했다.

오니 군의 유니크 스킬, 마검을 만드는 스킬로 말야.

그 덕분에 장비 부분에서도 제10군은 다른 군단보다 우위를 점해버렸다.

뭐, 다른 군단과 다르게 정작 활동은 훈련이 대부분을 차지하는데다가 다른 시간에도 내 개인적인 볼일에 쓰는 경우가 많았던 탓에 노출이 적지만 말야~.

그 덕분에 다른 군단들은 배후에서 활동하는 첩보 부대라고 착각하는 것 같아.

음~. 뭐, 확실히 비슷한 작전도 많이 시키고 있기는 한데…….

주로 엘프 관련으로…….

마족령에 남은 엘프의 수색과 발견하는 대로 척살.

이쪽 관련은 대전 이전에 이미 대령님, 지금은 죽고 없는 제1군 군단장 아그너가 꽤 진행을 해준 덕택에 제10군이 할 일은 적었다.

따라서 기운이 남아 인족령의 엘프 사냥에도 동원해줬다.

엘프는 살려 놓아도 백해무익이니까.

내 전이를 써서 인족령에 잠입시키면 대원들이 제 능력을 발휘해서 잠복, 정보 수집, 그리고 발견한 엘프의 암살.

요런 느낌으로 암약했던 이력은 있다.

특히 페르미나는 이쪽 재능이 있었는지 소리도 기척도 없이 타깃의 배후에 살살 접근해서 암살을 하는 재주까지 익혀버렸어.

페르미나는 신생 제10군의 설립 당초부터 있었잖아.

그만큼 줄곧~ 훈련을 받아온 실력자야.

솔직하게 말하면 가슴 여자보다도 더 강하다.

정면에서 곧장 싸워도 이길 수 있고, 아무 규칙도 없이 붙으면 아예 잠든 틈이라든가 노려서 암살로 해치우고 완승을 거둘 수 있을걸.

어쌔신 계통의 전직 아가씨.

제법 멋지다고 생각합니다!

페르미나는 나 대신 부대의 지휘를 맡아주거나, 서류 등 사무 업무도 처리해주거나, 말을 잘 못하는 나를 대신해서 섭외 담당을 맡아주거나.

과연 전직 아가씨답게 엄격한 교육을 받아온 터라 재주가 참 많다.

이미 제10군에는 없어서는 안 되는 존재랍니다!

그래서 제10군의 부군단장은 만장일치로 페르미나가 뽑혔다.

아, 흡혈 양만큼은 굉장히 반대했었네.

넙죽 무릎 꿇려서 조용하게 만들어줬지만…….

흡혈 양은 페르미나 추방 등을 저질렀던 벌로 저주를 걸어 놓았다.

내가 「앉아」라고 말하면 바닥에 넙죽 엎드리게 되는 저주.

이 저주 덕분에 흡혈 양이 뭔가 저질러도 금방 벌을 줄 수 있게 되었죠.

뭔가 꼬투리 잡힐 때마다 넙죽넙죽 엎드려야 하는 흡혈 양을 보고 페르미나도 다소 울분이 가라앉는 모습이라서 참 다행이야.

흡혈 양이 페르미나한테 저질렀던 행동은 제10군의 대원들 모두가 잘 알고 있거든.

모두 싸늘한 눈빛으로 흡혈 양을 쳐다보더라.

그래도 기죽지 않는, 뭐랄까, 개의치 않는다는 게 흡혈 양 퀄리티.

신경줄 진짜 두껍다.

반대로 항상 위통을 앓는 녀석이 페르미나의 전 혼약자였던 왈도 군.

학원에서 흡혈 양에게 매료됐었고 페르미나를 압박하여 쫓아낸 주범.

저런 행적은 매료됐던 탓이라 어쩔 수 없다. 쟤도 피해자 중 한 명이다.

그런데 어럽쇼.

매료가 풀린 이후에도 왈도 군은 흡혈 양을 사모하면서 흡혈 양을 따라 제10군에 입대했고, 더군다나 흡혈 양에게 부탁해 흡혈귀가 되기까지 했다.

열광적인 흡혈 양 추종자로 변해버렸다.

제10군의 대원들이 그런 왈도 군에게 좋은 얼굴을 보여줄 리 만무했고…….

아니, 애초에 왈도 군이 추방시켰던 전 혼약자 페르미나가 지금은 부군단장이라는 상사의 입장인데…….

그런 현장에서 분위기가 좋을 리 없잖아.

왈도 군은 매일매일 얼굴이 참 핼쑥하더라.

아, 얼굴이 핼쑥한 건 흡혈귀가 된 탓인지도 모르겠지만…….

이런저런 생각을 휙휙 떠올리면서 요새 안쪽에 흩어져 있는 원숭이들 시체를 하나둘 회수했다.

원숭이는 마족의 식량으로 쓸 수가 없거든.

그러면 내가 회수해서 먹어줘야지.

뭐, 실제 먹는 건 내 분체들이지만.

원숭이 시체를 분체가 대기하고 있는 이공간에 쏙쏙 던져주면서 요새를 청소.

그런데 음, 청소해도 이 요새는 이제 안 쓸 테지만 말야~.

제10군은 인원수가 적어서 이런 요새를 점령해도 관리 및 유지가 많이 어렵다.

따라서 이후에는 방치하기로 결정했다.

쓸데없이 인원을 여기에 묶어 둘 바에야 시원하게 포기한 뒤 방치

해서 다른 임무에 써먹어주는 게 유의미하니까

어차피 인족이 이 요새를 탈환하러 올 일은 없을 테고…….

어떻게 대뜸 잘라서 말할 수 있냐고?

그렇게 되도록 판을 짜 놓았기 때문이야.

후후훗.

지난 몇 년간 내가 아무것도 안 했다는 생각이라도 하는 걸까?

무엇을 숨기랴. 나야말로, 마왕군은 물론 인족의 움직임까지 몰래 조종한 흑막이올시다아!

다아~ 다아~ 다아~. 메아리.

아니, 엄청나게 힘들었어.

전이를 활용해서 여기저기 장소를 왔다 갔다.

마구 암약했거든.

그런 내 노력의 성과 중 하나가 지난번 마족과 인족의 대전이었던 셈이지.

전쟁이 터질 때까지 엄청난 고생이 있었다.

나 스스로도 용케 열심히 버텼다고 말하고 싶은 대단한 고생이!

……그런데 어휴, 아직도 한참 고생할 게 남았단 말야.

원숭이 시체 회수를 대강 마친 뒤 제10군을 이끌고 마왕성으로 귀환했다.

제10군은 앞으로도 배후의 임무를 이것저것 맡아 처리해줘야 되거든.

고작 원숭이한테 점령된 요새라는 사소한 일에 마냥 시간을 빼앗길 순 없는 처지야.

대전이 하나의 큰 이벤트였대도 결국은 나랑 마왕의 최종 목적을 떠올리면 통과점에 불과하니까.

시간 낭비는 줄여야지.

세계를 붕괴에서 구해 낸다는 목적을 위해.

그럼 그 목적을 위한 포석으로 제10군에 극비의 중요 임무를 맡기도록 하자.

애너레이트 왕국, 야마다와 야마다의 형 용사 율리우스의 고향, 그곳을 내부에서 붕괴시키라는 임무를 말야.

2 용사의 대처를 하는 임무

애너레이트 왕국.

마족령이 있는 카사나가라 대륙과 별개의 대륙, 더즈톨디아 대륙에 있는 일개 국가다.

왕국이라는 이름에서 짐작할 수 있듯이 정치 형태는 왕정.

다만 왕권이 썩 강하지는 않아서 왕을 정점으로 귀족들과 같이 운영한다는 느낌이야.

뭐, 왕국의 정치 형태 따위야 아무래도 좋고.

왕국에서 중요한 점은 두 가지.

전 세계의 아이들이 모여 공부하는 학원이 있다는 점, 평화롭다는 점이다.

정확하게 말하면 평화로워서 학원이 있는 셈일까?

더즈톨디아 대륙에는 마족의 국가가 없다.

따라서 마족과의 전쟁하고도 연이 없을 뿐 아니라 신언교의 총본산 성 아레이우스 교국이 있기 때문에 그곳을 중심으로 각국이 결속을 이룬다.

국가끼리 큰 전쟁을 벌이지도 않고 흉악한 마물이 사는 영역도 적다.

개중에서도 애너레이트 왕국은 기후가 안정되고 토지도 비옥하기 때문에 무지무지 축복받은 곳이다.

까놓고 말하자면 어지간히 무능하지 않은 한 적당히 운영해도 대폭 흑자를 볼 수 있겠네.

이러면 대국이 되고도 남지.

치트 국가라네.

아무튼, 엄청 안정된 국가라서 덕을 봤달까. 이왕 여유도 있겠다, 후진 육성에 힘을 쏟자면서 진행이 돼서 학원이 만들어졌다던가.

맨 처음은 국내의 귀족 자제를 육성하는 곳이었지만 어느 틈인가 점점 확대되면서 전 세계의 학생이 모여들게 됐다.

자연스럽게 규모가 커졌다는 저 현상만 봐도 애너레이트 왕국이 얼마나 유복한 곳인지 짐작이 되네.

다른 대륙인 카사나가라 대륙의 나라 사람들까지 입학하는 이유는 전장에서 떠나보내려는 의미도 있는 듯싶다.

카사나가라 대륙은 마족과 절찬 전쟁을 벌이고 있는 전장이잖아.

안전이 확보되는 곳이라 안심하고 아이들을 학원에 맡길 수 있는 셈이지.

그리고 여러 나라에서 귀족이며 때로는 왕족 등의 자식이 유학을 오기 때문에 애너레이트 왕국은 저런 나라들과 두꺼운 연줄로 이어지게 됐다.

그렇게 나라의 경계를 뛰어넘는 관계가 학원에서 만들어진다.

그럼 거기에 아이들을 안 보내면 저런 관계성에서 따돌림을 받게 되잖아.

애너레이트 왕국의 학원에 아이를 입학시키는 게 일종의 간판이 되고 상류 계급의 아주 당연한 관례로 자리 잡는다.

다시 더욱더 관계의 규모가 확대되기 마련.

오호라, 애너레이트 왕국은 무척 기꺼워할 선순환이다.

이런 관행들 덕에 신언교에 다음가는 영향력을 갖고 있다는 평가도 과언이 아니었다.

오히려 신언교마저 위협할 수 있을 정도야.

뭐, 이때 구태여 밀어내려고 나서는 게 아니라 적극적으로 애너레이트 왕국 포섭을 실행하는 게 신언교 퀄리티.

애너레이트 왕국에서는 신언교가 포교를 하고 있었다.

그리고 애너레이트 왕국에서 포교가 이루어지면 그곳으로 유학을 온 아이들도 자연스럽게 신언교와 접촉하는 셈이지.

그 교황, 겉멋으로 인족을 오랜 세월 동안 이끌어왔던 게 아니다.

사람을 사리살짝 세뇌하는 스타일. 무시무시해라…….

뭐, 이렇게 이용당하는 곳이 애너레이트 왕국이라지만 물론 존재감은 거대하다.

직접 마족령과 죽어라, 죽여라, 거듭하고 있는 렝잔드 제국에 손색이 없을 만큼…….

렝잔드 제국이 인족을 마족의 위협에서 지켜 내는 요새라면 애너레이트 왕국은 최전선과 훌쩍 떨어져 있는 후방의 안전지대라고 비유할 수 있겠네.

어지간한 사태가 발생하지 않는 한 흔들리지 않는 곳, 여차하면 도망칠 수 있는 안전지대.

그래서 더더욱 저런 나라가 뒤흔들리면 주변 국가에 주는 동요는 크다.

그래, 그 때문에 우리는 애너레이트 왕국에서 암약에 나섰도다~!

……전부 다 구실이야.

까놓고 말하자면 애너레이트 왕국이 인족 가운데 얼마나 큰 영향력이 있는 대국이든 아니든 별로 관계가 없단 말이지…….

내가 애너레이트 왕국에 집적거리는 이유는 하나.

야마다가 있기 때문이다.

진짜 좀……. 뭔가 좀……. 되게 좀!

뭔데, 뭔데?!

아~! 으아!

끙~! 으~! 끙~!

후유.

의미도 없이 악악대고 싶은 기분이야.

이게 전부 다 나의 지난 행적이 이래저래 막 틀어졌던 탓이다.

그동안 분명 순조롭게 사전 준비를 잘 진행했을 텐데 어느새 불쑥 지뢰가 잔뜩 쌓여 있었다는 느낌이네.

그리고 온갖 착오의 수렴 지점이 바로 야마다였다.

야마다 군, 이번 세상에서 불리는 이름은 슈레인 재건 애너레이트.

통칭 슌.

애너레이트 왕국의 제4왕자.

아울러 선대 용사였던 용사 율리우스의 동복형제.

대국의 왕자~? 용사의 동생~?

여기서 벌써 설정을 너무 얹어준 게 아닌가? 그런 생각이 들 텐데 여기에다가 특대 설정이 또 하나 추가.

설마했던 용사가 되어버렸어…….

분체 너머로 사실을 알게 된 내 마음이 이해될까?

잔뜩! 진짜로 잔뜩 고생해서 용사를 배제했는데!

그다음 용사가 하필이면 전생자!

게다가 선대 용사와 인연이 깊은 야마다!

운세 뽑기면 흉! 게다가 대흉!

예상 밖 사태에도 한도가 있다!

계획 수정을 서둘러야 해!

우선 대전제로 우리들의 목적은 이 세계를 붕괴에서 구하는 거다.

이 세계는 가까운 장래에 붕괴한다.

이미 확정된 사안.

이대로 수수방관했다간 확실하게 도래하게 될 미래.

저런 결말을 막기 위해서 우리들은 이 세계의 생명 유지 장치라고 말할 수 있는 시스템을 쳐부순다!

아니, 뭐하자는 짓이여~ 죽을 날만 더 빨라지잖어~ 넘겨짚지 말게나.

시스템은 이 세계를 살려 유지해주는 반면에 한편으론 터무니없는 양의 에너지를 내포하고 있다.

이 세계가 붕괴하게 되는 이유는 에너지 부족이지.

그 부족한 에너지를 바로 시스템에서 탈취하자는 작전이다.

생명 유지 장치에 들어가는 전력으로 전기 충격을 퍼부어서 호흡을 되살리는 셈이지.

물론 상당히 위험한 모험인데 이론상 분명 가능하거든.

아니, 애당초 시스템을 설계한 게 하필이면 성질 고약한 D였던 만큼 틀림없이 뭔가 꼼수를 준비했을 것이라 생각이 들었어.

그래서 진짜 뒤져봤더니 역시나 있더라고…….

그런고로 시스템 쳐부수기 작전을 감행 중인데 이때 몇 가지 꼭 클리어해야 하는 단계가 있다.

방금 전에도 말했듯이 시스템 쳐부수기 작전은 무척 위험한 모험이다.

실패하면 생명 유지 장치를 잃어버린 이 세계가 눈 깜짝할 사이에 붕괴한다.

그런 이유로 만에 하나라도 실패하지 않게 철저히 준비를 갖춰 착수해야 했다.

지난 몇 년 동안의 활동은 모두 준비에 소모됐다고 말할 수 있겠지.

마족과 인족의 대전도 결국 말하자면 준비의 일환이다.

그 대전의 큰 목적은 둘.

하나는 에너지의 확보.

지금 시점에서 에너지는 충분하지 않았다.

시스템을 붕괴시키는 데도 에너지가 필요하니까.

그 에너지의 확보를 위해서라도 사망자를 대량 발생시킬 필요가 있었던 거야.

시스템이란 사람이 살아가는 동안 단련한 능력치 및 스킬, 저것들을 죽었을 때 에너지로 회수하는 기구니까.

그리고 대전에서 발생한 대량의 사망자들에 의해 일단은 최저한의 여유 라인에 도달하는 에너지 확보가 완료됐다.

하지만 어디까지나 최저한이라서 예상 밖의 사태가 벌어졌을 때 가용할 여유분을 더 감안하자면 많이, 더 많이 필요하다는 게 본심이다.

마족 여러분과 인족 여러분의 고귀한 희생 덕택에 에너지 확보는 성공했답니다.

에너지 신세가 된 사람들은 마음이 무척 편치 않겠지만 세계의 붕괴를 막기 위해서다.

대를 구하기 위한 소의 희생이야.

소의 희생치고 숫자가 아찔하다는 부분에는 눈을 감도록 하자.

그만큼 많은 희생을 치르지 않는 한 이미 이 세계는 버티지도 못할 만큼 절박한 궁지에 몰려 있다고 이해해줘라.

아무튼, 음.

저런 고귀한 희생 중 가장 중요했던 게 용사.

그것이야말로 큰 목적의 두 번째 사안.

용사의 말살!

용사는 말야, 치트랍니다.

시스템에 보장된 공식 치트란 말이에요…….

용사가 됐단 이유만으로 이것저것 특전이 따라붙는데 그중 가장 위험한 게 마왕 특공.

마왕이란 마족 중 선택되는 존재인데, 마족은 인족보다 능력치가 높은 편이고 게다가 오래 살잖아.

그러면 경험을 쌓은 마왕을 적으로 둔 인족은 승산이 싹 사라져버린다.

그런 불리함을 뒤집기 위해 용사에게는 마왕을 상대할 때 특수 효과가 설정되어 있다.

마왕이 제아무리 강하든 말든 용사는 마왕과 호각 이상으로 싸울 수 있는 힘을 발휘한다는 것.

……시스템의 백업을 받아서.

……그만큼 에너지를 소비해서.

그런데 말야? 당대의 마왕은 누구더라?

잘 아시다시피 당대의 마왕은 오리진 타라텍트, 아리엘 씨랍니다~!

능력치 평균 9만이라고요? 버그 아니야? 항의받을 수준의 세계 최강자 중 하나랍니다~!

그런 마왕과 용사가 맞서 싸우면 어떻게 되나?

마왕에게 대항하기 위해 용사가 시스템의 백업을 받아서 파워 업 하면 터무니없는 양의 에너지가 소비될 것은 훤히 내다보인다.

물론 마왕이 죽게 내버려 둘 수 없다는 이유도 있지만, 용사를 마왕과 싸우도록 만들면 절대 안 되는 거야.

게다가 용사에게는 전용 장비가 있다.

이름하여 용사검.

너무 뻔해서 웃음이 새어 나오는 이름이지만 암튼 성능은 엄청나게 위험하다.

단 한 번뿐이어도 신마저 처단할 수 있는 일격을 펼친다든가 뭐라든가.

……그거 아마 나도 맞으면 죽을걸?

왜냐면 만든 게 하필 D잖아.

이게 말이야~ 짐작인데 말이야~ 그냥 나 혼자만의 상상인데 규리규리를 콱 때려 죽여서 에너지 확보에 써도 된다고? 요런 꼼수

중 하나라는 생각이 자꾸 든단 말이지.

시스템 쳐부수기랑 똑같아…….

다른 용도는 바깥 세계에서 온 적, 웬 생뚱맞은 신이 나타났을 때 쓴다거나?

어쨌든 간에 용사검이 사용되면 나라도 죽는다.

진짜 존재만으로도 위험물이야!

그런 위험물을 처리하는 게 목적이었던 셈이죠.

잘하면 용사검을 낭비까지 시킨 다음에!

여기서 잠깐! 무작정 말살해 봤자 다음 대의 용사가 태어나고 끝!

따라서 시스템에 개입해서 용사라는 존재 자체를 제거하자는 작전을 실행했다!

시스템에서 용사 설정을 없애자는 뜻.

그러려면 용사 율리우스를 말살하면서 또한 다음 대 용사에게 칭호가 이동하기 전에 시스템을 해킹할 필요가 있었다.

무척 빡빡한 타이밍이었지만 사전 준비를 잘 갖춰 둔 만큼 문제없을 거야.

……없어야 했다.

뭐, 결과만 말하자면 이번 시도는 문제에 부딪혔다.

그렇게 이것저것 준비했는데…….

용사검을 안 쓰면 해치우지 못하리라는 판단에 마더와 닮은 퀸 분체를 만들어서 충돌시켰더니 안 쓰고 이겨버렸잖아…….

덕분에 내가 몸소 나서야 할 상황까지 되었고…….

용사의 치트 특수 효과가 나 상대로도 발생할 수 있다는 가능성 때문에 가능하면 나 아닌 누군가에게 자연스레 죽어주는 게 좋았을 텐데…….

지금 돌이켜보면 퀸 분체가 패배했던 게 치트 특수 효과가 퀸 분체를 상대로 발동했기 때문이 아닌가 싶어.

용사 일행과 싸운 대령님이랑 양아치도 전사했고…….

적당히 상황을 봐서 회수할 계획이었는데 차마 사나이의 의기를 억지로 꺾어버릴 순 없었다.

……용사 말살은 성공했지만 분명하게 말해서 실패야.

엄청난 대실패.

이미 예정이랑 왕창 어긋났잖아. 실패에 실패, 대실패!

……후유.

뭐, 예정이 어긋난 이유에는 어쩔 수 없는 측면도 있다.

용사 율리우스를 이쪽의 사정 때문에 죽게 만들었던 셈이니까 당사자가 살고 싶어서 발악하는 건 당연한 행동이고…….

용사 율리우스는 여기에 얽힌 사정을 몰랐던 처지인데도 용사답게 힘껏 싸웠던 것에 불과하다.

그래, 힘껏 정직하게 싸워서 나의 계획을 모조리 다 파탄시켰다.

용사라는 존재를 난 쉽게 생각했었다.

충분히 경계한 줄 알았다.

그 때문에 이것저것 철저한 준비를 갖춘 뒤 말살 계획을 수립했거든.

그런데 내가 경계했던 대상은 시스템에 보장된 『용사』라는 존재.

율리우스라는 개인은 정작 대상이 아니었다.

그게 실수였다.

진정 경계해야 할 대상은 용사로 선택받은 인간 본인이었음을 절감했다.

용사가 용사가 된 이유는 그에 걸맞은 인물이기에…….

평범한 인간이 용사라는 기적의 힘을 휘두른다는 것, 그리하기에 족한 인물이라는 것.

치트스러운 힘을 갖고 있기 때문에 강한 게 아니라 치트스러운 힘을 갖기에 어울리는 인물이어서 강했던 거야.

신념, 각오, 긍지.

저러한 내면에서 배어나는 힘이야말로 용사의 진정 경계해야 했을 힘.

경계 대상을 잘못 판단했던 내가 실패한 것은 어떤 의미에서는 필연이었던 셈이다.

그러니까 이 부분은 반성해야 할 점으로 받아들인다.

그래도, 그렇다 쳐도! 그 후의 전개에 대해서는 살짝 불만을 제기하고 싶군!

대체 왜, 도대체 왜 다음 용사가 하필 야마다인데!

분명하게 말해서 대부분의 인간은 용사가 돼도 문제없다.

왜냐하면 웬만큼 눈에 띄는 인간은 대전에 참가했었고 절반 이상이 이미 전사했거든.

나머지 절반도 용사 율리우스와 비교하면 뭔가 좀 떨떠름한 녀석들이고.

장래성을 기대해서 대전에 참가시키지 않은 젊은이, 아예 어린아이가 불쑥 용사로 임명된다면 더욱더 횡재.

그렇게 젊은 용사는 우리 계획이 완수될 즈음까지 성장을 다 마치지 못할 테니까.

용사가 제아무리 공식 치트라지만, 완전 무적이 아니라는 건 내가 용사 율리우스를 해치운 사실로도 증명 끝.

혹시나 우리 쪽 작전에 방해가 되는 인물이 용사로 신택받아도 최악의 경우 내가 쓱싹 처리하면 그만이다.

그렇게 정리를 마쳤는데 말이지!

뚜껑을 열어보니까 최악.

하필이면 손을 쓰기가 난처한 전생자이고, 게다가 개중에서도 제법 전투 능력이 높은 야마다가 선택됐다.

뭐, 전투 능력은 잠깐 제쳐 놓도록 하자.

우리 쪽 진영의 전투 능력을 떠올리면 누가 용사로 선택되든 오차범위잖아.

전생자 중 가장 강한 게 아마도 타가와, 혹은 쿠시타니.

이어서 야마다.

타가와랑 쿠시타니는 모험가로 각지에서 전투를 거듭하며 경험을 쌓았다.

그 두 사람도 둘이 같이 덤벼서 메라 한 명을 쓰러트리지 못했잖아.

메라가 해치우지도 못했지만…….

후후후. 녀석은 우리들 중 최약…….

그런 녀석도 쓰러뜨리지 못하다니 전생자의 수치로다…….

괜히 사천왕 소재로 농담을 해봤는데 실제 메라는 우리 중 최약이 맞기는 해.

둘이 같이 덤벼서 메라 하나도 못 이기면 전투 능력이라는 의미에서 도저히 경계를 할 필요가 없다.

용사가 된 야마다도 용사가 된 덕에 능력치는 타가와랑 쿠시타니를 뛰어넘었겠지만, 순수한 전투 능력이란 의미에서는 실전 경험을 쌓은 타가와랑 쿠시타니가 어기영차 수준이 아니려나?

그러니까 전투 능력은 아무래도 상관없는데 경계해야 할 것은 다른 부분에 있단 말이지.

우선 야마다가 전생자라는 것.

그 때문에 나는 손을 쓰기가 난감하다.

아니, 나 개인적인 기분으로는 아무래도 상관이 없는데 선생님이 열심히 노력해서 전생자를 구하기 위해 활동하잖아.

선생님은 나의 은인이야.

전세의 일이지만 목숨을 구해준 은혜가 있다.

그 은혜는 갚아드리고 싶어.

그러니까 되도록 선생님의 의향을 존중하고 싶다.

따라서 전생자는 가능한 한 구해주는 방향으로 움직인다.

그러자면 가장 손쉽게 말살하는 방법은 망설여진다.

다음, 야마다가 용사 율리우스의 동생이라는 것.

용사 율리우스는 엄청난 영향력을 갖고 있었다.

용사 율리우스의 동생이라는 이유 하나로 도움을 줄 인간도 나타날 것이라 예상할 수 있다.

그런 입장에서 야마다 본인도 용사 율리우스의 뒤를 따를 의욕이 가득하고…….

용사 율리우스의 원수를 갚겠다며 불타오르고 있다.
본인이 이렇게 의욕 가득하다면 우리가 움직였을 때 분명 방해하러 올 거야.
어차피 우리는 마족군이잖아.
애당초 용사 율리우스의 원수가 나고…….
그리고 마지막으로 이게 가장 예측이 어려운 데다 고민이 되는 부분인데 야마다가 가지고 있는 유니크 스킬이다.
분체를 통한 첩보 활동으로 훔쳐 들었던 결과, 아무래도 야마다의 유니크 스킬은 하늘의 가호라는 이름이 붙은 스킬이라더라.
그 효과는 본인이 바라는 결과를 이끌어 내기가 수월해진다는 것…….
정말 추상적인 효과가 딸린 스킬이다.
뭐랄까, 운에 의지하는 스킬 같잖아.
스킬 대다수는 고정 수치로 효과가 눈에 띄어서 잘 이해되는 게 많은데, 이 녀석은 정반대로 효과의 영향을 전혀 알 수가 없어.
왜냐면 뭔가 잘 이루어져도 단순하게 자기 실력 덕분인지 운 덕분인지 하늘의 가호가 효과를 발휘해준 덕분인지 보고도 알 수가 없단 말이야.
그래도 나는 애매한 스킬이라서 더욱 경계하고 있다.
D가 전생 특전으로 달아준 유니크 스킬이 미묘한 효과에 불과하다고 생각하긴 어려워.
보통은 의식이 안 되도록 살짝 운이 좋은 정도의 효과만 나타날 수도 있겠지만, 언제든 가장 중요한 순간에 처했을 때 절대 틀리지 않는 선택을 할 것 같거든.

본인의 입장에서…….

요컨대 야마다의 적에게는 최악의 결말을 불러오게 될 가능성도 있겠지 싶다.

그런데 이때 적에 해당하는 게 바로 우리들이잖아…….

최악의 경우 야마다 본인이 바라 마지않는 선택의 결과로 우리들의 목표, 세계 붕괴의 회피라는 큰 목적을 달성하는 데 실패해버리는 황당한 전개도 부정할 수 없겠다.

효과를 알기 어렵기 때문에 더더욱 어디까지가 하늘의 가호 스킬에 운명 비슷한 간섭을 받은 결과인지 파악할 수 없다는 것이 무시무시하다.

대처가 너무 까다로워.

이상의 이유 때문에 야마다는 일단 퇴장하도록 획책하고 있다.

아, 물론 이 세상에서 어쩌고저쩌고 같은 무서운 소리를 하는 건 아니거든?

살짝 물리적으로 사건의 중심지와 멀리 떨어뜨려서 간섭을 못 하게 만들려는 것뿐이야.

용사 율리우스 말살이 성공한 만큼 야마다의 하늘의 가호도 분명 만능은 아니니까.

만능이었다면 야마다가 경애하는 용사 율리우스가 죽음을 맞이할 리 없잖아.

아마 본인이 지각하지 못하는 범위의 사건이라면 하늘의 가호도 간섭을 못 하지 않을까 싶어.

그러므로 애너레이트 왕국은 일단 붕괴되어주시죠.

어? 충분히 무섭다고?

신경 쓰지 마~ 신경 쓰지 마.

그런고로 애너레이트 왕국 함락 편, 시작해볼까!

血1 흑막의 집행자라는 임무

“크크크. 드디어다. 드디어 그 녀석들이 거품을 무는 꼴을 볼 수 있겠군!”

아~ 아~ 아~.

또 혼자 흥분하는구나…….

“이봐, 소피아! 꾸물꾸물하지 마라! 간다!”

“그래그래.”

어이없어하던 내가 답답했는지 전신 갑옷을 껴입은 남자가 버럭 고함질렀다.

평소의 나였다면 저런 언사를 당했을 때 성질을 확 터뜨렸겠지만, 이 녀석의 가엾은 꼴을 떠올리면 화낼 기운도 사라져버려.

내 앞에서 어깨를 커다랗게 흔들거리며 걸어가는 남자, 유고 반 렝잔드.

렝잔드 제국의 왕자이자 이곳 애너레이트 왕국의 학원에 유학을 온 신분.

그래 봤자 정작 학원에는 거의 다니질 않는 입장이지만 말이야.

뭐라더라, 5년쯤 이전에 사고를 쳐서 근신을 당했다던가?

무슨 사고를 쳤나 흥미가 없어서 안 물어봤지만, 이 녀석의 상태를 보면 그 녀석들이라는 사람들한테 괜히 시비나 걸고 다니다가 되레 봉변을 당한 게 아니었을까?

그럼 재가 떠드는 그 녀석들 중에 이후의 표적, 이 나라의 왕자라는 슈레인 녀석이 포함되어 있겠구나.

아~ 아~.

내가 이런 곳에서 뭘 하는 거람?

이런 짓, 암약? 맞나?

별로 안 좋아한단 말이야.

뭐랄까, 좀 시원스럽게 때려 부수는 게 성미에 맞거든.

그래도 이게 다 필요한 과정이라고 결론을 지을 수밖에 없어.

내게 주어진 역할은 이 녀석, 유고의 서포트잖아.

이 녀석도 전생자이긴 한데 마침 딱 알맞게 표적에게 원한을 갖고 있어서 주인님이 발견한 뒤 꼭두각시로 만들어버렸거든.

……그렇게 생각하면 진짜 가엾구나.

으음, 이 녀석이 꼭두각시 신세가 된 때의 기억은 지금도 선명하게 떠올릴 수 있어.

"빌어먹을! 이대로 끝날까보냐! 이 세계는 내 것이란 말이다! 내 거다. 나를 위한 나만의 세계다! 이딴 꼴사나운 패배는 인정 못한다! 인정 못한다고! 세상 전부를 내 손에 넣을 때까지 끝나지 않아!"

"망할 엘프 년! 반드시 복수해준다! 용서 못해, 절대로 용서 못한다!"

"언젠가 그놈의 전부를 빼앗아주마! 내가 빼앗겼던 그대로 말이다!"

"두고 보라고! 그놈이 소중하게 아끼는 전부를 박살 내버릴 테다! 그런 다음에 울부짖는 그 빌어먹을 년을 웃으면서 엉망진창으로 범해주겠어!"

"기다려라! 내가 세계를 되찾을 테니까!"

이런 느낌으로 마구 소리치고 있었던 유고.

"도와줄까?"

도무지 내 존재를 깨닫지 못하는 터라 슬슬 지겨워져서 말을 건네버렸지.

"누구냐?!"

유고가 깜짝 놀라서 고개를 돌렸다.

주인님의 전이로 직접 유고의 방에 진입했으니까 유고 시점에서는 느닷없이 내가 등 뒤쪽에 서 있던 셈이잖아.

당연히 놀랄 만하지.

지금은 몹시 당황하는 유고에게 이쪽이 윗줄이라고 각인할 수 있는 기회겠네.

"같은 전생자라는 인연으로 도와줄 수도 있는데?"

여유만만하게, 의미심장하게 미소를 지어준다.

"……뭐라? 전생자?"

미간이 주름지도록 찌푸리는 유고.

뭐, 갑자기 이런 수상쩍은 방법으로 등장한 내게 따라붙을 만큼이 녀석도 멍청이는…….

"……뭐, 좋다. 네 녀석이 누구든 간에 관계없어. 그 녀석들한테 복수할 수 있다면 악마든 뭐든 알 바 아니다!"

아, 멍청이였네.

"괜찮군. 네 제안, 받아주겠다!"

"받아준다는데? 주인님."

"엉?"

유고의 등 뒤에서 재빨리 움직이는 하얀 그림자.

그 그림자가 등 뒤에서 오른손으로 유고의 입을 틀어막아 비명 지르는 행동을 방지했다.

그렇게 움직임을 봉한 뒤 나머지 왼손이 살짝 유고의 머리 측면으로 다가붙는다.

그리고 그 손에서 하얀 손가락에 올라갈 정도의 작디작은 거미가 이동하더니 유고의 귓속으로…….

한순간 뒤, 유고의 몸이 움찔움찔 경련.

흰자위를 까뒤집고 털썩 기절해버렸다.

이렇게 질겁하게 될 사건이 벌어졌었지…….

지금 내 눈앞을 자신감 가득 흘러넘치는 모습으로 걷는 남자의 머릿속에는 작은 거미가 한 마리…….

유고는 그날의 기억을 이미 잊어버린 것 같지만 그 이후 미묘하게 이쪽의 말을 순순히 따라주게 됐거든.

역시 그 거미는, 세뇌…….

어쩌면 내 머릿속에도 있는 게 아닐까……?

불길한 예감을 머리를 흔들어서 털어버렸다.

이상한 저주를 걸긴 했어도 아무러면 설마 머릿속에 거미를 집어넣지는 않았을 거야! ……분명히.

……괜한 망상이네.

주인님은 처분할 때는 단호하게 처분해버려도 의외로 자기편한테는 엄청나게 약한 사람이잖아.

그런 주인님이 일단은 자기편으로 찍어 둔 나한테 괜히 끔찍한 짓을 저지르지는 않아.

살짝 평범한 사람이랑 가치관이 달라서 내가 질겁할 만한 행동도 태연하게 저지르지만…….

보통 목적 달성을 위해서라는 이유로 전쟁까지 일으키나?

게다가 인족과 마족, 쌍방에 깊은 상처를 남길 규모로…….

뭐, 나도 꼭 필요한 조치였다는 것은 잘 알거든?

다만 진짜로 주저 없이 실행해버린다는 게 주인님이 주인님인 까닭이겠네.

그런 반면에 자기편이면 전력으로 과보호에 오냐오냐잖아.

아리엘 씨를 대할 때 태도를 보면 잘 알아.

아리엘 씨는 나보다 훨씬 더 강한데 주인님도 참 소중하게 소중하게 숨겨 놓고 위험해지지 않도록 전장에서 멀리 떼어 놨잖아.

샘나네.

술렁술렁 들쑤시는 가슴을 의지의 힘으로 억누른다.

안 되지, 안 돼.

질투가 폭발할 뻔했어.

내가 가지고 있는 스킬, 질투는 효과가 뛰어난 반면 그만큼 디메리트도 남다르거든.

원래 난 감정의 파도가 격한 타입인데 질투 스킬 때문에 더 심해졌어.

감정에 휩쓸려 자꾸 막 폭주하는 게 나의 나쁜 버릇인 줄을 알아서 고치려는 마음도 있지만, 그게 간단히 고쳐지면 고생을 안 하지.

일단 질투의 영향을 억제하기 위해 외도 내성은 습득했다.

외도 무효까지 성장시키지를 못해서 완전히 영향을 차단할 순 없는 상태야.

자제하자, 자제.

눈치채이지 않게 마음속 깊이 호흡을 했다.

그러는 동안 앞쪽을 걸어가던 유고가 목적지에 먼저 도착했다.

문을 노크도 하지 않고 난잡하게 열어젖힌다.

"……노크 정도는 하도록."

"나와 당신의 사이 아닌가. 이런 정도는 용서하라고."

방 안에서 맞이해준 남자는 유고의 말에 미간에 진 주름이 더욱 깊어졌다.

하루 스물네 시간 줄곧 기분이 언짢을 것 같은 얼굴의 저 남자는 이 나라의 제1왕자 사일리스.

유고와 마찬가지로 우리의 꼭두각시.

꼭두각시 2호라고 보면 되겠네.

평범한 사내 주제에 자부심만 남들 못지않아서 동생들이 본인보다 뛰어나다는 사실을 인정할 수 없는 가엾은 남자.

정비의 아들이고 제1왕자인데도 제2왕자인 율리우스는 용사이고 자신보다 명성이 높다.

또한 동복형제인 제4왕자 슈레인도 어린 시절부터 신동이라며 칭찬을 받았고.

그에 반해서 사일리스는 차기 국왕치곤 어떤 측면을 봐도 평범하다.

특별히 우수한 분야가 없어.

그러니까 동생에게 차기 국왕의 자리를 빼앗겨버리는 게 아닐까 겁먹은 거야.

동생을 쫓아내는 데 협력해달라 제안했더니 냉큼 수락하더라.

뭐, 자주 옛날이야기에 등장하는 권력 다툼이네.

"정말 잘 처리하는 게 맞나?"

"당연하잖아? 내가 누구인데?"

불안한 심정을 외면하려는 듯이 짜증이 난 모습으로 유고를 힐문하는 사일리스.

어휴, 다른 사람들 힘이나 빌릴 줄 알지, 자기 힘으로 왕좌를 쟁취하려는 기개도 없는 주재에.

소인배라니까.

뭐, 저런 소인배인 덕택에 우리도 더욱 스스럼없이 이용해줄 수 있지만.

"아무에게도 얼굴을 내보이진 않았을 테지?"

"이봐, 이봐! 내 차림을 보고 말하시지!"

유고가 어처구니없다는 듯이 두 손을 펼치며 온몸을 여봐란듯이 한 차례 회전.

유고는 지금 온몸을 갑옷으로 감싸 놓았고 머리에도 투구를 덮어썼다.

이래선 알맹이가 누구인지 알 방법이 없어.

그런 건 한눈에 보면 알 텐데도 이렇게 굳이 확인하는 게 어지간히도 불안한가 봐.

그렇게 불안해하지 않아도 괜찮은데.

우리가 백업해주는걸?

실패 따위는 만에 하나라도 없을 거야.

아, 다만 어디까지나…….

우리 목적의 성공일 뿐 이 녀석들이 바란 성공하고는 거리가 좀 있겠지.

안달이 난 모습으로 방 안을 왔다가 갔다가 걸어 다니는 사일리스.

반면에 유고는 의자에 털썩 앉아서 여유를 보여주고 있었다.

나는 벽에 등을 기대고 팔짱을 낀 뒤 시간을 죽인다.

슬슬 시작되려나.

귀를 기울이던 때 옆쪽 방문을 노크하는 소리가 들려왔다.

"슈레인입니다."

"음? 들어오거라."

"실례합니다."

드디어 왔네.

옆쪽 방으로 표적, 슈레인이 들어왔어.

"무슨 일이냐?"

슈레인을 맞이해주는 방의 주인, 이 나라의 왕이자 사일리스와 슈레인의 아버지가 묻는다.

"그게, 아버님께서 호출하셨다는 말을 듣고 찾아왔습니다만. 어떤 용무이십니까?"

"응? 나는 부르지 않았다만?"

당연한 반응이네.

사실은 둘을 만나게 불러낸 게 바로 우리니까.

이후 부자연스러운 지경으로 소리가 두절됐다.

그에 반비례하듯 옆쪽 방 안에서 충만하는 마법의 기운.

바람 마법을 써서 소리를 차단하고 있었다.

그리고 그 술사가 누구냐면—.

"꺄아아악! 오라버니! 무슨 짓을 하신 거예요?!"

픕.

책 읽는 거야?

지금 책 읽는 것처럼 비명을 지른 녀석이 술사다.

또한 방금 전 비명을 신호로 사일리스가 방을 뛰쳐나가서 옆방의 문을 세차게 열어젖히며 뛰어들었다.

유고도 뒤를 따라간다.

나는 서두르지 않고 느긋하게 걸어서 쫓아갔다.

"무슨 일이냐!"

"오라버니가 아버님을!"

"뭐라고?! 미쳐버렸나, 슈레인!"

어머? 사일리스는 의외로 연기를 제법 하는구나.

괜히 국왕이 되지 말고 배우를 목표로 하렴?

흐흥, 이미 다 늦어버렸지만.

"위병! 슈레인이 국왕 폐하를 습격했다!"

복도까지 잘 울려 퍼지는 사일리스의 목소리.

사실은 마법으로 음량을 올려준 거야.

이렇게 큰 목소리라면 개입하지 않아서 아무것도 모르는 사람들에게도 다 들렸을 테지.

"슈레인을 체포하라!"

내가 느긋하게 복도에서 방 안의 상황을 살피던 중 마침 유고가 슈레인을 검으로 공격하고 있었다.

방 안은 처참한 상태.

국왕이 이마를 꿰뚫려서 숨을 거뒀고, 슈레인이 베인 상처를 손으로 붙들고 있고, 조그만 여자아이가 패기 없는 얼굴로 우두커니 서 있다.

"여어. 꼴좋은데? 용사 나리."

"너, 설마. 유고, 였냐?"

"정답이다."

유고가 투구를 벗는다.

"유고. 왜 굳이 정체를 밝히는 건가."

"뭐, 어때. 저승 가는 길을 빈손으로 보내면 쓰나."

사일리스와 유고의 대화를 들은 슈레인은 혼란스러웠나 봐.

덕분에 내가 방에 들어왔는데도 알아차리지 못한 눈치고…….

"알고 싶냐? 이 형님께서는 왕좌를 원하신다. 나는 네놈과 오카에게 복수를 하고 싶지. 둘 모두에게 네놈이 방해물이었던 거다."

"어, 째서……. 차기 왕은 어차피 사일리스 형님일 텐데."

"그게 말이다, 어이쿠. 저기 뒈져 있는 왕께서 네놈을 차기 국왕으로 세우려고 획책 중이셨거든? 네놈을 용사로 발표하기 전에 차기 국왕으로 먼저 발표해버리면 용사랍시고 전쟁터에 쏙 보낼 입장이 아니게 된다는 속셈으로 말이지!"

"그런 웃기는 이유 때문에 내가 가만히 왕좌를 빼앗길까 보냐!"

임금님이 슈레인을 다음 왕으로 만들고자 획책했다는 말은 사실이야.

이 부분은 우리도 아무 간섭을 하지 않았어.

그 밖에 다른 부분은 대체로 우리 탓이지만.

"오라버니. 안타깝지만 여기에서 죽어주세요."

음. 이때까지 말이 없었던 여자아이, 이 나라의 공주님인 스우레시아가 입을 열었다.

공주님이라는 말은 요컨대 슈레인과 사일리스의 여동생이라는 뜻이야.

"스우, 대체 왜?"

"오라버니, 저는 진정한 사랑을 깨달았을 뿐이에요. 제 사랑을 위해서라면 오라버니라도 기꺼이 죽여드리겠어요."

스우레시아라는 아이, 슈레인을 엄청나게 잘 따랐던 만큼 이렇게 획 바뀐 모습은 슈레인도 무척 놀랐을 거야.

"유고! 네가 한 짓이냐?!"

뭐, 당연히 알아차리겠지.

"오오? 알았네? 용케 알아냈네? 맞다. 내가 그랬지. 어때? 빼앗긴 자의 기분은. 분하지? 나도 맛봤으니까 잘 안다고! 크하하하하!"

유고는 어떤 스킬을 가지고 있다.

그 이름은 색욕.

나의 질투와 마찬가지로 7대 죄악 스킬이라고 불리는 강력한 효과를 발휘하는 스킬.

그 효과는 세뇌.

그것으로 스우레시아를 조종했던 거야.

"지금 당장 스우를 원래대로 돌려놔!"

"돌려놓으라고 하면 굽신굽신, 알겠습니다, 하고 돌려놓겠냐? 너 바보냐?"

슈레인의 말에 유고가 모욕을 주며 받아치면서도 정작 세뇌를 사용하는 본인이 세뇌된 상태라는 사실은 깨닫지 못한 눈치네.

진짜 가엾은 남자구나.

찰나의 우월감에 잠긴 처지인걸.

뭐, 저런 녀석이라서 궁지에 몰린 쥐가 고양이를 물듯이 봉변을 당하는 거야.

"큭?! 네놈, 아직도 이런 힘을?!"

격앙한 슈레인이 유고를 날려버렸다.

재차 추가 공격으로 마법을 날리려는 것 같아.

이번에도 안 도와주면 많이 위험하겠네.

"어머? 의외로 잘 버티는구나."

"흡?!"

마법을 방해하는 천린과 용 결계 스킬을 발동.

동시에 이때까지 숨겨 놓았던 기세를 개방했다.

슈레인은 즉각 몸을 굴리면서 나와 거리를 벌렸다.

흐음. 제법 반응이 괜찮잖아.

엉뚱하게 감탄하는 와중에 슈레인이 고개 돌려서 나를 주시했을 때 불현듯 불쾌감이 온몸을 덮쳤다.

이 감각……. 감정이네.

그런데 유감이야.

나는 질투의 소유주이자 지배자이기도 하지.

지배자의 권능을 쓰면 감정을 방해할 수 있거든?

그러니까 내 스테이터스는 들여다볼 수 없어.

"소피아! 이놈은 내 사냥감이다! 은근슬쩍 가로채지 마라!"

"어머나? 꼴사납게 얻어맞은 주제에."

내가 안 도와줬으면 위험했던 주제에…….

"에잇! 쓸데없는 소리 말고 슈레인부터 빨리 해치워라!"

……나한테 명령하지 말아주겠어?

게다가 슈레인을 죽이면 안 된단 말이야.

그러니까 지금은 조력자가 탈출을 도와줘야 해.

"그렇게는 안 돼요!"

봐, 조력자가 나타났잖아?

방에 뛰어드는 조그만 인영.

그자가 마법을 써서 유고를 날려버렸다.

그래 봤자 내가 용 결계로 위력을 깎아 낸 탓에 큰 대미지는 못 줬겠지만.

"오카아!!"

봐, 멀쩡한 증거로 기운이 가득하네.

그래도 더 이상의 추가 공격 마법은 저지해주도록 하자.

조그마한 난입자, 전세 때 우리의 담임이었던 오카자키 선생님이 다시 태어난 모습인, 엘프가 날린 마법을 없애버렸다.

"너, 너는?!"

선생님의 눈이 휘둥그레졌다.

바로 얼마 전 다른 장소에서 막 만났던 참이거든.

게다가 꽤나 충격적인 상황에서…….

그런데 내가 이런 곳에 나타났으니 놀랐겠지.

"큭! 슌, 도망쳐야 해요!"

선생님이 마법으로 바닥을 부수자 분진이 피어올랐다.

"하지만!"

"안 돼요! 지금은 일단 물러나요!"

"하이린스 씨."

"레스톤에게 슌이 위험하다는 소식을 듣고 달려왔다. 혼란스럽겠지만 지금은 우선 도망치도록 하자."

분진의 안쪽에서 저런 대화가 이루어진 뒤 달려서 떠나가는 발소리가 들린다.

"뭘 하고 있나! 쫓아라!"

사일리스가 소리 질러도 나와 유고는 모두 무시했다.

"그럼 계획대로 부탁할게?"

"그래. 맡겨달라고."

유고가 히죽 웃고는 사일리스에게 다가간다.

"……뭐냐?"

사일리스가 불온한 낌새를 감지한 듯 뒷걸음쳤다.

"뭐기는. 살짝 네 녀석의 머릿속을 손봐주려는 것뿐이야."

"뭣?!"

유고의 손이 재빨리 뻗어 나가서 사일리스의 머리를 덥석 움켜잡았다.

"무슨, 짓이냐?!"

"네 녀석과 협력 관계는 여기까지라는 뜻이지. 이제부터는 일회용 꼭두각시가 되어 힘내달라고."

"크, 크아아아아아?!"

사일리스가 고통에 찬 절규를 내질렀다.

나는 그 광경을 마지막까지 지켜보는 대신에 방을 뒤로했다.

유고가 지금 사일리스에게 가한 조치는 세뇌가 아닌 정신의 파괴.

왜 세뇌가 아닌가 묻는다면 사일리스에게는 이미 선객이 있기 때문이다.

사일리스는 처음부터 조종당하는 처지였다.

본인은 딱히 자각을 못 하는 데다가 지배당하는 처지여도 살짝 사고를 유도당하는 수준의 수법이었지만…….

지금 유고가 한 것처럼 정신이 망가져서 원래대로 못 돌아오는 위험을 무릅쓴다면 완전한 꼭두각시로 만들 사전 준비는 완료되어 있었다.

그리고 그 지배를 덮어쓰는 방법은 일단 정신을 파괴하는 것뿐이다.

지배와 함께 정신을 새하얘지게 치워버리는 거야.

사실 이 나라는 이미 많은 인간이 비밀리에 사일리스와 똑같이 지배를 받고 있다.

국왕도 그중 한 사람.

그래서 죽였다.

애너레이트 왕국을 혼란스럽게 만들 필요가 있는 이유는 상층부이 인간이 다들 독니에 깨물렸기 때문에…….

슈레인을 차기 국왕으로 올리자는 계획도 사고를 유도당한 결과일 것이라고 주인님이 말했는걸.

그 목적까지는 알지 못하지만.

주인님은 아마 용사가 된 슈레인을 교회에 넘겨주지 않고 수중에 남겨 두고 싶었던 게 아니었을까 추측하는 것 같아.

왕국은 일단 철저하게 박살 내서 고름을 짜내야 하는 상태였던 거야.

그래서 성내에서는 일제히 구제가 시작됐다.

지배를 받고 있는 인물을 사일리스의 병력으로 습격시켰다.

그리고 그 병력 안에는 마족군 제10군의 멤버가 몰래 숨어들어 있다.

이러면 표적을 놓칠 우려가 없지.

그리고 나는 이 왕국을 어둠 속에서 지배하고자 계획했던 원흉을 이제부터 배제하러 간다.

"잘 지내셨을까?"

그렇게 찾아간 곳은 성내의 손님을 숙박시키는 하나의 방.

그곳에서 나를 기다리고 있던 인물은 바로 포티머스.

"……이 소동은 역시 네 녀석들의 소행인가."

"해충 퇴치는 참 큰일이지."

"흥. 가증스럽군."

포티머스는 당황하지도 않고 나를 똑바로 마주 봤다.

"……이 보디로는 네년을 당할 수 없다."

"어머? 의외로 고분고분하네."

이 남자는 보디라고 부르는 육체에 빙의해서 원격 조작할 뿐 본체는 엘프의 마을에 있다고 한다.

따라서 보디를 아무리 죽여도 본체는 죽지 않는다.

그 때문에 이런 여유를 부릴 수 있을 테지만 저항하는 시늉도 안 보일 줄은 예상하지 못했네.

"시로와 아리엘에게 전하거라."

포티머스는 표정을 바꾸지 않고, 그러나 눈 안쪽에 어두운 불꽃을 이글거리면서 말했다.

"엘프의 마을에서 기다리겠다. 네년들의 방자함을 내가 전력으로 때려 부숴주겠다."

"전해줄게."

그래 봐야 주인님은 분명히 지금 상황도 분체를 통해 지켜보고 있을 것이다.

더 이상 저 불쾌한 얼굴을 보기 싫어서 단숨에 목을 날렸다.

포티머스의 목이 바닥을 굴렀다.

그건 그렇고 주인님도 참…….

오랜 세월의 숙적이었던 아리엘 씨보다 먼저 이름을 불렀잖아. 상당히 밉보였나 봐.

하긴, 그만한 짓을 저질러왔지.

아무튼…….

이제 나머진 슈레인이 무사히 탈출해주면 계획 완수인데.

그러니까.

잠깐만 놀러 가볼까?

Sophia Kelen

소피아 케렌

본명, 소피아 케렌. 인족령 사리엘라 국 출생, 마족령에서 성장한 이색적인 경력의 소유주. 현대에서는 이미 절멸한 흡혈귀이자 7대 죄악 스킬 질투의 보유자. 이러한 경력 및 종족, 스킬에 따른 영향을 받아 이래저래 비뚤어진 결과로 분방한 행동이 두드러지게 자라났다. 억압당하는 인생을 보낸 반동으로 다른 사람의 불행은 꿀맛이라는 말을 고스란히 실현하는 성격이 됐다. 어설프게 힘이 강하기 때문에 시로의 제어가 없으면 어떤 사고를 칠까 알 수 없다. 현재는 단속 역할을 맡은 시로의 아래에서 마족군 제10군의 전투원 겸 심부름꾼으로 각지를 돌아다니며 암약하고 있다.

한담 엘프에게 일어나는 비극

"어머? 오랜만이네."

그렇게 말하며 아리땁게 미소를 짓는 소녀.

저 소녀를 마지막으로 본 것은 이미 몇 년도 이전의 일이고, 그 무렵에는 한참 조그만 여자아이였습니다.

그때 소녀는 작고 의지할 곳도 없었기에 제가 지켜줘야 할 대상이라는 생각을 가졌습니다.

그러나 막상 재회한 소녀는—.

"네, 기시……."

"그 이름으로 부르지 말아줄래요?"

불쾌하다는 듯이 손가락을 할짝이는 네기시.

그 동작은 무척 요염해서 실제 연령보다 더욱 어른스럽게 보였습니다.

이제는 아이가 아니라고, 저의 보호를 필요로 하지 않는다고 여실하게 나타내주는 것 같았죠.

손가락에서 핥아 마시는 것이 새빨간 선혈이라면 더더욱.

"난 전세는 전세, 지금은 지금이라고 매듭을 지었거든요. 더 이상 전세 때처럼 선생님한테 동정이나 받아야 할 인간이 아니야."

"동정이라니……."

네기시의 말을 완전히 부정할 수는 없습니다.

전세의 네기시는 빈말로도 좋은 처지에 있었다고 말하기는 어려울 테니까요.

반 안에서 겉도는 학생이었던 것은 분명합니다.

저도 어떻게든 도움의 손을 내밀어주기 위해 노력했습니다만, 그 행적은 교사의 긍지가 아닌 동정에서 비롯된 것이 아니냐고 핀잔을 듣는다면 저 스스로도 끝까지 아니라는 대답을 할 수는 없을 겁니다.

"말도, 안 돼……! 어떻게, 말도 안 된다?!"

엘프 소환사가 절규합니다.

네기시가 핥아서 마신 선혈은 저자가 소환한 마물의 피.

엘프 중에서도 최고의 소환사라고 이름이 높은 저자가 보유하고 있는 최고의 소환수.

위험도 S랭크의 용종에게도 필적하는 마물이 본래 원형을 부지하지도 못하도록 갈기갈기 찢겨 나갔습니다.

"말도 안 된다! 말도……."

잠꼬대처럼 똑같은 말로 잇따라 절규하던 소환사의 목소리가 부자연스럽게 끊어졌습니다.

제가 눈을 돌리자 목부터 위를 잃어버린 소환사의 몸체가 쓰러졌습니다.

아마도 소환사의 목을 날렸을 차크람이 어느 틈인가 네기시의 옆쪽에 나란히 서 있던 하얀 옷차림 소녀의 손에 회수됐습니다.

넋이 나가서 우두커니 서 있는 저를 제외하고 일어나 있는 엘프는 아무도 없게 되었습니다.

털썩 나동그라진 엘프들.

지면에 퍼져 나가는 피바다.

"대체, 왜……. 이런, 짓을……?"

저는 물어볼 수밖에 없었습니다.

"왜냐고? 엘프가 우리 목적에 방해되니까."

그러나 아주 당연하다는 듯이 대답하는 네기시.

"우리?"

"그래. 우리들."

"너는, 역시 마족에게……."

네기시를 마지막으로 본 곳은 제국의 변두리에서…….

그 후 저 아이는 마족과 함께 마족령으로 들어가버렸습니다.

즉 네기시는 마족에게 가담하기로 결정해버렸다고, 그렇게 생각했습니다.

"아. 뭐, 마족이라면 대충 맞으려나?"

"어?"

그러나 돌아온 대답은 뭔가 부자연스러운 언사.

"일단 마족을 움직이고 있기는 한데. 그래도 우리는 마족이라는 집단하곤 조금 달라서 말야."

"마족이, 아니야?"

그러면 대체 무엇이라는 말인가.

"관리자, 이렇게 말해줘도 못 알아들을 텐데."

그 대답에 눈이 휘둥그레졌습니다.

왜? 어째서?

네기시의 입에서 나온 대답은 있을 수 없는 존재.

나 자신도 그 존재를 들어서 알게 되었을지언정 실재하는지는 반신반의했었는데.

“관리자와 적대하다니 엘프는 바보인가 봐?”

“너는! 관리자의 지시로 이런 만행을 벌였다는 말인가요?!”

“그렇다는데 왜 자꾸 물어봐.”

“소피아 씨.”

기막히다는 듯이 어깨를 으쓱이는 네기시의 곁에서 하얀 옷차림 소녀가 나무라는 말투로 이름을 불렀습니다.

“그래그래. 수다는 작작 떨라는 말이지? 꽉 막혔다니까.”

곧이어 하얀 옷차림 소녀를 놀리듯이 웃음 짓는 네기시.

그렇게 웃는 얼굴은 나이와 어울리는 평범한 여자아이로 보였습니다.

장소가 피 웅덩이 가득한 지옥이 아니고, 이런 광경을 만든 사람이 네기시 본인만 아니었다면…….

이런 상황에서 평범하게 웃을 수 있는 마음가짐을 저는 이해할 수 없었습니다.

이미 이곳에 있는 저 아이는 제가 알았던 네기시가 아닙니다.

전세 때부터 어려운 아이였지만 지금 저 소녀는 더 많이 달라진 끔찍한 무엇인가처럼 느껴졌습니다.

“그러면 한때나마 알고 지냈던 인연을 봐서 눈감아줄게. 힘의 격차를 깨달았다면 더는 방해하지 마.”

그렇게 바이바이, 라고 말한 뒤 네기시는 하얀 옷차림 집단을 이끌고 떠나갔습니다.

그것이 최근에 막 겪었던 사건.

마족령과 가까운 제국 내부에서 엘프 실종이 잇따라 발생했기에 실태를 해명하기 위하여 제가 파견되었을 때 겪은 사건이었습니다.

소환사뿐 아니라 다른 실력자 엘프를 다수 데리고 갔는데도 불구하고 생존자는 나 하나뿐.

게다가 실력으로 목숨을 건졌다거나 그런 이유가 아니라 단순하게 눈감아준 덕분에…….

그리고 아마도 분명…….

저희는 레스톤이 거점으로 쓰는 저택으로 무사히 대피했습니다.

"여기에서 레스톤과 합류할 예정이에요. 그다음 이 나라에서 탈출하도록 해요."

"잠시만요, 선생님! 유고, 그 녀석을 붙잡지 못하면 스우가!"

"안 돼요."

슌이 유고에게 다시 돌아가서 이 소동을 수습하자고 제안했습니다만 불가능합니다.

왜냐하면 네기시가 있으니까요!

아무리 슌이 용사가 되었어도 S랭크의 마물조차 손쉽게 해치우는 네기시에게 승리할 가망은 없습니다.

어째서 이 왕국에 먼 마족령에 있어야 할 아이가 나타났는가.

떠오르는 가설은 유고가 전이진을 쓰게 내어줬다는 것.

왕국과 제국에는 각각 전이진이 설치되어 있고 그것을 사용하면 멀리 떨어진 제국에서 왕국으로 워프를 통해 건너올 수 있습니다.

제국이라면 마족령과도 인접한 곳인 데다가 실제 네기시는 제국에서 엘프들의 암살에 관여했습니다.

어떤 경위인지는 알 수 없습니다만 아마도 제국에서 활동하던 때 유고와 접촉했겠죠.

그리고 유고의 힘을 주목해서 적극 이용하고 있다…….

아무튼 상황은 최악입니다.

어디까지 네기시가 속한 집단의 손이 뻗쳐 있는지도 알 수 없는 만큼 이 나라를 떠나 안전한 곳으로 피난해야만 합니다.

"선생님. 지금 그 녀석을 붙잡을 수 있다면 소란도 수습될 겁니다. 성으로 돌아가서 그 녀석만 붙잡으면."

"안 돼요."

"선생님!"

제가 네기시의 위험성을 설명한들 슌이 납득해주지는 않을 겁니다.

그러므로 다른 각도에서 설득을 시도했습니다.

"교회가 새로운 용사를 발표했어요. 이름은 유고 반 렝잔드."

신언교의 총본산인 성 아레이우스 교국.

그곳의 수장인 교황이 바로 전날에 발표했던 것은 다음 대 용사로 유고의 이름을 선포하는 믿기지 않는 소식이었습니다.

제가 이 왕국으로 서둘러 돌아온 까닭도 저런 발표가 이루어졌기 때문이죠.

"네?"

슌에게서 넋 빠진 목소리가 새어 나옵니다.

저 또한 발표를 들었을 때는 비슷한 반응을 보였습니다.

칭호는 절대적입니다.

칭호를 소지하고 있는 슌이 용사입니다.
그런데도 교회는 유고를 용사로 발표했죠.
이보다 더 수상쩍을 수가 없습니다.
그에 더하여 막 겪었던 소동.
"이 반란, 교회까지 한패라는 뜻이에요."
전부 연결되어 있는 음모라고 판단할 수밖에 없습니다.
방금 전에도 말했습니다만 칭호는 절대적이니까요.
감정 스킬은 드물지언정 슌처럼 가지고 있는 사람은 있습니다.
그리고 감정석이라는 수단도 존재하고요.
그런 방법을 쓰면 유고가 용사가 아니라는 사실은 금방 발각되어 버릴 겁니다.
그럼에도 불구하고 교회가 하필 유고를 용사로 발표한 까닭은 거기에 모종의 의도가 숨겨졌다는 것.
"어째서 교회까지 이런 어처구니없는 사태에 가담했는지 당신은 짚이는 데가 있습니까?"
저와 같은 결론에 다다랐는지 하이린스 씨가 질문합니다.
그 대답은 제 머릿속에서 이미 도출이 끝났습니다.
"아마도 유고의 세뇌가 교회 내부까지 침투했기 때문이라고 보는 편이 타당하겠죠."
스우가 유고에게 조종당했다는 설명은 이동 중 슌에게서 들었습니다.
거기에서 도출되는 결론을 따르자면 세뇌의 힘을 쓴 유고가 교회를 장악한 뒤 자기 스스로 용사인 척 발표를 진행시켰다는 흐름으로 이어집니다.

"말도 안 돼. 세뇌 종류는 금세 효과가 사라집니다. 이런 사태를 일으킬 만한 효과는 없을 텐데요."

하이린스 씨가 회의적인 의견을 제시했으나 그 부분은 지난 스우의 행동을 감안하면 이미 파탄이 난 사안입니다.

자살 및 타살을 촉구하는 세뇌는 몹시 난이도가 높습니다.

본래 지구에서도 암시 따위로 본인의 거부감이 큰 행동을 강제하기는 어렵다는 것이 정설이었습니다.

이쪽에서도 마찬가지인지라 비록 스킬을 써서 일시적으로 지시를 강제할 수는 있어도 본인이 강한 거부감을 가지고 있을 경우는 세뇌가 즉각 풀려버립니다.

다만 끝끝내 가능케 하는 예외 스킬이 하나뿐이지만 존재합니다.

"맞아요. 보통은 그래야 해요. 하지만 예외가 있어요."

"예외?"

"최상위 스킬 7대 죄악 시리즈『색욕』이에요. 그 스킬의 세뇌 효과는 다른 스킬하고는 비교도 되지 않아요. 유고는 틀림없이 색욕 스킬을 가지고 있을 거예요."

이 세계에는 특별한 스킬이 몇몇 있습니다.

7대 죄악 시리즈, 그리고 7대 미덕 시리즈.

저는 모종의 이유 때문에 이렇듯 특별한 스킬의 개요를 포티머스에게서 들었습니다.

그중 하나가 바로 색욕.

견고하게 세뇌를 펼쳐 사람들을 꼭두각시로 만들어버리는 스킬입니다.

포티머스에게 들었던 7대 죄악 시리즈 스킬의 효과는 전부 다 파격적이었습니다만, 색욕은 개중에서도 야비하다는 의미로 기억에 강하게 남아 있었습니다.

그렇다 한들 포티머스도 과거에 색욕 스킬을 갖고 있었던 인물을 관찰하며 스킬의 효과를 어렴풋하게 추측했을 뿐 색욕이 어떤 효과를 발휘하는지까진 알지 못하는 눈치였죠.

따라서 유고가 실제 얼마나 많은 사람을 세뇌했는가, 가능한가, 상세 내용은 알 방법이 없습니다.

"아무튼 유고의 손이 어디까지 뻗쳐 있을지 모르는 상황이에요. 이 나라는 이제 포기하는 편이 좋을 거예요."

"그럴 수는……."

지금은 안전을 우선해서 태세를 다시 정비하기 위해서라도 이 나라를 탈출하는 것이 최선입니다.

"그럴 수는 없어요. 그렇다면 더더욱 유고를 그냥 내버려 두면 안 됩니다! 지금이라도 그 녀석을 붙잡으면 아직 수습할 수 있을지도 몰라요!"

"안 된다고요!"

슌의 말이 지당하더라도 결국 불가능한 이유가 있단 말이에요!

"소피아가 있는 한 우리한테 승산은 없어요."

소피아, 네기시는 저희와 격이 다른 무력을 보유했습니다.

대전에서 저는 인족의 일원으로 참전했습니다.

그 목적은 같이 대전에 참가했던 타가와 및 쿠시타니와 접촉하는 것이었지만, 그곳에서 저는 옛 학생들과 함께 메라조피스라는 마족 장군 한 사람과 맞닥뜨렸습니다.

또한 메라조피스는 저희가 한꺼번에 덤벼서 겨우 호각에 손이 닿을까 말까 하는 강자였습니다.

호각이 아닙니다.

호각에 손이 닿을까 말까입니다.

그런 메라조피스도 네기시가 태어났던 가문의 종자였다고 합니다.

포티머스의 조사에 따르자면 본래는 단순하게 평범한 인간이었다던데 네기시의 힘을 받아서 흡혈귀가 된 이후에 지금 실력을 손에 넣었다고 들었습니다.

즉 메라조피스의 주인인 네기시는 더욱 강력하다는 뜻.

자랑은 아닙니다만 제 능력치는 상당히 높은 수준입니다.

그랬던 저와 저 이상의 실력자로 짐작되는 타가와 및 쿠시타니까지 협력해서야 간신히 메라조피스를 상대할 수 있었습니다.

당장에라도 타가와가 베여서 죽는 게 아닐까 불안했던 장렬한 대결에서 후위 역할에 철저했던 저마저 죽음의 공포를 바짝바짝 피부로 느꼈었죠.

그 이상으로 타가와나 쿠시타니가 정말 눈앞에서 죽어버리면 어쩌나 불안해지는 통에 제정신을 붙들어 버티기도 어려웠습니다.

쿠시타니가 중상을 당했을 때는 몸이 뼛속까지 얼어붙는 공포를 맛봤었죠.

그런 사투를 치르고도 물러나게 만드는 게 고작이었던 난적.

또한 네기시는 메라조피스보다 더욱 강합니다.

승산은, 없습니다.

"선생님, 그 애는 대체 누구죠?"

저의 절실함이 가득한 태도를 겨우 알아차리고 슌이 물었습니다.

"그 애는……."

재차 네기시의 사정을 설명하고자 입을 열었을 때 레스톤과 다른 사람들이 찾아왔습니다.

타이밍이 나쁘지만 지금은 설명보다 탈출이 먼저입니다.

이곳을 무사히 탈출하면 그때 제대로 다시 설명해야겠습니다.

그럼에도 불구하고—.

"또 만났네."

저희의 앞을 네기시가 또다시 가로막았습니다…….

3 왕국을 전복시키자는 임무

분체를 통해 상황을 관찰하는 중인데 눈이 핑핑 돌아가는구나!

연속 이벤트가 막 밀려들어!

야마다 시점에서 보면, 임금님이 여동생한테 덜컥 살해당하더니 분명 사고를 치고 쫓겨났던 나츠메가 의기양양하게 출현.

게다가 제1왕자 사일리스가 나츠메랑 공모해서 쿠데타를 일으킨 뒤 임금님 살해 용의를 야마다에게 덮어씌웠어.

청천벽력이 이런 때 쓰는 말이지~ 느낌이 딱 드는 노도의 전개구나.

가엾은 야마다 군은 누명을 덮어쓰고 왕도를 떠나 도망칠 수밖에 없었답니다~.

불쌍해라…….

어? 계획을 꾸민 네가 할 말은 아니라고?

뭐, 맞는 말이긴 하네~.

어쨌든 내가 이렇게 되게 조정을 안 해줬음 훨씬 더 비참한 사태가 벌어졌을지도 모르거든.

나츠메는 결국에 야마다라든가 선생님한테 되레 원한을 갖고 폭주했을 테고…….

제1왕자 사일리스도 동생들에 대한 열등감이랑 왕좌에 너무 사로잡힌 끝에 폭주가 머지않았었고…….

덤으로 왕국 상층부에는 포티머스의 독니가 침투한 상황이었잖아?

여기저기에 폭탄은 잔뜩 있었던 셈이야.

그 폭탄을 우리 쪽 목적 달성에 유리한 시기, 유리한 지향성을 줘서 기폭시키기 위해 조금 조작했을 뿐이야.

난 폭탄을 처리해줬단 말이야!

그러니까 나는 나쁘지 않아!

슬쩍 변명해본다.

……안 돼? 용서받을 수 없어?

음음. 어쩔 수 없군. 인정하자.

제가 다 잘못했습니다!

뭐, 임금님을 콱 죽여버렸잖아.

아무리 조종당해서 한 짓이어도 임금님을 콱 죽여버리게 됐던 여동생 양한테는 트라우마를 깊숙이 새겨 넣은 셈이고~.

악랄한 사주였다는 자각은 있어!

그래도 관두지 않아!

아니, 관둘 수 없어.

더욱 스마트한 해결 방법도 찾으면 나왔겠지만 내가 강구할 수 있는 최선을 다했다고 자부하니까.

아무튼 이번 혼란을 틈타 포티머스의 독니에 물렸던 왕국 상층부 사람들은 죄다 처리하는 데 성공했다.

포티머스 본인도 흡혈 양한테 목이 싹둑 잘렸고…….

변함없이 본체가 아니라서 조만간에 다른 몸을 가지고 튀어나올 테지만, 이렇게까지 하면 일단은 왕국에서 손을 떼도록 성공했다고 본다.

이것으로 미션은 대강 완료.

이제 적당히 야마다랑 다른 사람들이 도망치게 놔주면 OK.

왕국이라는 최대의 후원처를 잃은 야마다는 더 이상 대담한 행동에 나서지 못할 거야.

사태가 전부 끝날 때까지 어딘가에 몰래 숨어서 지내주면 좋겠네.

그렇게 생각하던 중인데 나츠메가 세뇌한 사람들 때문에 야마다가 고전하고 있구나.

세뇌당한 오오시마를 상대로 몰아붙이지 못하는 느낌이야.

음~. 야마다의 실력이라면 오오시마를 무력화하기는 어렵지 않다는 것이 내 생각인데 조금 과대평가했었나?

아니, 지금은 실력이 아니라 심정 문제구나.

전세 때부터 친한 친구에게 주저 없이 칼날을 들이밀 수가 없다는 상황이네.

그렇다 쳐도—.

"카티아! 정신 좀 차려봐!"

"정말이지 시끄럽네요. 저는 제정신이에요. 반역자는 반역자답게 얌전히 처형당하세요."

치정 싸움인가?

오오시마가 날린 불 마법을 물 마법으로 상쇄하는 야마다.

대충 화려한 광경이 맞긴 할 텐데 아무래도 훨씬 윗줄의 초차원 전투를 자주 봐서 익숙해진 탓인지 뭔가 박력이 좀 부족하다.

아니, 본인들은 죽기 살기로 싸우고 있을 테지만 도저히 구경을 해도 긴박감이 부족하달까…….

뭐, 이렇게 좀 뜬금없는 이유 때문에 야마다랑 오오시마가 그냥 장난치는 것처럼 보일 뿐이다.

아니, 거듭 말하겠는데 본인들은 죽기 살기로 싸우는 게 맞거든?

다만 신화급의 마물이라든가 다른 쪽 전투와 비교하면 박력이 좀, 알지?

이렇게 실례가 될 감상을 가지고 기운 빠지는 관전을 하던 덧일까, 반응이 늦어버렸다.

으엑?!

오오시마가 자폭했다아?!

나츠메의 세뇌를 뿌리치기 위해서 설마 자폭을!

아니, 하지만, 이거 어떻게 봐도 치명상…….

큰났다……. 저질러버렸어…….

아무리 자기 힘으로는 세뇌가 안 풀린다고 자폭하다니…….

"카티아?!"

야마다가 비틀비틀 쓰러지는 오오시마에게 달려가서 바닥에 부딪치기 전에 몸을 받아 안아줬다.

그렇다 해도 혼신의 일격을 무방비로 얻어맞은 오오시마의 몸은 누가 어떻게 봐도 살아나지 못할 만큼 큰 상처를 입었다.

아차차……. 설마 상황이 이렇게 꼬일 줄이야…….

오오시마의 정신력을 잘못 판단했었네.

7대 죄악 스킬의 세뇌에 비록 일순간이지만 저항하다니.

게다가 제정신을 차린 한순간에 자기 목숨을 내던졌잖아.

뜻밖에 뜻밖의 사고.

아~ 선생님, 미안…….

마음속으로 선생님께 사과하던 때 엷은 빛이 야마다와 오오시마를 감쌌다.

치료 마법인가? 이제 와서 치료해 봤자 다 늦었?!

아냐! 저거 치료 마법이 아니야!

야마다가 발동한 저 스킬은 절대로 치료 마법이 아닌데?!

그 증거로 어떻게 봐도 치명상이었던 오오시마의 상처가 낫고 있었다.

“아, 슌?”

“카티아, 이제 정신이 돌아왔어?”

“어, 라? 상처, 는?”

“치료했어.”

“정말이, 지, 터무, 니, 없는, 놈이라니, 까.”

“이제 그만 말해라. 우선 탈출하자.”

오오시마랑 야마다가 알콩달콩을 시작했지만 나는 거기에 신경 쓸 틈이 없었다.

무심코 본체가 의자를 박차고 벌떡 일어날 만큼 충격적인 사건이 지금 일어났다.

오오시마의 부상은 어떻게 봐도 살아날 수 있는 상태가 아니었다.

회복은커녕 야마다가 안아서 받아줬을 때 아마도 오오시마는 이미 죽어 있었다.

평범한 치료 마법은 치명상을 즉각 치료한다는 게 아예 불가능한데다가, 치료 마법의 상위 스킬인 기적 마법조차 죽은 인간을 되살리기란 불가능하다.

그런 게 가능하다면 단 하나뿐.

7대 미덕 스킬, 『자비』.

이 세계의 유일한 사자 소생 스킬.

그 스킬의 사용자가 설마 야마다였다니…….

아니, 뭐, 반쯤 예상했던 일이긴 한데 말이야.

자비 스킬을 보유한 인간이 나타났다는 사실은 알고 있었다.

그게 누구인지는 알지 못했지만…….

다만 7대 미덕 시리즈의 스킬은 7대 죄악 시리즈와 마찬가지로 습득이 무척 어렵다.

이 세계의 사람이면 노려서 습득하고 싶어도 손이 안 닿을 만큼 아득한걸.

노려서 저런 상황이니까 우발적으로 습득하는 것은 거의 없다.

그렇다면 자비를 습득한 사람은 이 세계의 입장에선 이분자, 전생자일 가능성이 높았다.

그중 자비를 습득할 만한 녀석은, 대충 야마다가 아닐까 짐작은 갔단 말이지.

뭐랄까, 굳이 전생자인 오오시마라든가 하세베를 나츠메한테 세뇌시킨 이유는 그 둘이 7대 미덕 스킬을 보유했을까 확인하기 위한 목적도 있었거든.

그 결과 오오시마도 하세베도 꽝이었으니까 소거법으로 야마다, 선생님, 타가와, 쿠시타니 중 누군가가 자비의 보유자였던 거야.

그중 선생님은 성격 면에서 자비를 보유했어도 이상할 게 없지만, 살해당한 엘프를 한 번도 소생시키지 않은 이유로 제외.

타가와랑 쿠시타니라는 가능성도 남아 있었는데, 성격 면에서 야마다가 더욱 유력했던 셈이고…….

뭐, 확인하려면 야마다를 감정하거나 이렇게 실제 사용하도록 만드는 방법밖에 없는데 아무래도 시체를 준비해주는 건 많이 꺼려지잖아?

이번에는 불행 중 다행이랄까 뭐랄까, 전화위복 비슷하게 자비의 보유자를 특정하는 데 성공했다.

아마 야마다가 맞을 것이라 예상만 했을 뿐 특정을 못 했기 때문에 예정에는 끼워 넣지 않았었지만, 어쩌면 기회가 온 것이 아닐까.

자비 스킬의 대가는 금기의 레벨 업.

이 세계의 시스템상 받아들이기 어려운 사자 소생을 가능케 하는 자비.

그렇지만 죽은 사람을 되살린 다음에는 시스템의 진실을 알려주는 금기가 기다리고 있다.

그 사실을 알았을 때 사자 소생이 어떤 의미를 가지는지 못 깨달을 리가 없다.

변함없이 D가 꾸미는 짓은 야비하구나~.

마음을 콱 꺾어버릴 작정이야.

아무튼 잘 이용해주자.

야마다를 유인한 다음 눈앞에다가 시체를 만들어준다.

분명 야마다는 사자 소생을 감행할 거야.

그리고 금기의 레벨을 올려 나간다.

그렇게 금기가 최고 레벨을 달성했을 때 야마다는 이 세계의 이면을 알게 되겠지.

그때 야마다는 선택의 기로에 놓인다.
우리와 적대할 것인가.
아니면 우리의 손을 잡을 것인가.
알고 모르는 척 외면하는 선택지도 있기는 하네.
세계의 운명처럼 무거운 책임을 평범한 인간이라면 짊어질 수 없어.
만약 적대하겠다면 그때는 전력으로 쳐부수자.
그래도 야마다는 아마 맞싸우려고 들지는 않을 거야.
왜냐면 쟤는 소시민이잖아.
덜컥 용사처럼 대단한 사람이 되어버렸지만 원래는 어디에나 있는 평범한 소년.
그러니까 분명 세계의 운명 따위는 짊어지지 못한다.
일찌감치 진실을 알게 만들어서 물러나도록 등을 떠밀자.
응. 이다음은 적당한 곳에 피난하게 유도한 뒤 은둔을 시킬 예정이었는데 계획 변경이야.
일단 왕도를 탈출하는 데까지는 바뀐 게 없지만 조금 더 야마다가 이것저것 일을 해줘야겠어.
쓱쓱, 머릿속으로 추후의 예정을 세워 나간다.
야마다와 다른 사람들의 최대 장해였던 오오시마가 쓰러진 지금, 탈출은 수월할 테지.
"또 만났네."
마음을 놓자마자 짜샤아아아아아!
흡혈 양 아가씨야? 무슨 짓이랍니까?
왜 불쑥 라스트 보스처럼 튀어나와서 앞을 가로막는답니까?!

"맞아, 이거. 선생님한테 선물이야."

"포티, 머스!"

"마, 말도 안 돼?!"

게다가 포티머스의 목을 던져주는 연출까지 붙여서~?!

그런 짓을 저지르면 질겁하는 게 당연하잖아!

흡혈 양, 이 아가씨야! 진짜 뭔 생각이니!

"맛없어라. 근본이 썩어 빠진 놈은 피도 맛이 없나 봐?"

포티머스의 피를 할짝이는 흡혈 양.

안 돼, 지저분한 피니까 퉤 뱉어, 퉤!

"포티머스를, 네가?"

"나 말고 누가 있는데?"

"그렇지만, 너는!"

"절대로 사람을 죽이는 애는 아니라든가 그런 소리는 안 했으면 좋겠네? 당신도 참 많이 죽이지 않았어? 여기는 일본이 아니니까 그때하고 똑같을 거라 생각하면 안 되지."

선생님이랑 말싸움을 하는데 이다음은 어쩌려고?

어? 나 분명히 야마다랑 일행들 전부 왕도에서 도망치도록 놔주라고 설명했었는데?

설마 잊어버리진 않았겠지?

뭔가 선생님과 다른 사람들이 흡혈 양이랑 싸울 느낌으로 준비를 갖추는데요?

"선생님, 나랑 싸우려고? 그러지 마. 선생님은 건드리지 말라고 주인님이 신신당부를 했단 말이야."

맞지?! 내가 분명히 말했었지?!

그런데 왜 불쑥 앞길을 가로막는 거야?!

그렇게 시비를 걸면 선생님도 다른 애들도 싸울 마음을 먹을 게 당연하잖아!

"뭐, 그래도 불가항력이니까. 이건 정당방위야. 그러니까 나는 나쁘지 않아."

나쁘거든, 바보야~!

아, 아니야. 괘, 괜찮아.

흡혈 양도 마지막에는 몸성히 놔줘야 하는 걸 분명 알잖아.

게다가 여차하면 페르미나가 잘 단속해서 막아줄 거야, 분명히!

그렇게 마음을 놓자마자 야마다를 향해 날아드는 차크람.

……어라? 저 무기, 페르미나 거 맞지?

흡혈 양 하나로도 과잉 전력인데 페르미나까지 더해지면 아무리 발악해도 야마다랑 선생님은 승산이 없지 않을까?

검은 복장을 몸에 걸친 페르미나가 선생님에게 가세하려고 오는 야마다를 견제한다.

안나를 안은 하이린스한테는 역시 검은색 복장을 몸에 걸친 왈도군이 덮쳐들었다.

평소처럼 하얀 옷차림이 아닌 이유는 아무래도 왕국에서 암약하려면 하얀 옷차림은 너무 눈에 띄었기 때문이다.

슬슬 하얀 옷차림은 마족군 제10군이라는 공식이 만들어지고 있는 무렵이고…….

왕국에도 정보를 아는 사람이 있는지는 모르겠지만, 신분 발각을 막으려고 제1왕자 사일리스의 수하들 틈에 숨어들기 위해 검은색 복장을 준비했다.

이런 사정은 아무래도 좋으니 넘어가자.

흡혈 양이 선생님의 마법을 모조리 다 무력화하며 차근차근 거리를 좁혀 다가간다.

흡혈 양한텐 질투 스킬을 얻었을 때 따라붙는 칭호로 같이 얻은 천린 스킬이 있다.

천린 스킬은 용종이 보유하는 용린 스킬의 상위 호환.

그 효과는 몸에 비늘이 자라나서 방어력을 올리는 것과 마법 구축을 분해해버리는 것.

비늘 덕택에 물리적인 방어력을 올려주면서 마법의 구축을 분해함으로써 마법 공격에도 대처가 가능하다.

방어 스킬로서는 빈틈이 없는 강력한 스킬이다.

특히 마법 공격에 대해서는 비슷한 효과를 가진 용 결계 스킬과 조합함으로써 거의 무효화를 시켜버릴 만큼 강하다.

선생님은 마법 위주로 스킬을 습득한 것 같은데 상성 면에서 흡혈 양이 상대면 외통수였다.

그 전에 순수한 능력치로 크게 격차가 벌어진 만큼 승산은 없다고 말해도 된다.

이런 사실을 잘 알기 때문일까, 흡혈 양은 느긋한 걸음걸이로 선생님에게 다가갔다.

선생님이 바람 마법으로 어떻게든 저항을 시도했으나, 흡혈 양한테는 마법이 통용되지 않아서 글자 그대로 어디에서 바람이 불고 있냐는 상태.

"아읏!"

그리고 마침내 흡혈 양이 선생님의 가느다란 목을 손에 잡았다.

진짜 너 뭐하는 짓이냐아아아!

어쩔 셈이야?!

이대로 두면 야마다 군의 모험은 여기에서 끝나버렸습니다 엔딩을 맞이하게 되잖아!

에잇! 이렇게 된 이상은 내가 수수께끼의 조력자로 달려가서 선생님을 구출할 수밖에!

그렇게 반쯤 진심으로 생각을 하던 때, 하얀 용이 날아왔다.

저건…….

"페이?"

내 마음을 먼저 읽은 것처럼 야마다가 저 하얀 용에게 말을 건넸다.

페이, 시노하라인가…….

원래는 용이었던 시노하라도 용사 야마다와 소환 계약을 맺은 까닭에 특수 진화인 광룡 루트에 들어간 것 같아.

특수 진화라서 고치 비슷한 상태가 되어 진화가 완료될 때까지 시간이 꽤 걸리는 분위기였는데 이런 타이밍에 진화가 딱 완료되다니.

너무 나이스 타이밍이잖아!

……진짜 타이밍이 과하게 좋지 않아?

이게 야마다의 하늘의 가호 스킬의 영향일지도?

"맞아, 덕분에 살았어."

고찰하던 중에 아마도 야마다는 염화로 시노하라랑 대화를 나눈 것 같아.

"슌! 그 용을 타고 도망쳐라!"

제3왕자 레스톤이 소리 지르고 각자가 행동을 개시했다.

"우리는 신경 쓰지 말고 가라! 슌, 그리고 하이린스 씨! 오카 씨를 데리고 도망쳐!"

"슌! 도망친다!"

하이린스가 기절한 선생님과 안나를 짊어지고 야마다에게 가까이 달려왔다.

"곱게 보내줄 것 같아?"

그러자 태클을 거는 흡혈 양.

아냐! 얼른 보내줘라!

너 진짜 뭐하자는 짓인데?!

다행히도 시노하라가 브레스로 견제를 하는 틈에 야마다와 선생님 등을 낚아채서 비상.

무사히 도망쳤다.

아, 마지막 시노하라가 날린 브레스에 왈도 군이 불타버렸어…….

뭐, 죽지는 않겠지.

흡혈 양이랑 페르미나는 현장에 남은 제3왕자 레스톤 등등을 재빨리 기절시켰다.

페르미나가 흡혈 양한테 잔소리를 쏟아 내자 흡혈 양은 시큰둥하게 네, 네, 흘려 넘겼다.

잘한다, 페르미나! 더 혼내줘라!

아무튼 나도 흡혈 양한테 벌을 줄 필요가 있겠네…….

4 높은 사람과 교섭하는 임무

벌줬다.

"잠깐, 잠깐만! 마지막에 목숨 붙여서 놔줬으면 문제없잖아?! 게다가, 응! 덜컥 멀쩡하게 놔줬다가 나중에 무슨 짓 저지를지 모르니까?! 그래서 선생님한테 혼수 상태 이상을 걸어 놨어! 이러면 15일은 걔들 섣불리 못 움직일걸! 응! 나는 유능하잖아! 그러니까 용서해주는 게 맞아!"

이상의 진술을 주장했고—.

그렇지만 벌이다!

"삐캬앗~!"

목 졸려서 죽는 닭 비슷하게 비명 지르는 흡혈 양을 고소하다는 듯이 득의의 미소를 띠며 지켜보는 페르미나.

남 일처럼 시치미 떼는 자네, 흡혈 양한테 가담했었지?

"히익?!"

같이 벌줬다.

뭐, 결과적으로 야마다랑 다른 일행들 모두 그럴싸하게 몸을 빼냈고 흡혈 양이 선생님한테 혼수 상태 이상을 걸었던 것도 제법 좋은 판단이어서 벌도 가볍게 주고 마쳤다.

벌의 자세한 내용은 흡혈 양이랑 페르미나의 명예를 위해 설명하지 않겠다.

흡혈 양이 선생님한테 건 혼수라는 상태 이상은 수면의 상위에 속하는 상태 이상이라더라.

해제가 무척 어렵고, 걸린 동안은 글자 그대로 의식을 잃은 채 깨어나지 못하는 상태 이상이다.

어느 틈에 그런 상태 이상을 일으키는 스킬까지 익혔던 거야…….

뭐랄까, 난 혼수라는 상태 이상을 아예 몰랐단 말야…….

으음. 대부분의 스킬은 파악했다고 자신했었는데 사실은 내가 알지 못하는 스킬이 아직도 한참 더~ 많다는 걸 재인식.

흡혈 양의 설명으론 선생님한테 건 혼수는 15일이면 자동 해제된다고 한다.

왜 15일이냐면 날짜가 더 길어지면 급격하게 쇠약이 확 진행되면서 깨어나지 못한 채 죽어버리기 때문이래.

무셔라!

뭐, 의식을 잃은 동안은 식사도 못 하는 처지니까 물론 장기간 이어지면 죽을 만하지.

선생님이 의식을 잃은 동안은 야마다랑 다른 사람들 모두 활동하는 데 제한을 받을 테고, 선생님한테 쓸데없이 잘못된 정보를 듣게 될 우려도 없다.

선생님의 정보 출처는 포티머스잖아.

그 작자는 보나 마나 선생님한테 왜곡된 사실을 주입시켰을 게 확실하다.

그 때문에 야마다나 다른 누구가 뜬금없는 행동을 안 저지르리라는 보장도 없어.

그런 의미에서는 선생님을 혼수상태로 만든 건 분명히 굿 잡이야.

선생님이 의식을 잃고 있는 15일 동안은 야마다랑 같은 일행들 전부 행동을 제한받는 만큼 그동안 우리는 다른 계획을 진행하면 된다.

꼭 해내야 할 일이 잔뜩이야.

우선 마족령의 내정.

이쪽은 발트에게 전부 떠넘겼다.

대전 종료 후 지금껏 오니 군을 포함해서 군단장 총출동으로 전후처리에 분주했었는데 이제는 슬슬 일단락되고 있는 상황이야.

가슴 여자도 복귀했겠다, 통상 운영으로 되돌려도 괜찮을 거다.

그런고로 다음 단계, 엘프 마을의 원정 준비에 들어간다!

그래! 엘프의 마을에! 원정!

대전이 끝난 지금, 이제는 진짜 좀 눈엣가시 포티머스를 처단하자는 목적으로 엘프의 마을을 괴멸하기 위한 원정이다.

지난 사례처럼 부숴도 다음 녀석이 튀어나오는 일회용 포티머스가 아니다.

포티머스의 본체를 친다.

그러려면 엘프의 마을을 철두철미하게 괴멸시킬 필요가 있다.

뭐, 바로 이러한 목적 때문에 선생님의 발을 묶어 둘 필요가 있었던 거야~.

선생님은 엘프잖아. 휘말려 들게 놓아둘 순 없는걸.

포티머스를 상대하는 동안 선생님이나 다른 전생자를 신경 써줄 여유가 과연 있을지 모르고…….

포티머스와 치를 싸움은 극히 치열할 것이라 예측할 수 있다.

엘프의 마을에 감금되어 있는 전생자들은 물론 구출할 계획이지만 솔직히 말하자면 최악의 경우 외면하게 될지도 모르겠다.

그만큼 포티머스와 치를 싸움은 위험할 거야.

주의가 흩어질 수 있는 요인은 가능한 한 줄이고 싶은 마음이지.

포티머스와 싸울 땐 만전의 상태에서 임하고 싶거든.

아무튼 그러려면 꼭 맞부딪쳐야 하는 남자가 한 명 있단 말이지…….

신언교 교황 더스틴.

이 남자의 협력 없이는 포티머스와 전면 전쟁을 일으키지 못한다.

"……또 당찮은 요구를 하시는군요."

그런고로 찾아왔습니다!

신언교 총본산, 성 아레이우스 교국!

나랑 맞은편은 아니고 한 자리 옆쪽에 앉아 있는 게 신언교 교황 더스틴 본인이다.

왜 맞은편 자리가 아니냐고?

"가능하잖아? 아니, 되게 만들어."

맞은편에는 빙긋 웃는 얼굴의 마왕님이 앉아 계시거든요, 넵.

인족의 수장이라고도 말할 수 있는 교황.

마족의 수장이라고도 말할 수 있는 마왕.

본래 도저히 같이 자리할 수조차 없는 두 사람.

그런데 이렇게 마주 앉아서 회담을 진행한다는 기적.

본래는 역사에 남길 만한 천만뜻밖의 현장이라고 말할 수 있겠다.

그런 굉장한 자리에서 교황에게 아무 거리낌 없이 의견을, 아니, 협박을 늘어놓는 마왕님.

와아~ 역시 대단하십다.

한편 교황은 성대하게 한숨을 내뱉었다.

"마족군의 인족령 통행을 허가하라뇨. 그 의미를 알고 말씀하시는 겁니까?"

넵. 이번 의제가 두둥~.

엘프 마을을 박살 낼 테니까 마족군이 인족령을 지나가게 해라.

간결하게 말하면 적군이지만 잠깐만 지나갈게?

교황이 당찮은 요구라고 말한 이유도 납득이 되는 내용이었다.

어느 세계에 적군의 통행 허가를 내주는 나라가 있단 말인가.

그리고 마왕과 교황의 관계는 엄연한 적.

각각 마족의 대표, 인족의 대표를 맡고 있잖아.

지금은 둘 사이에 엘프라는 공통의 적이 있기 때문에 일시적으로 협력하고 있을 뿐이고…….

적의 적은 아군이라는 말에 가깝다.

실제론 삼자 견제를 면한 적대 관계라는 말이 옳겠다.

포티머스가 비록 말살해야 할 우선순위는 훨씬 높아서 부분적으로 협력이 이루어지고 있으나 적대 관계라는 사실은 달라지지 않는다.

게다가 마족과 인족은 막 얼마 전까지 엄청 큰 대전을 치른 참이잖아.

그런 상태에서 마족군을 통과시켜달라는 것은 무지막지하게 당찮은 요구가 아닐 수 없다.

게다가, 게다가 말야!

부분적으로 협력이 이루어지는 것은 어디까지나 마왕과 교황뿐.

마족과 인족이 아닌 마왕과 교황뿐.

이게 중요해.

마왕도 교황도 실질적으로 마족과 인족의 꼭대기에 서 있는 입장이기는 한데 양 종족을 완전하게 장악하는 게 아니거든.

마왕은 물론 공포 정치로 꽤 장악했다고 말할 수 있겠지만, 그 결과로 알력이 아주 없는 것은 또 아니잖아~.

한편 교황은 종교라는 더욱 헐렁한 지배 형태를 취하기 때문에 강권을 발동하기는 어렵다.

종교가 사람을 선동하는 데는 무척이나 편리한 지배 형태라고 생각하지만, 어디까지나 사람의 사상에 작용하는 체계이기 때문에 누군가의 사상과 어울리지 않는 행동을 강제하기는 좀 어렵잖아.

마족과 화해하라는 게 가장 대표적인 예시일 거야.

아니, 애초에 신언교는 이제껏 마족을 주적으로 내세워서 인족을 부추겨왔는걸.

그런데 갑자기 반대 의견을 제시하면 구심력이 급락할 것은 틀림없지.

구심력으로 성립된 신언교의 입장에서는 붕괴와 아무것도 다를 게 없다.

뭐, 왕후 귀족 중에도 「신언교의 분부라면야!」라는 느낌으로 신언교를 신봉하는 사람들이 있는 만큼 웬만하면 와장창 붕괴가 일어날 것 같지도 않지만 말야.

실효 지배를 안 하는데도 사상만 갖고 이렇게까지 인심을 조종하는 교황의 수완은 무시무시하다는 한 마디면 족하겠네.

그야 마왕도 괴물 취급을 할 만하겠어.

그런 교황마저도 이번 요구는 너무하다며 머리를 싸쥐는 반응이다.

뭐~ 마왕은 되게 만들라고 협박했지만 솔직히 무리죠.

아무려면 너무한 요구인 줄 몰랐을까 봐? 어쩔 수 없이 내가 군대를 통째로 전이시켜서 인족령은 훽 날아갈 수밖에…….

"교섭은 정말 힘들었습니다."

진짜 가능한 거냐~?!

……어? 진심?

"역시 대단하네~! 너라면 가능하다고 난 믿고 있었어! 응!"

마왕이 멋지게 웃는 얼굴로 교황을 칭찬해줬다.

그런데 이게 그거다.

「진심이야? 이 자식……」이라고 내심 혀를 내두르는 패턴이었다.

왜냐하면 사전 협의 땐 교황도 이 난제는 달성하지 못할 거라고 말했었거든!

마왕이랑 미리 협의한 내용은 이렇다.

처음에 무리난제를 던져준 다음 정 무리라면 최대한 지원을 해라~! 이렇게 협박……. 으흠, 으흠! 아무튼 교섭을 하자는 게 진짜 계획이었다.

응, 맨 처음에 무리난제를 들이밀었다가 다음에 달성 가능한 진짜 요구를 제시하는 게 교섭의 기본이잖아?

어차피 마족군을 인족령으로 통과시키라는 요구는 가능할 리가 없으니까 저걸 구실로 내세워서 뜯어낼 만큼 뜯어내자고 못된 표정을 짓고 크헤헤. 그렇게 마왕이랑 같이 상의했었는데, 그런데…….

이 영감님, 뭐라 말씀하셨지?

교섭은 정말 힘들었다?

그럼 요컨대 이젠 준비가 다 완벽하니까 언제든 Go 사인을 보낼 수 있단 뜻이지?

……뭔데, 이 치트 영감님.

전생자 제군들. 정치 치트를 시도하지 않은 게 정답이었어.

이 치트 영감님한테 급조한 정치 치트는 절대 안 통하니까…….

"그나저나 괜찮은 거야? 제아무리 천하의 신언교도 꽤 무리를 해야 할 텐데?"

앗! 마왕! 질문이 조금 안 좋아!

당황하는 내 속마음을 그대로 받아들인 것처럼 교황의 미소가 그윽해졌다.

"예, 정말 난감합니다. 훗날을 생각할 수 없는 상당히 뼈아픈 지출을 감수해야만 했습니다. 그러니……."

교황은 일단 말을 멈췄다가 눈에 힘을 주었다.

"실패는 용납되지 않습니다?"

히이이익?!

무셔라?! 이 영감님, 전투 능력도 없으면서 엄청 무섭다?!

협박할 작정으로 왔는데 협박당했잖아, 뭐야!

"……뭐래, 실패는 안 해. 절대로 말야."

영감님한테 압도된 나랑 대조적으로 마왕은 침착하게 대답했다.

"이때를 쭉 기다려왔어. 줄곧, 줄곧……."

조용하게 말하는 마왕.

그래도 저 눈에 깃든 의지는 도저히 조용하다고 형용할 수 있는 부류가 아니었다.

조용함과는 정반대의 사납게 날뛰는 격정이 맴돌이친다.

"그러게 말입니다. 길었죠, 정말 긴 시간, 이때를 기다렸습니다."

그리고 비슷한 눈빛을 보여주는 교황.

저 둘은 정신이 아득해질 만큼 긴 시간을 포티머스와 쭉 적대해왔다.

평생의 원수라는 말이 있는데 길고 길었던 삶에서 포티머스에게 쌓인 원한이 어지간하겠어?

나도 포티머스 녀석은 진짜 싫어하지만 저 둘의 감정과 비교하면 분명 귀여운 수준일 거야.

어쨌든 원망을 가져왔던 기간이 너무 다르잖아.

중이 미우면 법의까지 밉단 말처럼 콱 각인됐겠지.

실제 마왕도 교황도 포티머스 증오가 너무 지나쳐서 엘프를 보면 다짜고짜 학살을 벌인 역사가 있고…….

뭐, 엘프는 포티머스의 권속 비슷한 종족이라서 어쩔 수 없겠지만 말이야.

게다가 최근 엘프를 학살하는 건 주로 내 지시를 받은 제10군단이고…….

남 말을 할 처지가 아니었구나~.

불쑥 현실 도피를 해봤지만 향수가 느껴지는 아득한 눈빛을 띠며 침묵하는 마왕과 교황이 눈에 들어오자 등에서 줄줄 땀이 맺히는 기분이다.

큰났다. 이거 실패했다간 진짜 망한다.

아니, 실패할 마음은 눈곱만큼도 없지만 말야?

상대가 다름 아닌 포티머스잖아?

진짜 비열한 놈이라서 깜짝 선물 한둘쯤은 분명 준비했을 거란 말이야.

그 깜짝 선물의 성능에 따라 일시적 철수 따위도 내심 선택지에 넣었단 말이죠.

그런데 마왕이랑 교황의 분위기를 보면 도저히 입이 안 떨어진다…….

이미 「잘 만났다, 100년의 원수! 결판을 내주마!」 비슷한 분위기가 풀풀 느껴졌다.

……실제론 고작 100년이 아니지만~.

그야 감개무량하겠지.

그리고 포티머스 말살의 성패가 내 손에 달렸다.

오오, 벌써부터 위가 콕콕 통증을 호소하는군?

압박감 장난 아니야.

……괘, 괜찮아! 문제없어!

이때를 위해서 오랜 시간을 들여 준비했잖아!

해낸다, 해낸다!

스스로를 믿어라!

그렇게 자기 자신을 응원한다.

뭐, 되도록이면 한 방에 성공을 거두고 싶은 마음은 나한테도 있거든.

마왕이랑 교황이 이제까지 포티머스 때문에 삼켜야 했을 피눈물을 생각하면 더더욱…….

지긋지긋하게 포티머스의 민폐를 감당해왔던 인물들인 만큼 이번에는 마왕과 교황이 기분 좋게 후련하게 마음을 풀어주면 좋겠다.

교황이 교섭을 마쳐준 덕에 여유가 꽤 생기기도 했고.

원래 계획에서는 교황이 아무리 대단해도 마족군을 인족령으로 진군시키자는 요구는 허가하지 못할 것이라 예상했었거든.

따라서 몹시 기운을 빼내야 할 수단이지만 내가 전군을 전이로 엘프의 마을 앞까지 직접 태워다줄 작정이었다.

엄청나게 에너지를 소비하겠지만 말이야!

필요 경비라고 결론을 지어버렸다.

하지만 인족령을 지나갈 수 있다면 방대한 경비를 절약할 수 있다!

그만큼 에너지를 다른 부분에 할당할 수 있잖아.

이러면 포티머스 말살의 성공률을 크게 올릴 수 있다.

그러나 문제도 발생한다.

전이로 옮기자는 방법은 한순간에 끝날 테니까 마족군에 진군 준비를 본격적으로 지시하지 않았다.

그렇지만 인족령을 행군해서 직접 이동하자면 꼼꼼하게 준비랑 진군 계획을 수립해야 한다.

마왕과 교황이 추후 예정의 상세한 내용을 협의하고 있다.

이래선 마족령에 돌아간 이후가 더 힘들겠구나…….

진짜 서둘러서 준비해야겠네.

마왕과 교황의 오랜 비원을 무사하게 달성해주기 위해서도 말이야.

단장 오니가 나아가는 길

『속죄하라.』

눈을 감으면 마치 머릿속에 직접 말을 건네는 것처럼 저 말이 떠오른다.

눈을 떠도 저 말은 결코 사라지지 않는다.

잠들어도 깨어도 줄곧 달라붙은 채 떨어지지 않는다.

『속죄하라.』

금기 LV 10의 효과.

금기를 범하여 스킬 레벨을 끝까지 다 올린 인물에게 주어지는 지식과 대가.

금기 최고 레벨을 이룬 인물들은 평생 이 말과 함께 살아가야만 한다.

『속죄하라.』

이 세계에서 사는 모든 인간에게 건네는 말.

이 세계를 파멸 직전까지 몰아넣은 인간들에게 죄를 자각시키기 위한 것, 금기.

그런데, 이곳과 전혀 무관계한 세계에서 살았던 우리 전생자는 도대체 무엇을 속죄해야만 한단 말인가?

그 대답은…….

전후 처리가 이토록 큰일일 줄은 예상하지 못했다.

대강 작업을 종료한 뒤 축 늘어졌다.

능력치 및 스킬 덕분일까, 육체적인 피로는 별로 대단하지 않다.

다만 정신적인 피로가 끔찍하다.

그 이유는 내가 맡아서 처리했던 업무는 전사자 명부의 확인 및 유족에게 줄 위로금의 준비이기 때문이다.

내가 이끌었던 제8군은 희생자가 몹시 많았다.

절반 이상은 내가 적군에게 들이밀어서 반쯤 특공 비슷한 작전을 강제했던 탓에 죽은 인물들이다.

명부를 볼 때마다 그들이 내게 보냈을 원념의 목소리가 들려오는 기분이었다.

그리고 회수된 유체에 매달리는 유족의 모습.

유족들에게 나는 마음이 담기지 않은 애도의 말을 건네야 한다.

마음을 담아서는 안 된다.

그런 언사를 할 자격이 내게는 없다.

나는 그들을 사지에 강제로 보냈던 못된 상관으로 남아 있어야만 하니까.

본래 이렇듯 감상에 잠기는 태도마저 내게는 용납되지 않는다.

나는 아무것도 생각하지 않기 위해 오로지 전후 처리를 수행했다.

내가 싸웠던 장소의 요새는 내 손에 파괴되어버렸기 때문에 점거할 만한 전략적인 가치가 이미 사라졌다.

단순한 잔해의 산을 점령해 봤자 쓸모가 없다.

그렇지만 전투 후 방치된 양군 사망자의 시체 및 요새 내부에 있던 물자 따위를 회수해야만 했다.

가만 놔두면 전쟁터의 도둑이 뿌리까지 뽑아서 가져갈 테지.

요새에 있던 물자는 내가 요새를 부쉈을 때 대부분이 못 써먹을 만큼 망가져버렸지만, 운 좋게 붕괴에 휘말리지 않고 무사히 보관되어 있던 몇몇은 회수할 수 있었다.

그 이상으로 큰일이었던 것은 시체의 회수다.

회수를 담당했던 인력은 물론 제8군의 생존자 및 새로 고용한 인원.

그들 대부분이 사망자와 면식이 있는 인물들뿐.

지인의 시체를 발견한 뒤 오열을 참지 못해서 작업하던 손을 멈추는 경우가 거듭 발생했다.

이것이 내가 만들어 낸 광경.

말을 도저히 잇지 못하겠다.

그럼에도 나는 잠자코 넘길 순 없었다.

울부짖는 작업원들에게 「울지 말고 움직여라」라며 신랄한 말을 툭 던진다.

원망 가득한 눈빛을 보내는 사람에게는 더한 안력으로 마주 쏘아봐준다.

위압을 동반하는 매서운 시선 앞에서 인원들은 얼굴을 숙인 채 굴복할 수밖에 없었다.

제8군의 인원들은 본래 나하고 아무 관계도 없는 오합지졸의 집단일 뿐.

나에게 보일 충성심 따위 처음부터 없었다.

그런 무심함은 사지에 강제로 떠밀려 많은 전우를 잃어버림으로써 적개심과 두려움으로 변화했다.

부조리한 죽음에 대한 증오.

그렇지만 거역하지 못한다.

그 울분에 찬 심정이 절실하게 전해져온다.

그야말로 공포로 부하를 속박하는 악당 장군이다.

정의 따위 어디에도 있을 수 없다.

그래도 이게 내가 선택한 길이다.

이제 와서는 결코 되돌아갈 수 없다.

거하게 한숨을 내뱉은 나는 개인실의 의자에서 일어났다.

오늘은 이후에 군단장을 모아서 회의가 열린다.

개인실을 나온 뒤 회의실로 이동.

그 도중에 메라조피스 씨와 딱 마주쳤다.

꾸벅.

꾸벅.

서로 간에 말수가 없이 묵례를 주고받았다.

메라조피스 씨는 소피아 씨의 종자.

그런 인연도 있어서 내가 군단장이 된 이후 쭉 선배 군단장으로서 이것저것 도움을 받았다.

차분한 사람이고 쓸데없는 말을 늘어놓는 사람이 아니지만 오늘은 유난히 분위기가 무겁다.

분명히 나와 비슷한 이유로 기분이 가라앉은 탓이겠군.

언제나 핼쑥했던 안색이 오늘은 특히 창백하게 보였다.

그렇게 서로 간에 아무런 말 없이 회의실로 향했다.

문을 열어서 회의실에 들어갔더니 비슷하게 무거운 분위기의 다라드 군단장이 이미 자리에 앉아 있었다.

그러나 다라드 군단장은 정신적인 부분보다 육체적인 피로가 더욱 짙어 보였다.

나나 메라조피스 씨와 다르게 다라드 군단장은 평범한 마족이다.

능력치도 그만큼 낮다.

분명히 전쟁 때 쌓인 피로에 더하여 전후 처리로 더욱 피로가 누적된 탓이겠지.

“음. 메라조피스 공과 라스 공인가.”

목소리에도 평소의 패기가 없었다.

어지간히 지친 기색이었다.

“고생 많으십니다.”

무심코 이런 소리가 나와버렸다.

“으음. 역시 피로한 티가 드러나는 겁니까?”

“예, 제법.”

얼버무려도 별 소용이 없을 테니까 솔직하게 감상을 말해줬다.

“한심할 따름이구려. 간만에 큰 무대를 맞이하여 패배한 데다 뒤처리를 맡아선 이렇게까지 추태를 내보이기까지. 금번의 싸움에서는 여러 번 자신감을 잃어버리게 되는군.”

다라드 군단장은 힘없이 웃었다.

그때 타이밍 좋게 코고우 군단장이 입실했다.

거한 군단장은 실내의 분위기를 알아차린 듯 우물쭈물 거동수상자처럼 자리에 앉았다.

코고우 군단장도 안색이 나쁘다.

많든 적든 군단장은 격무에 쫓기고 있단 의미인가.

나도 자신의 자리에 앉아 회의의 시작을 기다렸다.

얼마 지나자 시로 씨가 입실했다.

방에 들어올 때 착각일 수도 있겠지만 코고우 군단장을 쳐다봤던 것 같은데…….

시로 씨는 눈을 감은 채 다니기 때문에 어디를 보고 있는지 좀처럼 알 수가 없지만…….

"응. 다들 모였구나."

시로 씨에게 눈길을 빼앗긴 틈에 어느새인가 아리엘 씨가 입실해 있었다.

군단장은 전원 참석하지 않았는데 나머지는 결석이라는 뜻이 되겠군.

그것보다도 아리엘 씨의 옆쪽에 선 발트 씨의 안색이 위험하다.

당장에라도 죽을 것 같이 흙빛을 띠고 있는데 괜찮을까?

"제2 군단장은 아직 도착하지 않았으니까 결석이고."

아리엘 씨가 제2 군단장 사나트리아 씨의 결석 이유를 알렸다.

사나트리아 씨는 한 번인가 군단장 회의에 현황 보고를 하러 단신으로 복귀했었지만, 그 후에 곧 원숭이 마물에게 점령당하고 만 요새를 감시하러 되돌아가버렸다.

지금은 그 요새에서 제2군을 이끌고 한창 복귀하는 중이다.

저번 회의 때 아리엘 씨의 입에서 다음 원정지는 엘프의 마을이라고 통보는 받아 두었다.

전임 제7 군단장 와키스가 엘프와 결탁했었다는 사실에서 알 수 있듯이 군단장 가운데는 엘프와 긴밀하게 연결된 인물이 있다.

나는 그자가 누구인지 아리엘 씨나 시로 씨에게 듣진 못했으나 태도를 보아 아마도 사나트리아 씨가 맞을 것이라 짐작은 하고 있었다.

단순하게 예상에 불과하지만 십중팔구 틀리지는 않았다.

나조차 짐작할 수 있었던 만큼 아리엘 씨와 시로 씨가 파악하지 못했을 리 없겠지.

즉 지금 사나트리아 씨는 일부러 풀어주고 있는 셈이다.

엘프의 마을로 진군해서 엘프라는 종족을 절멸시키자는 단계에 이르렀는데 아직껏 사나트리아 씨를 가만히 놔둬야 할 이유는 알지 못한다.

하지만 아리엘 씨와 시로 씨가 진행하는 사안이니까 아마도 심오한 이유가 있겠지.

"자, 이번에 갑자기 소집을 한 이유는 다른 게 아니야. 엘프의 마을을 칠 진군 계획 때문이지."

어라? 내심 고개를 갸웃거렸다.

평소 군단장 회의에서 아리엘 씨는 진행을 발트 씨에게 일임했었다.

그런데 오늘은 아리엘 씨 본인이 진행 역할을 담당하고 있다.

평소와 다르다.

그것이 어쩐지 불길한 예감을 불러일으킨다.

"사실을 조금 예정에 변경이 생겼거든. 일정을 부득이하게 앞당겨야 할 상황이 됐어."

그리고 불길한 예감이란 때때로 잘 들어맞는 법이다.

출석한 군단장들이 숨 쉬는 것도 잊어버린 사람처럼 침묵했다.

전후 처리가 간신히 일단락된 직후인데도 불구하고 당장 진군을 개시해야 한다는 통보인 만큼 충분히 납득이 가는 반응이었다.

본래의 진군 계획도 무척 시간이 모자라서 바빴는데 오히려 더욱 앞당겨야 할 상황이라면 벌써 예상되는 데스마치 때문에 당장 머리를 부여잡고 싶어진다.

"어휴~ 미안하네!"

아리엘 씨가 머리를 긁적이며 가벼운 말투로 사죄했다.

아무 위로도 안 될지언정 아마 내심은 진심으로 미안하다는 생각을 가지고 건넨 말이겠지.

이러니저러니 해도 아리엘 씨는 사람이 좋으니까.

그러나 대기하고 있는 업무량은 아리엘 씨가 사죄한들 줄어들지 않는다.

블랙 기업이라는 단어가 머릿속을 스치고 갔다.

인간, 하면 되는 법이더라. 간신히 예정대로 부대 재편을 끝내고 진군 준비를 갖추는 데 성공했다.

이게 다 군단장이 한데 뭉쳐서 준비에 분주했던 결과이다.

특히 발트 씨와 다라드 군단장은 대단히 협력적이어서 이번 준비 기간 중 꽤 격의 없는 사이가 될 수 있었다.

의외였던 게 엘프와 내통했다고 짐작되는 사나트리아 씨도 제법 협력적이었다는 점이다.

마왕성으로 귀환했던 사나트리아 씨는 마족령 잔류조인 발트 씨와 다라드 군단장과 협력해서 치안 유지 및 엘프 마을로 진군 중 방어 체제의 재점검에 적극 참가했다.

발트 씨와 다라드 군단장처럼 전력을 빼내 원정조에 위임하진 않았지만…….

그럼에도 이쪽이 큰 도움을 받았던 것 역시 사실이다.

아무래도 사나트리아 씨는 엘프를 내치고 아리엘 씨에게 붙을 작정인 것 같다.

박쥐 같아서 거부감이 들지만 내가 손을 쓸 사안은 아니었다.

반대로 적극적이지 않았던 건 제3 군단장 코고우 군단장이다.

코고우 군단장은 옛날부터 반대파였던 만큼 이번 원정에도 반대하는 눈치였다.

그렇다 한들 적극적으로 협력하지 않았을 뿐 딱히 방해를 하진 않았다.

소극적으로 발트 씨라든가가 지시를 내리면 고분고분 따라 움직여주었다.

의지박약. 우유부단.

그것이 내가 코고우 군단장에게 느낀 인상이다.

조금 가시가 돋친 단어로 표현해버린 것은 어쩔 수 없다.

이쪽이 잠들 시간도 아까워하며 뛰어다니는 동안, 군단장 중 유독 혼자서 적극적으로 협력하지 않은 인물이었으니까.

협력해주지 않은 인물을 꼽자면 제9군 군단장 쿠로도 마찬가지였으나, 그 사람은 군단장 중에서도 특수한 입장에 있어서 어쩔 수 없다.

또 한 사람 특수한 입장에 있는 군단장, 시로 씨에 관하여 얘기하자면 이쪽도 무척 바쁘게 뛰어다녔다.

말은 이렇게 했지만 실제 바쁘게 돌아다니는 시로 씨를 목격했던 것은 아니다.

시로 씨가 지휘하는 제10군은 공식상 어떤 활동을 하고 있는지 수수께끼가 많은 군단인데, 시로 씨가 전이를 구사하여 이곳저곳을 휙휙 돌아다님으로써 갖가지 잡무를 수행하고 있음을 나는 잘 알았다.

그런 제10군의 모습을 준비 기간 중 전혀 보지 못했다는 것이 분주함의 증거다.

물론 제10군도 당연히 이번 출진의 날에는 직접 참석했다.

……소피아 씨를 비롯하여 일부 얼굴이 안 보이는 사람들도 있지만.

얼굴이 안 보이는 사람들은 아마 제국군과 동행했을 테지.

우리들 앞쪽에 이미 나츠메가, 지금은 유고였던가, 지휘하는 제국군이 엘프의 마을을 향해 진군하는 중이다.

우리 마족군은 저들의 조금 뒤 제2진으로 진군하는 셈이다.

출진하는 마족군을 쓱 훑어봤다.

시야에 가득 들어오는 것은 제국의 부대 깃발.

제국의 부대 깃발이 쓱 훑어만 봐도 눈에 가득 들어올 만큼 상당한 숫자로 펄럭거리고 있었다.

이 깃발을 준비한 사람은 아마 시로 씨겠지.

우리는 이제부터 제국군 행세를 해서 진군을 개시한다.

마족과 인족은 외모 차이가 없다.

따라서 이렇듯 소속을 알기 쉽게 나타내주는 수단을 내걸고, 또한 사전에 제국군임을 퍼뜨리면 발각될 우려는 없었다.

예외는 나처럼 외모가 다른 부류겠지만 이 역시 전신 갑옷 따위로

겉모습이 안 보이게 숨기면 문제없었다.

인족령에서는 지금쯤 제국군이 진군하기 위한 준비가 완료되었을 테지.

실은 제국군의 정체가 마족군인 줄도 모른 채…….

그 교황이라면 이런 분위기 조성이야 해냈을 테니.

내가 교황에게 품었던 첫 번째 인상은 평범한 노인이었을 뿐 달리 감흥은 없었다.

강자 특유의 기세라는 게 일절 느껴지지 않아서 저 목을 손에 잡고 살짝 힘주면 손쉽게 목 졸라 죽일 수 있다.

그렇게 확신했다.

거기에 착오는 없다.

교황은 틀림없이 전투 능력은 전무와 마찬가지인 터라 내 일격으로 손쉽게 처단할 수 있을 만큼 약했다.

그렇지만 이것은 어디까지나 전투 능력의 이야기다.

아리엘 씨마저 괴물이라고 부르는 교황.

나는 그 편린을 똑똑하게 목격할 수 있었다.

"그 때문에 더더욱 저는 쌓아 올렸던 시체의 산을 허사로 만들지 않기 위하여 전력합니다."

그 말이 얼마나 내게 충격을 주었는지를 분명 교황은 알지 못할 것이다.

나와 교황의 만남은 시로 씨, 아리엘 씨와 동행해서 성 아레이우스 교국을 방문했을 때 이루어졌다.

대전이 일어나기 전, 본래는 적대 관계에 있을 마족의 수장과 실질적인 인족의 수장이라고 표현해도 무방한 신언교의 교황.

그런 두 사람이 교섭을 하기 위해서 마련된 자리에 나도 동석을 허락받은 덕분이었다.

아리엘 씨와 교황은 대전 후 엘프를 타도하기 위하여 공동 전선을 펼치자는 취지로 합의, 밀약을 체결한 것 같았다.

그에 동반되는 조정, 대전 이후 및 엘프 타도 이후의 방침 등등을 상의, 본심을 터놓고 서로 대화하는 것이 회담의 목적이었다.

아리엘 씨는 시스템 구축 전의 시대부터 살아온 이른바 역사의 산증인이다.

한편 교황도 아리엘 씨에게 들은 바로는 기억을 계승하여 전생하는 특수 스킬을 보유하고 있다던가.

줄곧 살아왔는가 거듭 전생했는가의 차이가 있을 뿐이지 아리엘 씨와 마찬가지로 역사의 산증인이라 말할 수 있겠다.

또한 역사를 올바르게 알고 있다면 이 세계를 관장하는 시스템의 정체도 알고 있다는 뜻과 다르지 않다.

금기가 가르쳐줬던 시스템의 진실.

과거 인간들은 우행을 거듭함으로써 별 자체를 붕괴 직전까지 몰아넣었고 그 위기를 한 분의 여신이 희생함으로써 저지했다는 것.

그러나 어디까지나 붕괴를 일시적으로 막았을 뿐 지금껏 여전히

이 세계는 붕괴의 위기에 직면해 있다.

시스템이란 생물이 평생 살면서 쌓는 경험치, 능력치 및 스킬에 반영되는 힘을 그 생물의 사후에 회수하여 붕괴를 앞둔 세계의 재생에 할당하는 장대한 술법을 말한다.

아리엘 씨와 교황은 물론 시스템의 진실을 알고 있었다.

그래서 더더욱 아리엘 씨는 마왕으로서 마족과 인족을 싸우게 만들었고 사망자를 늘림으로 시스템에 에너지를 공급하고 있었다.

또한 신언교의 가르침, 「스킬을 성장시켜서 신의 귀한 말씀을 더욱더 많이 듣는다」라는 것은 살아가는 동안에 쌓는 에너지를 더욱 늘리기 위한 목적이었다.

이 세계의 주민은 시스템에 의해 스킬이며 레벨 업을 이뤘을 때 변경 사항을 알려주는 안내 방송을 듣고 자라난다.

그것을 신의 목소리라고 숭상하는 것에 위화감을 느끼는 인물은 적다.

그렇게 교육을 받고 자랐으니까.

그러나 다른 전생자들은 신언교의 가르침을 들으면 이세계에는 별난 가르침을 베푸는 종교가 있다 싶어서 의아해할지도 모른다.

나 역시 아무것도 모른 채 저런 가르침을 알게 되었다면 비슷한 감상을 품었을 테지.

혹은 전생자끼리였다면 농담의 소재가 되었을지도…….

신언교의 가르침은 되게 이상하다면서.

진실을 알면 웃을 수 없다.

신언교는 종교라는 체계를 이용해서 인족에게 널리 강요하는 셈이다.

세계의 초석이 되라고…….

어릴 적부터 가르침을 주입하고 각인시켜서 자기 의사로 신언교의 가르침에 따른 것이라 믿게 만든다.

대단히 효율적이다.

어쩐지 오싹함을 느끼게 될 만큼…….

그 이유는 분명 생명을 소모품처럼 취급하고 있기 때문일 테지.

마치 목장과 같은 느낌이다.

인족이라는 고기를 키워서 계속 출하한다.

인족은 본인들이 저런 목장에서 사육당하는 처지임을 자각하지 못하는 것이 또…….

그런 목장을 만들어 낸 인물이 바로 신언교의 교황.

신언교의 사정을 알면 알수록 교황의 무시무시함을 깨닫게 된다.

신언교의 무시무시한 부분은 조직력이다.

인족령의 거의 전역에 걸쳐서 신언교는 영향력을 가지고 있다.

예외는 여신교를 신봉하는 사리엘라 국이 고작인지라 여타의 다른 나라에는 반드시 교회가 건설되어 있었다.

작은 마을에도 예배당이 자리를 잡아 신언교의 뿌리를 넓히고 있었다.

어린아이는 신언교의 축복을 받고 가르침을 들으면서 자란다.

어른이 될 무렵에는 훌륭한 신언교도가 완성된다.

그렇게 인심을 장악하여 인족 전체를 은밀하게 지배하고 있다.

그뿐 아니라 각지에 흩어져 있는 신언교의 교회는 정보의 집적지,

혹은 중계지로서 이용된다.

신언교의 관계자 대다수는 염화의 상위 스킬인 원화를 습득했다고 한다.

원화는 멀리 떨어져 있어도 같이 원화를 보유한 인물과 염화로 대화를 나눌 수 있는 스킬이다.

저 스킬을 구사하여 멀리 떨어져 있는 지역의 정보를 구두로 보고, 신언교의 총본산 성 아레이우스 교국까지 말 전달하기 게임의 요령으로 전파해준다.

리얼 타임까지는 못 되더라도 멀리 떨어진 지역의 정보를 신속하게 획득할 수 있는 셈이다.

교황은 신선한 정보가 얼마나 큰 가치를 발휘하는지 잘 이해하고 있다.

자동차 및 항공기가 없는 이 세계에서는 이동에도 시간이 소요된다.

전이진이나 원화라는 예외를 제외하면 정보의 전달 수단은 파발을 이용하는 것이 가장 빠르지만, 그래 봐야 늦는 경우도 많다.

교황은 각지에 원화 사용자를 배치함으로써 정보 전달의 지체를 최소한으로 억제하고 있었다.

그리고 획득한 정보를 근거 삼아서 정세를 파악한 뒤 자기 뜻대로 움직여 나간다.

그 밖에도 갖가지 체계를 만들어 신언교라는 조직을 반석에 올려놓았다.

특히 주목해야할 것은 저러한 체계에 일손은 많이 필요할지언정 특출한 재능을 요구하지 않는 점이다.

원화는 염화의 상위 스킬임에도 일단 염화를 익히고 나면 습득이 별로 어렵지 않았다.

마찬가지로 신언교라는 조직을 운용하는 데 요구되는 스킬은 전부 하나같이 일반적인 것들뿐이다.

누구든 마음먹으면 습득할 수 있다.

이것을 뒤집어 생각하면 누구든 해낼 수 있다는 의미.

이때 누구든 해낼 수 있다는 것이 중요하다.

즉 대역을 얼마든지 육성할 수 있단 의미이니까.

단 한 사람의 걸물에게 조직 운영을 맡기는 것이 아니라 여타의 수많은 일반인에 의해 지탱되고 있다.

누구든 해낼 수 있기 때문에 결원이 발생해도 보충은 수월한지라 구멍이 뚫리는 불상사가 없다.

누군가가 빠져도 다른 누군가가 대역을 맡아줄 수 있다.

게다가 교황 역시도 예외가 아니기에 더스틴이라는 이름을 계승한 교황이 부재하는 동안에도 다른 교황이 역할을 맡아 수행해줬다.

또한 더스틴이 부재한 기간에도 신언교가 흔들리는 사태는 없었다.

그것은 오직 신언교라는 조직의 기반이 무시무시할 만큼 견고하기 때문이다.

국가 백년대계라는 말이 있는데 신언교는 훨씬 더 긴 시간을 내다보고 조직에 절대적인 안정성을 부여하여 만들어졌다.

교황은 틀림없이 특출한 걸물이다.

그렇지만 본인의 힘에 자만하지 않고 사람들을 써서 인족을 지배하고 있었다.

그야말로 인간의 왕.

내가 봐왔던 걸물 중에서는 이질적인 존재다.

아리엘 씨, 시로 씨, 소피아 씨와 메라조피스 씨 등등 내가 봐왔던 강자는 본인이 강한 까닭에 부하들에게 의지하려 들지 않았다.

개인으로서 완성되어버린 까닭에 절대 강자일 뿐 부하들을 통솔하는 왕이 되어서 성취한 지위가 아니었다.

내가 봐왔던 인물 중 가장 왕에 어울렸던 강자는 이미 사망한 제1군단장 아그너 씨일 것이다.

아그너 씨는 제1군뿐 아니라 마족 전체를 잘 살펴서 통솔했었다.

그러나 아그너 씨마저도 조직 운영은 본인의 힘에 완전하게 의지하는 사람이었음을 부정할 수 없다.

아그너 씨가 없으면 분명 성립하지 못했을 체계였다.

교황의 지배는 이렇듯 한 사람이 빠졌을 때 성립하지 못하는 허술한 체계가 아니다.

교황은 본인의 힘과 한계를 잘 분별하여 빠른 단계부터 조직 구축에 초점을 집중시켜 행동해왔을 것이다.

앞을 내다볼 줄 아는 무시무시한 혜안이다.

그리고 실제 신언교를 이렇게까지 대규모로 만들어 낸 만큼 그 수완은 분명하겠다.

이상의 설명을 나는 아리엘 씨가 가르쳐줘서 알게 되었다.

아리엘 씨는 신언교의 이런저런 사정을 가르쳐줬고, 나는 교황이라는 인물의 굉장함을 다 알게 되었다고 착각했었다.

……실물을 보고 단순히 착각이었음을 깨달아야 했지만.

"용사는 죽일 거야. 이미 결정된 사항이야."

"하나 말씀대로 진행한다면 마왕을, 당신을 인족이 억제할 방법까지 사라집니다. 적잖이 일방적인 수단이 아니겠습니까?"

"용사가 나랑 맞싸우기 위해서 내세 얼마나 많은 에너지를 낭비할 것 같아? 그런 존재는 차라리 없는 게 양쪽에게 다 유리할 텐데?"

"……오호라. 용사를 단지 살해하는 것이 아니라 용사라는 요소 자체를 제거할 계획이시군요?"

"그런 뜻이야."

"그때 이득과 불이익은 어찌 됩니까?"

아리엘 씨와 용사의 처분을 상의하는 교황.

들은 이야기에 따르면 막 언급된 용사라는 사람은 전세 때 나와 친한 사이였던 슌의 형이다.

그리고 교황은 그 용사를 엘프가 이면에 있는 인신매매 조직의 적발에 참가시켜서 실전 경험을 쌓게 만드는 동시에 사람들의 인기를 모아주었다.

마족과의 전쟁이 냉전 상태에 들어갔었기 때문에 용사에게는 눈에 띄는 활약의 자리가 없었다.

그 구멍을 메우기 위해 실전 경험을 쌓는 한편으로 눈에 띄는 공적을 몰아줘서 사람들에게 널리 주지시킬 뿐 아니라, 엘프의 음모를 박살 낸다는 일석삼조를 이루어 냈던 구상이다.

덕분에 용사 율리우스는 인기가 높아졌고 인신매매 조직 상대로 실전 경험을 쌓음으로써 역대 용사에게 뒤지지 않는 수준에 다다랐다.

그렇게 애지중지 키운 용사를 교황은 이득을 제시받았기 때문에 곧장 내던져버렸다.

"유고 반 렝잔드를 용사로 발표하라는 말씀입니까?"
"맞아. 진짜는 슈레인 재건 애너레이트가 맞지만."
"진짜를 숨겨야 할 이유는?"
"유고는 우리 시로의 꼭두각시거든. 본인은 아예 인식도 못 하지만 말이야. 우리 쪽에서 내키는 대로 부려 먹을 수 있는 인간을 용사로 세워 놓아야 작전이 편해져."
"오호라. 애너레이트 왕국에서는 포티머스가 뭔가 불온한 움직임을 보이고 있습니다만, 그것도 관계가?"
"엄청 관계있지. 포티머스를 애너레이트 왕국에서 쫓아내기 위해서라도 애너레이트 왕국에 한판 법석을 일으켜줘야 해. 그때 유고한테 정의가 있는 것처럼 국제 사회에 분위기를 만들어야지."
"그때 가장 빠르고 편리하며 아울러 신용할 수 있는 수단이 유고 왕자를 용사로 발표하는 조치란 말씀이군요."
"빨리 이해해줘서 고맙네."
"하나 거짓말이 발각되었을 때 신언교의 신용 실추는 거대합니다. 그 보전은 어찌해주시렵니까?"
"그거야 엘프를 뿌리째 없애버리면 거스름돈이 남을걸? 엘프를 박살낼 때도 유고는 써먹을 예정인 데다가 그때 공적 중 절반을 협력해준 신언교가 가지고 가면 돼. 뭔가 불리한 상황이 벌어진다면 당연히 전부 다 유고의 힘에 세뇌당했기 때문입니다~, 라고 둘러대서 도망치면 그만이고."

이득이 있다면 진짜 용사를 날조하는 짓도 불사한다.

포티머스를 타도하기 위해서라면 일국을 혼란의 도가니로 몰아넣는 짓까지 한다.

좋게 표현하면 대국을 내다보는 판단이었다.

나쁘게 표현하면 몹시 기계적이고 인간의 생명을 숫자로밖에 보지 않는다.

한 사람을 내버림으로써 두 사람 이상을 구할 수 있다면 설령 그 한 사람이 용사일지라도 주저 없이 잘라서 내버린다.

물론 용사의 유용성이 구해야 할 사람들을 상회한다면 내치기를 거부할 테지.

그렇지만 저런 선택도 역시 용사라는 개인을 보는 것이 아니라 용사라는 패의 능력에 주목하는 것이다.

사적 감정을 배제하는, 인간미를 배제하는 정치의 괴물.

인족의 왕이자 인족의 절대적인 수호자이며 인족의 아군이다.

그러나 정작 본인은 행동 지침에서 인간미를 배제하고 있다.

인족의 정점에게 인간미가 없다는 것은 무슨 농담인가.

그런 까닭이었을까.

나는 무심코 질문을 던져버렸다.

"당신은 인족을 지키겠다 말하면서 간단하게 인족을 갖다 바치는 군요."

이렇게…….

그때 돌아왔던 대답은 아래와 같았다.

"대를 살리기 위해서 소를 죽일 수밖에 없다면 저는 주저하지 않고 소를 죽일 겁니다."

그 대답에 질린 표정을 지은 소피아 씨도 가만히 있지 않았다.

"지켜야 할 사람들을 학살하는 건 무슨 웃기는 이야기래?"

한마디 쏘아붙였으니까.

소피아 씨는 고향이 신언교의 일파에 멸망당했을 뿐 아니라, 그때 여파에 휩쓸려서 부모님까지 포티머스에게 살해당했다고 들었다.

이래선 신언교에 감정이 좋지 않을 만하다.

또한 소피아 씨의 매도에 대한 대답은—.

"그 때문에 더더욱 저는 쌓아 올렸던 시체의 산을 허사로 만들지 않기 위하여 전력합니다."

위의 말이었다.

그 자세에서 충격을 받았다.

본인이 이룬 과정을 자랑하지도 않고 오히려 쌓아 올렸던 시체의 산에 사죄하는 태도.

그럼에도 멈춰 서지는 못한다.

멈춰 서버리면 쌓아 올렸던 시체의 산을, 모든 죽음을 허사로 만드는 것이니까.

어쩌면 교황은 속죄를 하고 있는 게 아닐까.

속죄를 위해 전력함으로써 다시 새로운 죄를 쌓아 올리는, 끝나지 않을 속죄를…….

끝이 없음을, 용서받을 수 없음을 뻔히 알면서 계속하는 속죄.

그것은 대체 얼마나 가혹한 삶일까?

오싹했다.
그때 나는 처음으로 교황이라는 인물의 바닥을 알지 못한다는 무게감을 실감했던 것 같다.
나는 자신이 살아가야 할 방향을 결정하지 못한 처지였다.
고블린으로 태어났고, 태어나 자란 고블린의 마을은 멸망당했고, 원수 붜림스에게 사역까지 당했다.
그 후 분노 스킬을 습득하여 붜림스의 사역으로부터 벗어난 뒤 마을의 원수를 갚는 데 성공했다.
그러나 그 후는 분노에 사로잡혀 거의 이성을 잃어버린 채 눈에 보이는 생명을 닥치는 대로 죽이면서 돌아다녔다.
시로 씨, 다른 사람들과 만난 뒤 분노를 봉인해준 덕에 이성을 되찾은 것은 기적이라고 말할 수 있겠다.
그대로 이성을 되찾지 못한 채 방황했다면 머지않은 미래에 힘이 다하여 객사했을 테니까.
나는 운 좋게도 살아 있다.
내가 죽였던 사람들과 다르게…….
운 좋게도 목숨을 건졌다면 살아가는 것이 의무라고 생각했다.
또한 살아가는 이상, 무엇인가를 이루고 싶은 마음이 있었다.
하지만 무엇을 이뤄야 한단 말인가, 아직껏 결정 내리지 못했다.
그저 아리엘 씨와 시로 씨에게 지시를 받아 행동했을 뿐.
세계를 구한다는 장대한 목적을 이루고자 하는 저 두 사람의 뒤를 따라다니는 것이 고작이었다.
자신이 저질렀던 죄를 외면한 채.

그저 망설임 없이 자신이 이루어야 할 길을 결정하는 사람들을 눈부시게 바라볼 뿐.

뭔가 죄책감을 느끼고 있었다.

이렇게 방황하는 상태의 내가 저 두 사람과 나란히 서서 싸울 자격이 있을까 의문이었기에…….

줄곧 고민했었다.

대의를 성취하기 위해 사람들의 목숨을 빼앗는 행동은 과연 정의라 부를 수 있을까?

아리엘 씨와 시로 씨는 이미 결론을 지었을 것이다.

하지만 나는 그렇게 쉽게 결론을 내릴 수 있는 입장이 아니었다.

전세의 시절부터 나는 비틀린 것이 싫었다.

결벽증에 가깝게 자기 행동은 정의롭기를 바라며 단속했다.

그렇지만 분노에 지배당해서 죄 없는 사람들을 학살한 것은 정의라고 말할 수 없다.

그때부터 이미 나는 자신이 살아가야 할 방향을 잃어버렸다.

이미 올바른 길에서 벗어나버린 나.

나아갈 길을 찾지 못한 채, 등을 보여주고 있는 아리엘 씨와 시로 씨의 뒤를 막연하게 따라갈 뿐.

그때 교황의 말은 광명이 되어주었다.

올바르지 않음을 알면서도, 그것이 죄임을 알면서도 끝까지 나아가서 대의를 성취한다.

그런 삶의 자세가 존재한다는 것을 교황을 보고 알았다.

분명 기구하고도 괴로운 삶의 방식일 테지.

그래도, 그것이야말로 내가 나아가야 할 삶의 방향이라는 생각을 했다.

『속죄하라.』

금기가 들려주는 말.

그래, 알았다.

속죄하자.

속죄하기 위해서 죄를 거듭하며, 다시 속죄를 계속하자.

내가 죽이고 말았던 죄 없는 사람들의 죽음에 보상하기 위해.

그들의 죽음을 허사로 만들지 않기 위해.

아니, 이러한 심정마저도 이기주의다.

속죄를 운운하며 잘난 척해선 안 되지.

나는 나 자신의 독단을 위해 수많은 사람들을 죽여야 한다.

속죄는 하지 않는다.

더는 뒤돌아보지도 않는다.

쌓아 나가자.

시체의 산을…….

그리고 이루어 내자.

대의를…….

그것만이 내가 보상할 수 있는 유일한 방법.

그렇게 나는 대전에서 제8군을 지휘하여 양군에 다대한 희생자를 발생시켰다.

또한 이번에는 엘프의 마을을 향해 진군을 개시한다.

목적은 엘프의 근절.

하나의 종족을 뿌리째 없애버리는 것.

수많은 목숨이 사라질 것이다.

"출진!"

아리엘 씨의 호령에 따라 앞으로 나아간다.

앞으로, 앞으로.

나는 더 이상 멈춰 서지 않겠다.

5 교통정리라든가 처형을 하는 임무

바쁘~다~.

나~아~는~ 엄~청~ 바쁘~다~.

열일하는 거~미~.

작사 작곡 나.

응? 휴일은 어디 갔어?

주말은?

명절은?

여름 휴가랑 겨울, 봄 휴가에 골든 위크까지 다 어디에 갔어?!

지난 며칠간 줄곧 업무에 치여 살았는데요?!

마왕군에 근로 기준법은 적용되지 않는 것인가?!

이게 전부 다 교황이 너무 우수해서 당하게 된 봉변이다.

비즈니스 파트너가 우수한 건 분명 기뻐해야 할 소식인데도, 너무 우수해서 이쪽이 일거리를 자꾸 재촉받아 난처하게 될 줄이야…….

세상사가 만만하질 않구나~.

역시 다른 사람이랑 얽히면 좋은 꼴을 못 본다.

즉 외톨이야말로 완성되어 있는 이상적인 삶의 방식이라 말하겠다!

억지로 다른 사람이랑 얽힌 탓에 이렇게 일거리를 떠안아서 바빠진 거야.

그럼 혼자서 자신의 페이스로, 자신이 하고 싶은 대로 해내면 그만 아닌가!

그러다가 뭔가 실패해도 책임은 전부 자기 몫인걸.

자신을 책망할 순 있어도 다른 사람한테 책망을 들을 필요는 없다.

자기 책임.

좋은 말이네~.

무슨 소리를 하고 싶냐고?

실패해서 교황한테 혼쭐나고 싶지 않아요, 넵…….

지금까지는 말이야~ 내가 혼자서 내키는 대로 마음껏 돌아다녔잖아?

그러니까 실패해도 전부 나 혼자만의 책임이었거든요.

그런데 이번에 실패하면 교황은 어떻게 생각할까?

교황의 입장에서 보면 우리 쪽 진영은 마왕이 대장이란 말야.

즉 실패의 책임은 마왕한테 쏟아진다.

어우, 위가 아파오네.

뭐, 그래서 이렇게 더 악착같이 일을 하고 있는 셈이지만…….

먼저 예정했던 전이를 쓰는 이동과 달리 인족령을 진군할 경우 날짜가 소모된다.

전이라면 한순간이지만 말이야.

또한 날짜가 소모된다는 말은 즉 그만큼 행동을 앞당겨야 한다는 뜻이잖아.

게다가 진군 중 식량 확보의 문제라든가.

그런 부분은 발트가 열심히 처리해줬다.

이제 각 군단에서 준비를 힘껏 끝내줘야지.

그러면 내가 도대체 뭘 하고 있느냐, 물론 내가 아니면 못 하는 일거리를 이것저것 자~안뜩 처리했습죠.

우선 제국에서 이것저것.

전이로 이동할 계획이었던 탓에 제국을 지나가는 과정은 상정하지 않았다.

따라서 제국에는 아무 조치도 취하지 않았어.

나츠메를 우리 쪽 진영으로 빼돌린 것은 교황한테 말을 해줬으니까 교황도 제국은 우리 쪽 관할이라고 생각하는 것 같아.

애초에 회담 자리에서 일임하겠다고 다 떠넘겼다.

떠넘기지 말아줄래?

나츠메의 스킬, 색욕으로 세뇌를 펼쳐 조종할 수 있는 인간의 숫자는 많지 않다.

딱히 숫자에 제한이 있다는 게 아니라 난처하게도 세뇌를 마칠 때까지 드는 수고가 크다.

그냥 손뼉을 짝 쳐서 「넵! 이제부터 당신은 최면에 걸렸습니다!」라는 느낌으로 간단간단하게 세뇌할 수 있는 게 아니란 말야.

시간을 들여 거듭거듭 되풀이해야 완료가 된다.

한 번 달랑 걸면 금방 효력이 떨어져서 제정신으로 돌아와버려.

게다가 안정적인 세뇌에 걸린 상태에서도 가만히 방치하면 시간 경과로 효력이 점점 떨어진단 말이지.

뭐, 거듭 되풀이해서 세뇌의 힘을 누적해 둔 상태라면 저절로 제정신을 차릴 때까지 제법 긴 시간이 걸릴 테지만 말야.

치료 마법 같은 수단을 써서 억지로 제정신을 찾아줄 때도 누적이 얼마나 이루어졌느냐에 따라 난이도가 달라진다.

나츠메의 몸은 나랑 다르게 하나밖에 없으니까, 내가 전이로 막 데리고 돌아다니면서 이런저런 사람에게 세뇌를 펼치도록 지원하는 데도 한도가 있다.

애당초 나츠메의 MP에도 한계가 있고…….

그래, 색욕 스킬의 발동에는 MP가 필요하다.

그런데 나츠메의 MP에 한계가 있기 때문에 세뇌를 받을 인물은 꼭 엄선해서 손을 봐줘야 하지.

일단 나츠메의 지위를 반석에 올려주기 위해서라도 제국의 주요 인물한테는 세뇌를 펼쳐 놓았다.

나츠메의 아버지이자 제국의 임금님, 검제라든가.

그 밖에도 유력 제후라든가.

대강은 문관이지만 말야.

후후~ 제국 내부는 부패가 꽤 심각하더라~.

꽤 재밌게 질척질척한 정치 싸움이 펼쳐지고 있는 상황이었어.

문관이랑 무관이 서로 대립해서 말이야, 문관은 달콤한 꿀을 마구 빨아 마시면서 부정을 잔뜩 저지르고…….

그럼 무관은 뭘 하냐면 걔넨 걔네들끼리 뇌에 근육만 가득 찬 녀석들이라 문관의 사탕발림에 휘둘려서 지방으로 날아가거나 힘을 억제당하고 있는 처지지.

검제 아저씨는 어떻게든 무관의 힘을 한데 모아 부패한 문관을 억제하고 싶은 마음인 것 같은데 정작 무관들은 실력 지상주의라서 문관 성향이 짙은 검제는 인정해주질 않아.

그 결과, 검제 아저씬 무관을 한데 통솔하기는커녕 고립.

무관은 무관들끼리 검제 아저씨한테 거리를 두고 있어서 중앙의 정치에 개입하지 못하고.

그럼 어떻게 되느냐면 부패한 문관들이 맘껏 활개를 칠 수 있다.

꽤 재미있는 상황이었어.

검제를 소재로 궁정 드라마나 영화를 만들어도 느낌 괜찮겠더라.

뭐, 제국 내부는 저런 상황이라 부패한 문관 녀석들을 포섭하면 만사 해결이라는 느낌이었지만 말이야.

개중에는 뇌물만 건네주고 세뇌도 안 했는데 꼬리를 막 흔드는 사람들까지 있었거든.

아니, 편해서 좋았지만~.

검제 아저씨, 당신은 울어도 돼.

친아들한테 세뇌를 당해버렸는걸.

어? 시킨 사람이 누구냐고?

나예요~.

부패한 제국 내부에서 암약하는 여자.

나를 경국의 미녀라고 불러줄래요?

그런고로 제국 장악은 잘 마쳤는데 완벽한 것은 또 아니다.

문관을 절반쯤 포섭했을 뿐 무관은 방치했거든.

무관 대부분은 마족령과 인접한 지역이나 그곳과 가까운 지역을 영지로 가지고 있다.

제국 안쪽을 통과하고 싶다면 어쩔 수 없이 저러한 무관들의 영지를 지나가야만 하지.

그땐 어떻게든 방법을 강구해야 한다.

게다가 제국에서 다음 인족령의 나라로 갈 때는 전이진을 쓴다.

마족령에서 엘프의 마을까지 대륙을 도보로 횡단해서 달려가는 짓은 못 하거든.

제국은 큰 나라라서 전이진도 다수를 보유하고 있지만, 지금은 막 대전을 치른 상황이라 전이진도 대기 순번이 엄청나다.

대전 때 원군으로 제국에 파견됐던 각국 부대의 귀환이라든가 의용병 대우를 받아 참가했던 모험가의 귀환.

그뿐 아니라 전쟁 중 병력의 이동을 우선했었던 탓에 중단됐던 물류의 재개.

전이진은 편리하기에 더더욱 비상 상황을 맞은 현재는 가동률이 확 올라가게 되지.

게다가 그뿐 아니라 엘프의 마을을 목적지로 나츠메 휘하 제국군을 이동시키기 위해 써먹어줘야 하니까 절찬 정체 중이랍니다.

이렇게 절찬 정체 중의 전이진을 써야 한다.

전이진 예약은 꽉 들어찼는데…….

지금 우리들은 예약이 꽉 들어찬 저 전이진의 줄에 새치기를 할 수밖에 없는 처지야.

군대 규모로…….

핫핫하~. 조정이 필요한 안건이군~!

그런고로 제10군도 동원해서 제국 내부의 이런저런 문제를 정리해줬다.

어떻게 정리했는지는, 뭐, 세상에는 차라리 몰라야 행복한 일도 있다고 말해 두겠다.

어느 무관의 일가가 수수께끼의 실종을 당했다거나 등등.

우리도 세계의 운명이 걸린 문제라서 수단을 가릴 처지가 못 된답니다.

시간도 없었고…….

이게 다 제국 문제만 신경 쓸 입장이 아니었기 때문이거든.

왜냐하면 에너레이트 왕국의 마무리도 아직껏 끝난 상황이 아니야.

본래 예정으론 내가 저쪽에 전념할 예정이었는데…….

그런데 불쑥 솟아난 안건 때문에 리소스를 다른 쪽에도 부득이하게 할당해야 할 상황이잖아.

요컨대 2개 작전 동시 진행을 강제당하는 처지였단 말이야.

당연히 바쁠 수밖에!

그런고로 찾아왔습니다, 애너레이트 왕국.

불과 며칠 전 반란 소동이 일어났었던 왕성.

시각은 밤.

사람들이 잠들어서 조용한 시간대.

그렇다 쳐도 지금 왕성은 너무 조용하단 생각이 든다.

이게 특별한 이유 때문이 아니라 넓디넓은 왕성에 헤아릴 수 있는 몇몇밖에 사람이 없어서죠.

그런 덕분에 아찔할 만큼 과한 정적이 주위를 한껏 둘러싸고 있다.

오늘, 조금 더 지나면 야마다 군 일행이 이곳 왕성으로 돌입할 것이다.

반란 소동 때 포획했던 이 나라의 제3왕자 레스톤과 오오시마의 부모인 공작 부부를 처형하겠다고 발표했기 때문이다.

야마다와 오오시마의 성격을 감안하면 구출을 위해 나타날 게 훤히 내다보였다.

아니, 애초에 야마다랑 다른 사람들을 감시하고 있는 분체가 이미 은신처에서 출발한 걸 확인했다.

야마다와 다른 사람들을 맞이해주기 위해서 왕성을 거의 비워 놓았던 거야.

어째서 번거롭게 손을 썼냐고 묻는다면 뭐, 실험 목적이려나.

솔직히 말하자면 이번 실험은 안 해도 괜찮은 부류에 들어가기는 하는데 말이지~.

일찌감치 해치워야 포티머스와 싸울 때, 아니, 포티머스를 처죽일 때 보험이 된다.

이번 실험이 성공하면 선택 가능한 방향이 늘어나거든.

뭐, 성공해도 딱히 고르고 싶지는 않은 부류의 선택이지만…….

진짜 최후의 수단 비슷한 거야.

음~ 끙~ 뭐, 가장 큰 이유는 실험이 맞는데 다른 이유도 이것저것 작은 게 겹쳐져서 할까 말까를 따지자면 해치우는 게 단연코 좋단 말이지~.

예를 들어서 야마다 군 파티를 구속할 기간이 길어진다거나.

다만 이렇게 미치도록 바쁜 시기에 꼭 강행해야 할 사안이냐고 묻는다면 꼭 필요하지는 않은 것 같은데?

……뭔가 강박 관념 비슷하게 「예정했던 계획은 전부 해치운다!」라는 생각을 갖고 있었지만, 몇몇 중요도가 낮은 것은 연기하거나

중지하는 게 좋지 않았을까?

……아니, 어쨌든! 맞아!

계획에 일단 집어넣었다면 해치우는 게 좋지!

연기하거나 중지했다가는 나중 예정까지 또 변경되는걸!

요컨대 무슨 소리를 하고 싶냐면 계획은 전부 해치우는 게 좋다는 뜻이다! 응!

틀림없이 맞아.

혼자 납득해서 응응, 고개를 끄덕이던 때 공간 감지에 반응.

어? 누가 전이를 써서 오려고 하네?

지금 타이밍에 전이로 나타날 녀석이면 규리규리인가?

잠깐 떠올렸다가 곧 철회.

전이 중 구축이 규리규리의 솜씨라기에는 숙련도가 다르다.

한 마디로 말하자면 조잡해.

아니, 애초에 규리규리였다면 내가 감지하자마자 거의 곧바로 전이를 마쳤을 거야.

발동까지 이렇게 긴 시간이 걸린 시점에서 규리규리가 아니다.

으음, 평범하게 생각하자면 제법 체계가 잡힌 구축이기는 한데 진짜배기 신 규리규리랑 비교하면 그야 비교할 상대가 너무 나빠서 어쩔 수 없지.

아니, 애초에 공간 마법을 사용 가능하다는 것으로 이 세계에서는 상당한 숙련자의 부류에 들어간다.

나랑 규리규리가 예외일 뿐 공간 마법은 아무나 펑펑 쓸 기술이 아니거든.

심지어 마왕마저도 공간 마법은 어중간한 수준밖에 못 쓰잖아?

그렇게 아직 못 만난 술사를 무슨 까닭인지 옹호하면서 자, 누가 전이로 나타나려나, 하고 대비를 했다.

나타난 사람은 할아범이었다.

아~ 역시 이 사람이구나~.

이 할아범은 안면이 있어.

뭐랄까, 의외로 자주 만나는 얼굴이다.

이 할아범, 이름은 아마 로난트였던가?

뭐, 이름은 아무래도 상관없잖아. 어쨌든 이 할아범은 제국의 필두 궁정 마도사다.

제국 안에서 틀림없이 최강.

제국뿐 아니라 마법 실력이라는 의미에선 인족 최강일 거야.

더욱 설명하자면 용사 율리우스의 마법 스승이라는 이유도 있어서 상당히 유명세를 탄 인물이다.

나도 인족들 중 요주의 인물로 주목했었고…….

어쨌든 공간 마법의 권위자라고 말해도 무방한 인물이라 내가 파악한 사람 중에서는 가장 스킬 레벨이 높은 인족이니까.

누군가가 전이로 온다는 단계에서 가장 유력한 후보였다.

문제는 그런 할아범이 어째서 지금 타이밍에 이곳으로 나타났냐는 점이다.

이 할아범은 나츠메 휘하의 제국군을 따라가도록 명령했을 텐데.

이 할아범은 나츠메보다 더 강해서 세뇌가 아예 불가능한 인물이었지만, 쓸 만한 전력이니까 가만히 놀리기에는 아까워서 평범하게 명령을 내려 종군시켰다.

제국의 수장인 검제를 장악했던 덕에 가능한 조치였네.

아무튼 제국군은 지금쯤 엘프 마을을 목적지로 진군하는 도중일 텐데.

부대에 있어야 할 할아범이 어째서 불쑥 이곳에 나타났을까요?

음~ 뭐, 평범하게 생각하자면 야마다를 도와주기 위해서 왔단 느낌이지?

야마다랑 직접 면식은 없다지만 어쨌든 제자의 동생이잖아.

일단 야마다랑 같이 다니는 하이린스하곤 면식도 있고.

……그렇다 해도 구태여 전이를 써서 달려와야 할 상황인가?

뭔가~ 좀 이해가 안 되네.

뭐, 이제 와서 할아범 한 명 늘어나 봤자 할 일이 달라지지도 않고 문제없지만 말이야.

애당초 이번 실험에선 야마다 한 명만 있으면 충분하고~.

솔직히 전력을 뭘 어떻게 갖추든 의미가 없어.

왜냐면 이 왕성은 지금 거의 텅 비었는걸.

전투는 일어나지 않는다.

그러니까 할아범이 합류하든 말든 달라질 게 없어.

할아범이 노구를 끌고 왔는데 무척 미안하지만 애당초 할 일이 없거든?

할아범은 왕성의 성벽 위쪽에 가만 서 있었다.

나는 안 들키도록 세심하게 주의를 기울이며 기척을 숨긴 채 할아범을 관찰했다.

할아범도 왕성 내부의 기척을 살펴본 듯 제자리에서 움직이지 않았다.

의아해하며 미간을 찌푸리고 있다.

뭐, 당연하네. 지금 이 왕성에는 사람이 거의 없거든.

한판 붙어보자~ 의욕 가득해서 왔는데 적이 없으면 저런 반응을 보일 만하지.

"뭐, 상관없나."

상관없냐~!

할아범이 작게 중얼거린 혼잣말에 내심 타박을 해봤다.

더 고민을 해라!

왕성이 빈껍데기라는 건 어떻게 봐도 이상하잖아?!

그런데 「뭐, 상관없나」 한마디로 넘기면 어떡하자는 거야?!

더 심각하게 뭔가 필두 궁정 마도사라는 직책에 어울리는 관록이라든가 말이야, 암튼 있잖아!

할아범은 성 내부 상태에 흥미를 잃어버렸는지 성 바깥의 하늘만 쳐다보기 시작했다.

흐흥~ 알겠다, 이 녀석. 마이 페이스구나!

꼭 있단 말이지.

이런 독특한 자기 페이스로 살아가는 녀석.

대부분 이런 녀석들은 협조성이 떨어져서 집단행동을 못 하거든.

거참. 조금은 나처럼 화합을 중시해주면 좋겠네.

아무튼? 이 할아범은 야마다랑 다른 일행들이 도착하기를 기다리는 걸까?

야마다 일행과 합류해서 재차 성내에 돌입할 작정일지도…….

이렇게 마이 페이스인 할아범이 과연 야마다랑 다른 일행들이랑 협조가 가능할까 의문은 드네.

틀림없이 동료 사이에 분란을 일으킬 텐데.

봐봐, 말을 꺼내자마자 야마다를 목표로 마법을 쏴서…… 넹?

응? 응응?

무슨 짓이야? 저 할아범.

야마다랑 다른 사람들을 노려서, 마법을, 어?

어어~?

맙소사~.

도대체 무슨 짓이래?

무슨 이유인지 할아범이 상공을 날아오는 야마다 군 일행을 겨냥해서 마법을 연사하고 있는 건에 대하여.

야마다 군 일행은 용이 된 시노하라에 타서 하늘을 날아오고 있었다.

그런 야마다 군 일행을 겨냥해서 발사되는 광선.

꽤 높은 상공을 날아오는데도 시노하라를 노린 광선의 겨냥은 정확하다.

시노하라는 오른쪽으로 왼쪽으로 격하게 움직이며 피하고 있었다.

필두 궁정 마도사라는 직책에 걸맞은 꽤 훌륭한 사격 솜씨구나.

앗, 감탄할 때가 아닌가?

왜 할아범이 제자의 동생 앞길을 막고 공격하는지는 모르겠는데 이대로 두면 야마다랑 전부 다 물러날 수도 있잖아.

지금 꽤 밀리고 있고…….

일단 거리를 좁히고자 시도는 하고 있는데 거리가 좁혀지면 즉 마법의 발사 지점인 할아범과 더욱 가까워진다는 뜻이니까, 가까워질수록 거리에 따른 위력 감쇠가 사라져서 마법이 강해진다는 의미이고…….

한마디 더 하면 마법이 도달할 때까지 걸리는 시간도 짧아진다.

요컨대 회피가 어려워질 뿐 아니라 맞았을 때 대미지도 커진다.

근거리면 총보다 나이프가 더 빠르다든가 주장을 하는 어딘가의 만화 속 주인공도 있지만, 그게 결국은 근거리에서 총은 약하다는 의미가 되진 않거든.

영거리 사격이라는 말도 있잖아?

숙련된 마법사가 상대라면 접근을 못 하는 한 승부를 기대할 수 없겠지만, 접근해서도 승부가 가능한가 묻는다면 장담을 못 하지.

야마다 군 일행은 할아범에게 접근할 수 있을까?

아니, 접근해서 이겨주지 않으면 내가 난처하거든!

할아범의 지팡이에서 광선이 발사되고, 곧바로 시노하라가 전진하면서 회피한다.

그러나 어이쿠, 역시 도중에 회피하는 게 한계에 도달했는지 광선이 시노하라의 등에 탄 야마다의 뺨을 스쳤다.

야마다도 결계를 쳐서 방어한 것 같았지만 위력을 다 죽이질 못한 까닭에 뺨에서 피가 방울방울 떨어졌다.

그러자 반대로 결심을 굳혔는지 시노하라가 똑바로 전진을 개시.

회피를 완전히 내버리고 똑바로 할아범을 향해 돌진했다.

저런 짓을 했다간 딱 좋은 표적이다.

아니나 다를까, 할아범은 시노하라를 향해 광선을 발사했다.

그 광선을 야마다가 쓴 마법의 빛 방패가 튕겨 냈다.

이대로 쭉 막아서 거리를 좁힐 작정일까.

광선이 발사되면 재차 야마다가 튕겨 내는 공방이 몇 번이나 되풀이됐다.

그리고 할아범과 거리가 충분히 좁혀진 시점에 야마다가 시노하라의 등에서 뛰어내리더니 곧장 할아범에게 덤벼든다!

오오, 액션 영화를 보는 기분이야.

다만 유감스럽게도 할아범이 더 고수였다.

야마다의 검이 허공을 갈랐다.

야마다의 시점에서는 뭐가 어떻게 된 일인지 알 수 없었겠지만 제삼자 시점에서 관찰하던 나는 그 순간을 똑똑하게 잘 목격했다.

단거리 전이다.

할아범은 단거리 전이를 발동해서 야마다의 측면으로 돌아 들어갔다.

"흠. 뭐, 합격점을 주도록 하지."

할아범이 거들먹거리며 채점을 했다.

다음 순간, 야마다를 노리며 발사되는 마법의 탄막.

저레벨 마법을 고속으로 연사한 거네.

마법은 스킬 레벨이 올라간 다음 익히는 마법일수록 위력이 불어나지만 그런 반면에 발동까지 걸리는 시간이 길어진다.

따라서 의도하여 위력이 낮은 저레벨 마법을 연사함으로써 마법 탄막을 만들어 내는 셈이다.

이 할아범, 인족치고는 제법이야.

야마다는 탄막 공격을 검과 아까 전까지 썼던 마법의 빛 방패로 튕기고 있었다.

하지만 방어만 하는 게 고작이라는 느낌.

반격은 엄두도 못 내고, 아니, 서서히 밀리고 있다.

"오오오!"

그런 상황을 움직인 것은 시노하라의 등에서 뛰어내린 하이린스였다.

할아범의 정수리를 목표로 낙하하며 검을 휘두른다.

할아범은 방금 야마다한테 대응했던 것처럼 똑같이 단거리 전이로 몸을 빼냈다.

야마다의 뒤쪽으로 전이하는 할아범.

야마다랑 막 착지한 하이린스가 다시 태세를 갖춘다.

2차전이구나.

다만 할아범의 머리 위 하늘에서는 시노하라랑 그 등에 탄 오오시마가 언제든 공격할 수 있도록 준비를 갖춘 상태다.

1대 4.

제아무리 강한 할아범도 이런 숫자를 상대하기는 어렵겠어.

할아범 본인도 잘 아는 눈치였다.

"어이쿠, 이래서야 못 이기겠구먼. 에이, 관둬야겠다. 이만 철수해야겠군."

능청맞게 둘러대더니 전이로 도망쳤다.

이번에는 단거리 전이가 아닌 제대로 된 전이로…….

하이린스의 공격을 단거리 전이로 피한 직후부터 이미 전이 술법을 구축하기 시작했었거든.

그 시점에서 승산이 없단 걸 알았던 거야.

……아무튼?

결국 할아범은 뭘 하러 온 거야?

수수께끼의 할아범 습격 사건이 벌어졌지만 야마다 군 일행은 본래 목적인 처형당할 사람들의 구출을 위해 움직였다.

야마다 군 일행한테도 할아범의 습격은 예상 밖 사건이었겠지만 나한테도 예상 밖이었다.

진짜 뭐하러 왔을까, 그 녀석…….

인기척 없는 왕성 안을 탐색하는 야마다 군 일행.

함정을 의심하는 까닭인지 걸음걸음이 신중하다.

그렇지만 함정은 하나도 없단 말이지~ 이게.

그런고로 아무 고생도 없이 옥좌가 있는 곳까지 도착했다.

거기에서 야마다 군 일행을 기다리고 있던 것은 옥좌에 앉은 이 나라의 제1왕자 사일리스.

그리고 그 앞에 줄지어 있는 인물들은 처형을 선언했었던 제3왕자 레스톤과 공작 부부, 덤으로 클레베아라는 이름의 아주머니.

클레베아라는 아주머니는 야마다의 전직 수행 메이드다.

메이드라기에는 덩치가 많이 좋은 아주머니인데 원래는 여성 병사였다던가.

반란 소동 때 레스톤과 같이 붙잡았던지라 겸사겸사 여기에 같이 데려다 놨다.

또한 나란히 있는 네 사람의 등 뒤에서 대기하는 처형인들.

그 처형인들이 야마다든 다른 누구든 손쓸 수 없는 타이밍에 검을 휘둘러서 제3왕자와 공작 부부와 메이드의 목을 날렸다.

그러자 야마다가 서둘러 달려가 모종의 스킬을 발동시켰다.

사자 소생 스킬, 자비.

내가 남몰래 지켜보는 와중에 사망했던 인물들의 소생이 완료됐다.

참 쉽게 해내는구나.

사람의 생사 문제인데도…….

신의 힘은 생사마저 조작할 수 있다.

D의 터무니없는 힘의 편린을 과시당한 기분이라 마음이 편안하질 않다.

나도 사자 소생이 아예 불가능하진 않아.

다만 결국은 시스템이라는 체계가 존재하는 이 세계에 한정된 이야기.

애당초 생사의 개념에서 다른 세계와 차이가 있는 이쪽 세계에 속한 입장이라 행사할 수 있는 한정적인 힘.

시스템이 없는 세계의 사자 소생은 나는 제아무리 발버둥 쳐도 절대로 불가능하다.

그런데 D는 하나부터 다 만들어 냈다.

신이 되기 전부터 녀석의 힘은 끝을 내다볼 수 없었지만 신이 된 다음에도 바닥을 들여다볼 수가 없어.

솔직히 무시무시하다.

그런 기적의 업적을 야마다는 아주 조그만 대가를 치러 행사하고 있었다.

이게 얼마나 파격적인 행사인가 이해를 하지 못한다.

기껏해야 금기 레벨이 올라가는 작은 대가로 끝날 소행이 아닌데도 불구하고…….

애당초 저리 간단하게 훽훽 되살아날 수 있다면 나도 아득바득 삶에 집착하지 않았거든.

으음~.

야마다의 MP가 모자라도 곤란하니까 네 명으로 끝냈는데 조금 더 사람 숫자를 늘려도 괜찮았으려나?

아무래도 상태를 봤을 때 야마다는 금기를 최대 레벨까지 못 올린 분위기고.

뭐, 어쨌든 금기 레벨은 네 번 올라갔을 테니까 소용없지는 않아.

게다가 야마다의 금기 최고 레벨은 덤에 불과했는걸.

뭐, 이번 실험 자체가 거의 덤이나 마찬가지였으니까.

실패해도 특별히 신경 쓸 필요는 없다.

실험은 완료했고 말이야.

소생된 제3왕자의 혼을 관찰한다.

응.

포티머스의 혼은 떨어졌어.

한 차례 죽으면 포티머스를 떼어 낼 수 있다고 판명된 것만도 충분.

이번 실험의 목적은 포티머스에게 기생당한 인물을 한 차례 죽여서 소생시키면 어떻게 되나?

그 결과를 조사하기 위한 것.

시스템의 설계상 죽은 인간의 혼에 스킬의 영향이 남지는 않을 것이라 예상했었지만 증명까지 마친 게 아니었거든.

뭐, 요컨대 무슨 소리를 하고 싶냐면 한 차례 콱 죽여버린 다음 소생시키면 포티머스의 지배에서 벗어나게 만들어 줄 수 있단 뜻이다.

몹시도 거친 수단이지만 뭔 일이 터졌을 때 선생님을 포티머스의 마수에서 구출할 수단이 하나 확보된 셈이었다.

……사용하려면 선생님을 한 번은 죽여야 하니까 가능하면 선택하고 싶지 않은 수단이지만.

게다가 이번 실험에 쓴 대상은 엘프가 아닌 인족이고.

인족은 포티머스의 권속 지배 범주 바깥에 속할 테니 기생하는 데도 꽤 지독한 방법을 썼을 것이라 예상할 수 있다.

그럼 인족은 한 번 죽이면 OK여도 엘프는 역시 안 됐다는 패턴도 튀어나올 수 있거든.

역시 최후의 수단이라고 기억만 해 두는 것이 좋겠네.

목적도 달성했겠다, 나머지는 야마다 군 일행이 무사히 탈출하는 광경을 지켜볼 뿐.

"슌, 만일을 위해 전이진은 확인만 해 두거라. 분명 파괴되어서 기동은 불가능할 테지만. 나는 여기에서 레스톤과 구한 사람들의 용태를 살펴보겠다."

"알겠습니다."

아무래도 야마다 군 일행은 전이진을 확인하러 가는 것 같았다.

전이진은 이쪽 세계에서는 중요한 이동 수단 중 하나.

대륙을 한순간에 넘어갈 수 있는 수단인데 좀 편리하겠어?

전이진을 안 쓰고 대륙을 넘어가고 싶다면 수룡이 잔뜩 돌아다니는 바다를 건너가거나 엘로 대미궁을 돌파하는 수단밖에 없다.

바다는 거의 불가침 지역이니까 사실상 엘로 대미궁밖에 없겠네.

야마다 군 일행은 전이진을 확인하러 갔다.

물론 전이진은 나츠메의 손으로 이미 파괴가 완료.

간단하게 대륙을 넘어오도록 용납하진 않는다.

뭐, 저 녀석이 저런 소리를 꺼낸 이유는 말했다시피 만일을 위해, 아울러 잠시나마 자유롭게 움직이고 싶어서였을 테니까.

내가 있는 방의 문이 열렸다.

노크도 안 하다니 예의를 갖출 줄 모르는군.

"제법 취미가 고약한 짓을 하는군."

게다가 들어와서 처음 건네는 말이 이거다.

화났어?

화났구나.

그 증거로 내가 앉아 있는 맞은편 의자에 털썩 주저앉는 모습은 거침이 없고 난폭했다.

"율리우스가 스승으로 모신 로난트 님을 하필이면 동생인 슌과 싸우게 만들다니. 연출이라기에는 극적이다만 당하는 입장에서 생각해봐라. 로난트 님이 어떠한 심정으로 철수를 선택했을지 네 녀석은 이해할 수가 없나?"

아니, 왜 나한테 따지는데.

그냥 할아범이 멋대로 불쑥 나타난 거야.

나는 모르거든. 관계없거든. 누명이거든.

항의는 접수하지 않는다는 의사 표시를 위해 무시하고 차를 마신다.

"차마 사람이 할 짓이 아니군."

아, 죄송요~.

옛날에도 지금도 난 사람이 아니랍니다.

아무튼 뜬금없이 악귀 나찰 취급을 당하면 나도 기분은 안 좋다.

혼자 착각해서 이러쿵저러쿵 떠들면 나도 짜증이 나지.

"그런 쿠로는 신답지 않아."

그러니까 받아쳐줬다.

내 맞은편에 앉는 녀석에게, 하이린스라는 이름을 쓰는 쿠로, 즉 규리규리의 분체에게…….

"그렇군. 그 부분은 나 스스로도 생각했다. 이제 막 되었는데도 불구하고 네 녀석이 훨씬 더 신답더군."

규리규리는 그렇게 말한 뒤 땅이 꺼져라 한숨을 내뱉었다.

"분명 알고는 있다. 내가 이 문제로 어떤 소리를 하든 결국은 단순한 화풀이에 불과함을. 너희가 나아가는 길이 최선임을 이해할 수 있다. 하지만, 그럼에도, 그럼에도, 이 감정은 억누르기가 어렵구나."

한탄한다.

뭐, 소꿉친구로 지내왔던 선대 용사 율리우스를 죽게 외면해야 했던 처지인 데다가, 친구의 동생이 이래저래 고생을 겪는 광경까지 지켜보면 부끄러운 심정일 거야.

뭐, 내가 알 바는 아니잖아.

세계의 관리를 맡은 한편으로 용사랑 같이 정의의 수호자 놀이를 하며 즐겼던 녀석이 하는 말 따위 몰라요, 몰라.

"소생에 의한 괴리를 확인."

따라서 규리규리의 괜한 감정은 무시한 채 실무적인 보고를 마쳤다.

"그런가. 괴리가 불가능하다면 다시 처분을 감수해야 했을 테지. 운이 좋았군."

진심으로 안도하는 표정.

하이린스의 신분으로 제3왕자하고도 적잖은 교류를 가졌잖아.

가능하면 살리고 싶은 마음이 있었을 거야.

나도 쓸데없이 살생을 하고 싶은 게 아니니까 제법 반가운 결과였다.

"이리될 줄 알았다면 왕 역시 소생시키는 것이 좋았을 텐데."

그렇지만 이어지는 말에는 찬동할 수 없었다.

저 말은 구할 수 있는 사람은 전부 구하고 싶었다는 말과 같은 뜻이다.

그런 바람은 절대 못 이루는데도…….

"그래, 안다. 전부 혼자서 다 짊어질 수는 없다 말하고 싶은 거지? 나는 네 녀석들에게 일임했다. 따라서 너희의 방식에 참견할 뜻은 없다."

"그러면 됐어."

방금 마음껏 불만을 쏟아 냈었지만 말이야!

잊어줄게.

마음씨 고운 나한테 감사하도록.

“다음은 엘프의 마을인가.”

넵, 네엡.

현재 이동 중이랍니다.

“네 녀석들이 하는 일이다. 걱정은 하지 않는다. 하지만 녀석도 겉멋으로 오래 살아왔던 게 아니니 방심은 하지 말도록.”

충고의 말씀 황송하달까.

지긋지긋하게 잘 알고 있거든.

우리도 역시 준비를 만전으로 임하는 만큼 패배하는 사태는 만에 하나라도 없다.

피해가 클지 작을지의 차이뿐.

우리도 각오 단단히 하고 전력으로 덤빌 셈이라고.

아니, 실패했다간 교황이 무섭단 말야.

“슬슬 슌과 다른 녀석들이 돌아오겠지. 이만 실례하겠다.”

그렇게 말한 뒤 규리규리는 방을 뒤로하며 떠났다.

저 남자가 야마다 군 일행을 지켜주는 한 불의의 사태는 있을 수 없다.

그래서 더더욱 내가 안심할 수 있고.

야마다 군 일행이 죽을 만한 사태는 절대로 없다.

혹시 발생해도 저 남자가 진짜 실력을 발휘하면 나랑 똑같이 소생시킬 수도 있거든.

하이린스라는 남자는 규리규리의 분체.

더 정확하게 말하면 사산한 왕국 귀족의 아들내미 몸에 혼 일부를 이식한 존재.

혼은 신의 일부이지만 몸은 순수한 인간이니까 성장도 하고 스테이터스도 반영된다.

뭐, 혼 경유로 규리규리의 힘 중에 약간은 사용할 수 있으니까 진짜 실력을 발휘하면 그야말로 신의 힘을 떨치는 셈이지.

몸은 원래 규리규리와 아무런 인연이 없는 인간의 신체라서 겉모습은 전혀 닮지 않았다.

규리규리는 가끔 이렇게 분체를 만들어 내서 인간 사회에 섞여 활동했던 것 같다.

그 목적은? 몰라?

아마도 시간 때우기라든가, 사람들 세계에 섞여 감상에 잠긴다든가, 아무튼 실무적인 이유하곤 거리가 좀 먼 행동이지 싶다.

왜냐하면 세계를 관리하는 데 필요한 행동이 아니니까.

그러니까 놀이.

단순한 놀이였어도 정은 붙는다.

용사 율리우스하곤 친우로 고락을 함께해왔다.

그런 율리우스를 내가 죽였다.

규리규리는 복잡한 심경일 거야.

설령 부득이하게 필요한 조치였다는 것을 머리로 이해할 수 있어도…….

그래서일까.

저렇게 야마다를 신경 써주는 이유는…….

속죄를 할 심산인지도?

형의 죽음을 방관해버린 자기 행동에 대해서.

아까 전처럼 괜히 트집을 잡아 나한테 불만을 제기하러 올 만큼 과보호를 하는 이유도 저런 까닭이려나.

그나저나 사람의 마음이라.

그 할아범, 제자의 동생이라서 일부러 「못 이긴다」 선언을 한 뒤 철수한 걸까.

그 할아범한테도 감상에 젖는 마음이 있었던 걸까.

오호, 오호라~.

……아니, 아니지. 역시 좀 이상하지 않아?

왜 멋대로 나타나서 멋대로 야마다한테 시비를 건 녀석이 멋대로 감상에 잠겨 철수하는 건데?

이상한 녀석이야.

……진짜로 뭘 하러 왔던 거야, 할아범.

역시 사람의 마음은 도통 이해가 안 되는구나~.

Ronandt Orzoy

로난트 오르조이

본명, 로난트 오르조이. 렝잔드 제국의 필두 궁정 마도사. 검법의 선대 검제와 나란히 마법의 로난트라고 평가받는 인족 최강의 마법사. 희소한 공간 마법의 사용자이기도 하다.

미궁의 악몽에게 압도적인 힘의 차이를 과시당하여 자신의 한계를 깨달은 후, 제자 육성에 힘을 쏟아서 유력한 마법사를 다수 배출했다. 용사 율리우스는 저러한 제자 중 제1호이다. 유고의 명령으로 엘프 토벌군에 참가했지만, 유고의 곁에 정체를 알지 못하는 소녀 소피아가 있다는 사실에서 수상함을 느끼고 있다.

막간 교황과 관리자의 자택 술자리

밤도 깊어졌겠다, 집무를 마친 뒤 개인실로 향한다.

하루 온종일 앉은 채 집무에 임했기 때문에 온몸 곳곳이 딱딱하게 굳어버렸다.

어깨 결림에 요통, 이것들은 치료 마법으로 잠시나마 증상을 완화할 수 있을지언정 완치의 가망은 없다.

나도 꽤 늙었다.

아마도 이 아픔과는 죽을 때까지 같이 지내야 할 것이다.

이제껏 삶에서도 마찬가지였다.

문득 지금까지의 삶을 떠올린다.

가만히 상념에 잠기면 마치 어제의 일처럼 갖가지 기억이 되살아난다.

그때는 잘 해냈다.

반대로 그때는 실패했다.

적잖이 감상적이 된 까닭은 이제껏 겪은 삶 중에서 작금에 가장 격동의 시대를 맞이했기 때문인가.

결말이 다가오고 있음을 절실하게 느낀다.

그 결말이 내가 추구했던 형태일지 아닐지는 미처 알 수 없다만…….

개인실에 들어가서 보관해 놓은 술병을 손에 들었다.

오래도록 술 따위 마시지 않았는데 오늘은 마시고 싶은 기분이었다.

"잔을 둘 준비해주겠나?"

불현듯 뒤쪽에서 들린 목소리.

놀라서 고개 돌리니 우아하게 소파에 앉은 흑룡 님의 모습이 보였다.

"……방문하시려거든 하다못해 문을 노크한 뒤 들어와주시면 좋았을 텐데 말입니다. 늙은 몸뚱이 속 심장이 놀라잖습니까."

"자네의 강철 같은 심장이 이 정도로 멈출 리 없잖나."

이쪽의 항의 따위는 마이동풍처럼 흘려 넘기고 흑룡 님은 웃음을 짓는다.

항상 미간에 주름이 져서 고뇌로 가득 찬 표정을 짓고 계셨던 분이라기에는 드문 태도였다.

요청받은 대로 잔을 둘 준비한 뒤 흑룡 님의 맞은편에 앉았다.

술을 각각 잔에 따랐다.

누가 먼저였을까, 말없이 잔을 부딪쳤다.

잔 부딪치는 맑은 소리가 울려 퍼졌다.

술을 살짝만 입에 흘려 넣었더니 향긋한 내음이 콧속을 뚫고 나온다.

"좋은 술이군."

"아껴 놓았던 비장의 술입니다."

언젠가 경사를 맞이했을 때 마시고자 몇 대인가 이전부터 보존해 놓은 비장의 술이다.

아직 경사를 맞이한 것은 아니지만 지금 뚜껑을 열어도 괜찮을 것이라 생각했다.

아마도 이 기회를 놓치면 병을 딸 틈도 없으리라는 예감이 들었다.

잠시 술맛에 몰입했다.

그동안 나도 흑룡 님도 말없이 홀짝홀짝 술을 들이켰다.

첫 잔을 다 비웠을 때 자리에서 일어나 가벼운 안주를 준비했다.

가능한 한 술맛을 해치지 않는 부류의 맛이 옅은 안주를 준비했다.

술안주는 보통 맛이 진한 부류가 선호되지만 상관없을 테지.

신의 위계에 오른 흑룡 님에게는 식사란 별 의미가 있는 행동이 아니었다.

애당초 사람의 형태를 취했을지언정 미각이 사람과 같다는 법도 없잖은가.

그렇다면 자기 취향에 맞춰서 같이 드셔주신들 상관없겠지.

애당초 오늘 밤은 초대하지도 않은 입장인 만큼 더더욱…….

그렇게 자기변호를 한 뒤 평소 좋아했던 치즈를 사용한 안주를 탁자 위쪽에 올려놓았다.

흑룡 님은 딱히 신경을 쓰는 기색도 없이 안주에 손을 뻗어서 씹었다.

"흐음."

아무래도 마음에 들었나 보다.

한입 먹고는 곧장 두 번째를 입으로 가져간다.

"과연 교황인지라 좋은 안주를 먹는구나."

아무래도 흑룡 님은 사람이 먹는 식사의 좋고 나쁨도 아는 듯싶다.

오랜 세월을 알고 지냈건마는 저런 사실도 몰랐다는 것을 나는 이때에 와서 처음 자각했다.

돌이켜보면 이분과는 사무적인 용건이 전부였을 뿐 사적인 말을 나눴던 적이 없었다.

나눌 필요도 없었다.

나에게 이분은 적은 아니었지만 아군도 아니었다.

그것은 흑룡 님의 입장에서 봐도 마찬가지였을 것이다.

공통적으로 이 세계를 구하기 위한 방향으로 활동했으나 최종적으로 구하고 싶은 대상이 달랐다.

나는 인족.

흑룡 님은 여신님.

세계를 구하려는 까닭은, 이렇듯 구하고 싶은 대상이 있기 때문이었다.

요컨대 세계를 구하려는 행동은 단지 과정에 지나지 않는다.

그렇다면 그 과정을 거쳐서 맞이하게 될 끝은, 나와 흑룡 님이 서로 다를지라도 이상할 것이 없다.

그런 차이가 있기 때문에 결국은 나와 흑룡 님 모두 부득이하게 완전한 아군임을 단언하지 못하는 셈이다.

애당초 발단을 잠시 돌이켜보면 흑룡 님에게는 나를 원망할 권리가 있다.

그래, 인족을 위해 여신님을 내버렸던 내 행동을 원망할 권리가…….

그런 죄책감이 있기 때문에 끝끝내 나는 흑룡 님에게 감히 의지하지 못했고, 흑룡 님 역시도 나와 공동 전선을 펼치려는 생각은 하지 않았을 것이다.

사실 이렇듯 서로가 사적인 취향을 모른다는 데서 얼마나 우리가 표면적인 교류만을 가져왔었는지 알아볼 수 있겠군.

"저는 치즈를 꽤 좋아해서 말입니다."

"그랬던가."

지금이 평온하게 이분과 대화를 나눌 마지막 기회인지도 모른다.

그래서일까, 나는 자연스럽게 자기 이야기를 꺼내기 시작했다.

"이런 형태로 만들게 될 때까지 많이 고생했습니다. 시스템 가동 직후는 세균에까지 영향이 나타났던 탓인지 과거에 썼던 제작법으론 치즈를 만들 수 없게 되어버렸잖습니까."

"그랬었던가."

흑룡 님 역시 이런 사소한 일은 몰랐었는지 놀란 표정을 짓고 계신다.

"몇 세대 정도는 치즈를 먹을 수 없어서 많이 섭섭했죠."

"……그러고 보니 술도 당분간 못 마시게 되어버렸던가."

"예. 이미 만들어 놓은 분량은 무사했습니다만, 새롭게 만들 수가 없게 되어버렸지요."

"그 때문에 술을 두고 쟁탈전도 일어났었지. 그리운 이야기군."

정말 그리운 이야기다.

기록 스킬이 아니면 기억하지도 못했을 아주 옛날의 이야기.

그 무렵은 시스템에 의해 세계가 개변되어 혼란의 극치였고, 나도 그 소용돌이에서 빠져 가라앉지 않고자 허덕거렸다.

지금이기에 뒤늦게 더 잘 해낼 수 있지 않았을까 뒤돌아볼 뿐이지, 당시의 나는 눈앞의 사안에 대처하는 것만도 고작이었고 넓은 시야를 가질 여유는 전혀 없었다.

그런 덕분에 빈틈을 찔린 형태로 엘프의 대두를 용납해버렸던 것은 지금껏 남아 있는 악덕의 유산인지라 후회하고 있다.

포티머스는 인정하기 싫다만 천재이다.

시스템 가동 직후의 혼란기에 누구보다도 먼 앞을 내다봐서 자신의 손발이 되어줄 엘프라는 종족을 슬쩍 인족들 틈에 들여보냈고 인지시켰다.

엘프는 인족의 아군이라고…….

당시에는 나마저 출신 불명의 수수께끼 종족을 아군으로 인식했었으니까.

출현하는 마물을 쓰러뜨리고, 폭도로 화한 민중을 진압하고, 사람들에게 가까이 다가가서 도움을 베풀었다.

마물과 마찬가지로 갑자기 나타났었던지라 나는 엘프를 시스템의 창조주에 의한 일종의 도우미 캐릭터 비슷하게 인식했었다.

엘프를 도우미 캐릭터라고 표현했던 인물, 게임을 좋아했던 당시의 비서를 떠올린다.

"우리가 신께 저질렀던 처사는 도저히 용서받을 수 있는 잘못이 아니었는데 그럼에도 신께서는 우리를 외면하지 않았다는 말인가."

그렇게 말하며 눈물 글썽였었다.

엘프라는 종족을 신의 사자라고 믿고 경애했다.

정작 엘프가 포티머스의 앞잡이였음을 알았다면 비서는 어떤 표정을 지었을까?

악랄하다. 포티머스라는 남자는…….

태연하게 사람의 마음을 짓밟아 부서뜨린다.

거기까지 생각하다가 나는 자조했다.

태연하게 사람의 마음을 짓밟는 정책을 나 역시 실행하고 있지 않은가.

포티머스도 나도 그런 의미에서는 다를 바 없다.

"……서로 간에 그 시절에는 젊었지."

상념에 잠긴 나에게 흑룡 님이 말을 건넸다.

옛날을 그리워하는 듯싶기도 하고 과거를 후회하는 듯 느껴지기도 하는 음성으로…….

"그러게 말입니다. 젊은 시절의 치기라고 말하기에는 너무나 큰 과오를 저질러버렸습니다."

쓱, 이런 발언이 흘러나왔다.

스스로 말해 놓고도 자신의 말에 놀랐다.

가슴에 숨겨 놓았을 뿐이지 입 밖으로는 결코 꺼낸 적 없었던 말을 얼떨결에 말해버리다니.

"……후회하는가?"

흑룡 님이 떠보는 말투로 재차 묻는다.

잠시 고민하다가 나는 줄곧 이 가슴에 숨겨 놓았던 마음을 고백했다.

"하고말고요. 줄곧, 줄곧."

쭉 후회했다.

그때 선택이 잘못되었다는 것 따위야 뻔히 알았었다.

그러나 나는 선택하고 말았다.

인족을 위해 여신님을 산 제물로 바치겠다고…….

아울러 일단 선택을 내린 이상, 나에게는 끝까지 완수할 의무가 있는 셈이다.

설령 과거에 잘못된 선택을 저질렀음을 잘 안다 하여도 일단 선택했으면 인족을 기필코 구원해야 할 의무가 있다.

다른 무엇을 희생해서라도…….

여신님을 희생시킨 이상 내게는 다른 길이 없다.

그게 아니라면 저울이 맞지 않는다.

여신님을 희생해서라도 완수하고자 힘쓴 목표가 중간에 좌절되면 안 된다.

"몇 번이고 가정을 하고 회상했습니다. 그때 다른 선택을 했다면 어떻게 되었을까 하고."

훗, 자조하듯 웃는다.

아무리 가정한들 회상한들 과거는 바꿀 수 없다.

결국은 망상.

그럼에도 번번이 떠올리게 된다.

흑룡 님이나 아리엘 님과 협력하여 손을 맞잡고 고난에 대항하는 길.

그렇게 기가 막히도록 작위적인 길도 어쩌면 있지 않았을까.

"그러나 가정한들 회상한들 아무 소용이 없더군요."

"그런 소리는 말게."

스스로의 졸렬한 망상을 잘라 내고자 꺼냈던 말은, 흑룡 님에 의하여 부정되었다.

"나 역시 마찬가지니까."

그렇게 말한 뒤 흑룡 님은 옅은 미소를 짓고 잔을 기울였다.

"몇 번이고 떠올렸었지. 그때 조금 더 잘 해낼 수 있지 않았는가? 더 괜찮은 다른 방법이 있지는 않았는가? 이렇게."

아아, 그랬구나.

이분도 역시 후회하고 계셨단 말이구나.

"하지만 아무리 다시 떠올려본들 대답은 안 나오더군. 자네도 마찬가지 아니었나?"

대답 대신에 묵묵히 쓴웃음을 지어 보였다.

정곡이었다.

아무리 가정한들 답은 안 나왔다.

다만 동시에, 궁리를 거듭한 끝에 어쩌면 현 상황이 최선이 아니었겠는가? 이러한 생각까지 가끔은 나오곤 했다.

현 상황이 최선이 아니겠느냔 말을 흑룡 님께는 감히 꺼낼 수 없지만…….

어째서 이런 생각을 하게 되었는가.

만사가 잘 흘러갔다면 아마도 나는 이때까지 버티지 못했을 테니까.

지난날의 너무나 강한 후회가 있기 때문에 비로소 나는 스스로를 단속하여 이때까지 버텨왔다.

그게 아니었다면 일찌감치 꺾여버렸을 테지.

어쩌면 포티머스의 대두를 지금 이상으로 용납할 수도 있었다.

이래 보여도 포티머스를 막는 방파제가 되어왔다는 자부심이 있다.

내가 꺾여서 쓸모없는 인간으로 전락했다면 포티머스는 더욱 난장을 치고 다녔으리라.

그 신중하고 겁 많은 남자는 뻔하다.

내가 부재했더라도 흑룡 님을 두려워하여 거창한 일은 못 벌였을 터이나, 그럼에도 내가 있고 없음에 따라 커다랗게 달라졌을 테지.

흑룡 님께는 발각당하지 않게 살금살금 독을 흘려 넣는 것처럼 손을 뻗쳐 나갔을 것이다.

그놈은 그렇게 슬금슬금 활동하는 것이 특기였다.

수면 아래에서 공방을 거듭해왔던 나이기에 더더욱 단언할 수 있다.

그런 의미에서는 최근 들어서 포티머스의 움직임이 놈답지 않군.

움직임이 과하게 크다.

전생자라는 이색분자의 존재 때문에 달갑든 달갑지 않는 세계에 움직임이 발생했음은 분명하다.

다만 그렇다 쳐도 포티머스의 움직임은 과하게 크다는 기분이 든다.

이제껏 전생자의 존재에 촉발되었던 결과라고 생각을 갖고 있었는데, 과연 병적일 만큼 신중한 그 남자가 그런 이유 하나로 이렇게까지 거창한 일을 나서서 벌일까?

게다가 활동에 나선들 죄다 아리엘 님과 시로 님께 방해를 받아 실패로 끝났다.

어울리지 않는다.

그 남자는 피해를 받으면 그대로 되갚아주는 적잖이 어린아이 같은 오기의 소유자였다. 그렇다 쳐도 요즈음 움직임은 과하게 치졸했다.

이 역시 작전의 일환인가, 그런 의문을 가져봐도 그렇다기에는 놈이 받아야 할 피해가 컸다.

마치 무엇인가에 조바심을 내는 것처럼…….

그 원인까지는 알 수 없지만 덕분에 사태는 이쪽에 유리하게 진행되고 있었다.

기뻐해야 할 상황일 테지.

드디어 그 남자의 수급에 장군을 부를 수 있다고 생각하면 기쁨과

일말의 서글픔, 무엇보다도 드디어 끝을 맞이할 수 있다는 허탈감이 들이닥친다.

몹시 들떠서 기뻐해야 할 상황일 수도 있겠지만 이제는 나도 적잖이 늙어버렸다.

육체가 아닌 정신이…….

너무나 긴 시간을 줄곧 싸워와서 달성감에 앞서 적적함이 더 강했다.

"……포티머스도 마침내 끝장입니다그려."

"그렇군."

흑룡 님께서도 감개무량하다는 듯이 술잔의 내용물을 쭉 들이켰다.

"그나저나 자네의 이야기가 휙 날아가는 버릇은 도통 고쳐지질 않는군."

흑룡 님의 술잔에 새로 술을 따라주던 쓴웃음과 함께 핀잔의 말을 들어야 했다.

핀잔을 듣고 나서야 이번에도 내가 대화의 내용을 중간에 휙 날려 보냈음을 깨닫는다.

"또 저질러버렸습니까?"

"자네 머릿속에서는 연결되는 발언이었겠지만."

"……나름 조심을 하고 있습니다만. 나쁜 버릇인 줄 알면서도 몇 번을 다시 태어난들 고쳐지질 않는군요."

곤란하게도 나는 사고를 시작하면 주위 상황을 잊은 채 몰두해버리는 나쁜 버릇이 있다.

그리고 생각나는 대로 입을 열기 때문에 듣는 사람의 입장에서는 이야기가 휙휙 날아다니는 듯 느껴진다고 한다.

흑룡 님의 말씀대로 내 머릿속에서는 연결되는 발언이지만 결국 청자에게 전달이 되지 않는다면 내가 갑작스레 화제를 바꾼 것처럼 들릴 수밖에 없다.

"그렇다고 자네가 머릿속의 생각을 전부 입 밖에 꺼낸다면 시간이 아무리 많아도 모자랄 테지."

"그러게 말입니다. 시간 이전에 제 목이 버티지 못할 겝니다. 음, 아뇨. 먼저 혓바닥이 꼬여버리겠군요."

"확실히 그렇지."

나는 사고 가속 스킬을 항상 사용하기 때문에 단시간이어도 사고하는 분량은 꽤 방대하다.

그런 생각들을 전부 입 밖에 꺼내려고 든다면 무시무시하게 말이 빨라지겠지.

아마 입술이 뻣뻣해지고 혀도 꼬여버리리라.

그런 얼간이 같은 모습을 상상하다가 무심코 작게 웃음을 터뜨리고 말았다.

"교황의 위엄이 땅에 떨어지겠군."

"아주 동감입니다. 역시 전 주변의 사람들이 다소 불편해하더라도 함부로 입을 열지 않는 게 좋겠습니다."

말을 마친 뒤 둘이서 살짝살짝 웃었다.

신기한 기분이었다.

흑룡 님과 이렇듯 농담을 주고받다니.

"아무튼. 금번에는 어떤 용건이 있어 찾아주셨습니까?"

그렇지만 마냥 이렇듯 온화한 분위기에 취한 채 가만있지는 못할 처지였다.

찬물을 끼얹는 발언임을 잘 알면서도 본론을 꺼냈다.

"그것이 애너레이트 왕국에서 여러 계획들을 완료했다. 이제 훗날의 우려는 걷어 내었다고 말할 수 있겠지."

"그랬습니까."

흑룡 님이 그것으로 지칭하는 대상은 시로 님일 것이다.

최근 몇 년은 아리엘 님과 줄곧 함께 행동했던 전생자 중 한 사람.

또한 작금에 큰 역사의 흐름을 만들어 내고 있는 장본인.

"그분이라면 실패는 하지 않으실 테지요."

"오호. 그것을 제법 높게 평가하는군."

"그야 그럴 수밖에요. 이제껏 줄곧 정체되어왔던 이 세계에 거친 파도를 일으킨 분이잖습니까."

"거친 파도라, 그럴싸하면서도 묘한 표현이군."

본심으로는 거친 파도도 한참 온건한 표현이라고 생각하는 바이다.

그분은 모든 것을 집어삼키는 해일이다.

지금껏 멈춰 있었던 이 세계를 거친 우격다짐의 수단으로 씻어 내서 빈터로 뒤바꾸는 격이었다.

"포티머스도, 결국 끝장입니다."

그리고 방금 전 화제를 다시 꺼내 놓았다.

시로 님에게 맞선다면 그 집념 가득한 포티머스도 끝장날 테지.

"모르지 않나? 상대가 하필 포티머스이니. 그것을 되레 물리치는 상황도 족히 감안해야겠지."

"아니요. 불가능합니다."

단언할 수 있다.

포티머스와 오랜 세월을 싸워왔었던 나이기에 비로소 놈의 바닥도 들여다볼 수 있다.

아직껏 바닥이 보이지 않는 시로 님과 포티머스.

어느 쪽의 승리일지는 자명한 이치.

흑룡 님 역시 결론을 내렸을 테지.

"시로 님께 포티머스 따위야 통과점에 불과하잖습니까."

"그리할 테지."

나의 생각에 흑룡 님도 동의한다.

시로 님에게 포티머스는 최종 목적을 달성하기 위한 통과점에 불과하다.

최종 목적을 완수하는 데 방해되기에 배제하는 것.

그 정도의 인식임에 틀림없겠다.

아울러 시로 님의 최종 목적은 바로 시스템의 붕괴.

"……흑룡 님. 시스템을 붕괴시켜서 확보된 에너지를 쓰면 세계를 재생시킬 수 있다는 계획이 진정 가능하겠습니까?"

나는 흑룡 님에게 시로 님의 목적과 수단을 들어서 알고 있었다.

그때도 같은 질문을 꺼냈었지만 이번 기회에 다시 한 번 물어봤다.

"이론상은, 아마도 가능할 테지."

그리고 돌아온 답은 이전에 들었던 말과 같았다.

이론상은, 아마도. 저런 불확실한 단어가 연속된다는 데서 알 수 있듯이 흑룡 님 역시도 확증은 없을 것이다.

"세계의 운명이 달린 사안입니다. 확증을 얻을 수 없는 도박과 같은 방법에 모든 운명을 맡길 순……."

"알다마다. 나 역시 설명을 들은 때부터 아무것도 하지 않았던 게 아니다."

흑룡 님께서 약간 지긋지긋하다는 듯이 손을 흔들었다.

"여러모로 조사해봐도 결국 확증은 얻을 수 없었다. 유감스럽게도 나는 시스템에 과도한 간섭이 불가능한 몸이지. 시스템의 전모를 파악하지 못하는 이상 결국은 예측으로 보충할 필요가 있다."

흠. 이치에 맞는 말입니다.

어떠한 사안이든 간에 결과를 예상하자면 근거가 될 모든 요소를 먼저 파악할 필요가 있다.

시스템의 전모를 파악하지 못하는 이상 시스템과 관련하여 발생하게 될 결과를 완벽하게 예상하기는 불가능.

"그런 전제로 말해주자면 시스템의 붕괴를 이용하여 이 세계를 재생시키겠다는 방법은 무척 높은 확률로 가능하리라 판단했다."

"근거가 있습니까?"

"시스템 전체의 에너지량을 대강 계산해본 결과, 세계 재생을 목표로 설정되어 있는 수치를 상회하더군. 거기에서 세계 재생을 관장하는 일부분만 제외한다면 아마도 목표 수치에 가까운 숫자가 나올 것이다."

"아마도, 말씀이겠지요? 여전히 희망적인 관측이 들어 있습니다그려."

"그것은 어쩔 수 없다. 다만 아무리 생각해도 모자란다는 사태가 벌어지지 않음은 분명하군."

다른 누구도 아닌 흑룡 님의 계산이라면 분명히 신용할 수 있지만…….

"허나 이러한 객관적인 사실에 앞서서 나는 그것이 확증을 가지고 있다는 사실이야말로 곧 정답이 아닌가 생각되는군."

"더 말씀해주시겠습니까?"

"그것은 이미 방법을 짐작해서 찾아냈다는 뜻이다. 다름이 아닌 시스템의 정식 기능으로서 말이지."

흑룡 님의 이번 대답에 나는 일순간 사고가 정지했다.

시스템에, 이미 저러한 기능이 있었다?

즉 시스템의 자폭이라는 뜻밖의 방법을 정공법의 하나로서 준비해 두고 있었다는 말인가?

"놀랄 필요는 없다. 시스템에는 나 역시 알아내지 못한 기능이 아직껏 많잖은가. 개중에 저런 방법이 없다고 어떻게 단언할 수 있겠나?"

듣고 보니까 분명 납득이 갔지만 그럼에도 자폭이라는 뜻밖의 선택지가 정상 루트의 하나로서 준비되어 있는 상황을 어떻게 받아들여야 할까?

시스템 제작자가 제정신인지 의문이 든다.

"애당초 시스템의 존재 자체가 비상식의 집합체잖나. 이제 와서 비상식적인 기능이 한둘 늘어난들 달라질 게 없겠지."

"……옳으신 말씀입니다."

우리의 생명을 유지해주고 있는 시스템을 나쁘게 말하고 싶진 않지만, 살육전을 강제할 뿐 아니라 죽은 생물이 보유했던 에너지를 회수하는 체계와 방향성은 분명 비상식적이었다.

"지배자 관련으로 어떤 방법이 있지 않느냐는 것이 내 짐작이네."
"지배자……?"
지배자란 내가 보유한 절제와 같은 7대 미덕 스킬과 아리엘 님이 보유한 폭식과 같은 7대 죄악 스킬을 보유하고 있는 인물들, 개중에서도 지배자 권한을 확립시킨 인물을 가리키는 말이다.
다만 저러한 스킬을 단지 보유했을 뿐 아니라 지배자 권한을 확립시켜야 비로소 지배자가 될 수 있다.
지배자에게는 몇 가지 혜택이 있고 시스템에 다소나마 간섭하는 행위가 허락된다.
"그러나 지배자가 보유하고 있는 권한들 중에 비슷한 내용은 없지 않았습니까?"
나 역시 지배자 중 한 사람이다.
지배자가 보유한 권한에 대해서는 숙지하고 있었다.
그중 시스템의 자폭과 관련된 항목은 분명 없었다.
"한 사람만 나서서는 부족하다고 가정하면 어떤가? 예를 들어서…… 그래, 모든 지배자가 갖춰져서 특정 장소를 찾아 특정 행동을 취해야 발동되는 수단이라거나."
없다, 고 단언할 수는 없었다.
지배자가 함께 협력하는 관계를 구축했던 전례는 없었다.
왜냐하면 지배자 중 셋은 항상 적대하는 관계에 있었으니까.
나, 아리엘 님, 포티머스.
그리고 나머지 지배자는 애당초 탄생하는 경우 자체가 희귀했다.
7대 미덕과 7대 죄악, 모든 지배자가 갖춰졌던 시기는 아무리 찾아본들 막 시스템이 가동되어 격동의 시대를 맞이했던 최초의 무렵밖에 없었다.

그때도 각각 지배자들은 온갖 진영에 나뉘어졌던 터라 서로가 단결하기는 어림도 없었다.

즉 지배자가 단결했던 전적은 아직껏 한 번도 없었던 셈이다.

그런 미지의 상태에 무엇인가 특수한 조건이 부여되었다고 가정한들 확인할 방법은 없다.

아울러 특정 장소라는 말에는 단 하나 짚이는 바가 있다.

엘로 대미궁의 최심부.

초대 나태의 지배자가 자기 생애를 바쳐 완성시켰던 대미궁의 깊은 곳.

짐작하자면 그곳밖에 없겠다.

"지난 몇 년 동안, 그것은 지배자 스킬을 누군가가 습득할 수 있도록 안간힘을 쓰며 돌아다녔지."

"그랬습니까."

그런 활동이 있었던가.

그렇다면 흑룡 님의 예측도 마냥 빗나가리라 말하기는 어렵겠군.

"다만 이렇게 가정하면 포티머스를 처분해버리는 것은 역효과가 되지 않겠습니까?"

포티머스도 역시 지배자 중 한 사람이다.

지배자가 전원 필요하다면 그 작자도 역시 필요하다는 뜻이 되잖은가.

"그 부분을 고려하지 않았을 리 있겠나. 아마 대책은 마련해 놓았을 테지. 그것이 어떤 내용인지는 알 수 없다만. 어차피 포티머스를 살려 놓은들 고분고분 협력하리라는 생각은 들지 않는군."

"오호라. 방해꾼 노릇밖에 안 될 테니까 아예 없애버리자는 말씀이군요."

포티머스가 협력하는 사태는 있을 수 없다.

그렇다면 쓸데없이 설득을 시도할 바에야 속히 배제한 뒤 다른 방법을 강구하는 것이 유의미하겠다.

"하지만 이렇게 가정하자면 다음번 배제 대상은 제가 되겠군요?"

농담조로 말해봤는데 아주 틀린 말도 아닌 듯싶다.

오늘 흑룡 님에게 이야기를 듣기 이전부터 상정했던 사태 중 하나이기도 하다.

아리엘 님과 시로 님에게 포티머스 다음의 눈엣가시가 있다면 누구인가?

굳이 고민하지 않아도 나일 터이다.

아울러 신언교는 이제껏 유례가 없을 만큼 약체화됐다.

10년 전 고대의 기계 병기 부활에서 겪었던 병사들의 손실.

아리엘 님과 시로 님에 더하여 포티머스까지 잠시나마 협력했던 사건에서 신언교의 전력은 뚝 떨어졌다.

그때의 피해는 지난 10년간 제법 회복을 이뤄 냈으나 이미 뚫린 구멍이 다 메워지지는 않는다.

본래였다면 경험을 쌓아 숙련된 연배가 되어야 했을, 당시의 장래 유망했던 젊은 실력자를 대량으로 잃지 않았던가.

지금까지 장년의 병사가 무척 부족한 탓에 더 연배가 있어 이미 은퇴하고도 남았을 나이의 노병을 붙잡아 놓은 채, 젊은이들을 단련시켜 각 직책에 배치하는 등의 조치로 버티고 있었다.

그러나 이 역시 지난번 대전에서 무너져버렸다.

사전에 패배할 줄을 뻔히 알았는데도 신언교가 원군을 보내지 않을 순 없는 노릇이었기에 꽤 많은 숫자의 병사를 제국에 파견했고 또한 복귀시키지 못했다.

아리엘 님과 시로 님의 전력에 대항한들 의미 없다는 생각은 들지만 신언교의 전력은 확실하게 떨어졌다.

게다가 가짜 용사의 발표, 강압적인 제국군 원정의 통보 등 상당한 횡포를 거듭했다.

가짜 용사의 건은 아직 각국에서 알지 못하는 사안인데 발각되면 신언교의 권위는 땅에 떨어지리라.

용사의 존재는 그만큼 인족에게 무거운 의미가 있다.

게다가 통과시켰던 제국군이 사실은 마족이었다는 소식까지 알려진다면 신언교는 끝이다.

모든 것은 포티머스 타도를 위해 필요한 조치였다지만, 동시에 신언교의 권위를 실추시키기 위해서 아리엘 님과 시로 님이 이러한 제안을 들이밀었다면 두 분의 최종적인 목적은 결국 내 수급이리라.

그런 사실을 알면서도 아리엘 님과 시로 님의 제안을 전부 수용했던 것은 나 자신이다.

"……괜찮겠나?"

"예. 신언교의 쓸모도 슬슬 끝을 맞이하나 봅니다. 괜히 아까워하다가 세계의 조류에 뒤쳐지는 사태는 결코 벌어져선 안 됩니다."

지금 세계는 커다랗게 움직이고 있다.

신언교도 역시 달갑든 달갑지 않든 커다란 흐름 안쪽에 몸을 놓아 두고 있다.

이미 신언교는 저 커다란 흐름에 저항할 만한 힘이 없었다.

그렇다면 흐름을 가속시킬 뿐.

설령 저 흐름의 힘에 휩쓸려서 신언교가 무너질지라도…….

신언교는 오직 인족을 지키기 위해 존재하는 종교.

그렇다면 인족을 지키기 위해, 대의를 끌어안은 채 몰락하는 앞날 역시도 기꺼울지니.

"인족을 위해. 포티머스가 사라진 후 도래하게 될 격동의 시대를 위해. 신언교가 악덕이 되어 인족을 결속시키는 것. 준비는 이미 완료되었습니다."

사람들이 일치단결하는 데 필요한 것은 무엇인가?

뻔히 보이는 악이다.

자신의 분노, 한탄, 먹먹한 마음.

그것들을 쏟아 내어도 무방한 상대.

대중에게 자신들이야말로 정의라는 자신감은 분명 단결을 위한 길잡이가 되어줄 테지.

그렇다면 더더욱 인족을 결속시키기 위해 신언교는 악당의 말로를 감수하리라.

"……자네의 마음가짐은 정말 철저하군."

"철저하게 임할 수밖에 없는 겁니다. 저에게는 속죄마저도 용납이 되지 않는지라."

감히 속죄라니, 이보다 더 주제넘은 말이 있겠는가.

내게는 결코 용납되지 않는 자세다.

용납되지 않는 터라 더더욱 초지일관할 수밖에 없다.

인족을 위해…….

오로지 한 가지 목적을 위해…….

다른 누구도 아닌 여신님을 이 때문에 내쳐버렸다.

그렇다면 오직 목적을 위해서 모든 것을 바치고 신마저 적대하여 끝을 지켜보리라.

"……그 망설임 없는 자세가 조금 부럽군."

"……."

내 입장에서는 당신이 더욱 부럽습니다.

여신님께 가까이 다가설 수 있는 당신이 더욱…….

그런 마음은 갖고 있을지언정 결국 입 바깥에 꺼내지는 않았다.

흑룡 님께도 사정이 있고 나와 마찬가지로 가슴에 품은 목적이 있다.

"서로가 참 뜻대로 되질 않습니다그려."

"동감이다."

그 후 우리는 밤새도록 시답잖은 대화를 주고받았다.

서로 조용하게 술을 마실 수 있는 마지막 기회임을 예감했기에…….

아리엘 님과 시로 님께서 준비하는 계획이 성공하든 실패하든 시대는 격동의 때를 맞이하리라.

예상이 아닌 확신이었다.

그때 인족이 살아남을 수 있도록 나는 내게 가능한 준비를 할 뿐.

그것이 내게 허락된 단 하나의 의무이니까.

6 용사 일행을 지켜보는 임무

제3왕자 등등의 소생 실험을 마친 다음은 애너레이트 왕국에서 할 일이 없어졌다.

왕국 내부는 아직껏 많이 혼란스럽지만 아무튼 내가 알 바는 아니잖아.

임금님이 죽었고, 제1왕자도 쓸모가 없어졌고, 제3왕자와 관련자들한테는 모반 혐의가 걸렸고…….

와아~ 질척질척한 궁정극이군요.

왕위 쟁탈전이 임박했다!

저런 정황이 되게 사주했던 건 나지만.

야마다는 여기에 딱 정신없이 휘말려서 지내렴.

그렇게 생각했었는데 이때 문제가 발생.

깨어난 선생님을 통해 엘프의 마을에 나츠메와 휘하 제국군이 진군하고 있다는 소식이 전해지고 말았다.

엘프에게도 신언교 비슷하게 원화 보유자들을 쓴 연락 체계가 있었나 봐.

전 세계에 있는 엘프의 처단은 순조롭게 진행 중이지만 아직은 미처 못 잡은 녀석들도 많을 테니까.

엘프의 마을을 쳐서 없애버릴 때까지는 기필코 한 명도 남김없이 뿌리째 뽑아주겠어.

그쪽 작업에는 제국과 왕국 양쪽 임무를 다 완료한 제10군을 배치했다.

엄청 바쁘게 임무를 마친 직후라서 미안하지만 이것도 엄청 중요한 임무니까 포기해주게나.

블랙 기업?

군인이면 다들 이렇게 일할 거야, 분명히.

게다가 애당초 제국에서 이것저것 임무가 늘지 않았다면 제10군은 각지의 엘프 사냥에 힘을 쓸 예정이었으니까 원래대로 돌아온 것뿐이거든.

즉 정신 사납게 바쁜 이유는 나 때문이 아니라 교황 때문이라는 말이지.

나는 나쁘지 않아.

아니, 각지의 엘프를 색출해서 거기에 제10군의 인원을 보내주는 것은 내 역할이잖아.

내가 제일 바빠!

블랙이다.

유급 휴가를 신청하겠다.

웃는 얼굴로 「안 돼」라고 말하는 마왕이 어른거렸다.

젠장.

아무튼 다시 본론으로 돌아가자, 선생님한테 엘프의 마을이 위기에 처했다는 소식을 듣게 된 야마다 군 일행은 무슨 이유인지 정작 왕국은 방치한 채 나츠메 토벌을 위해 출발하기로 결정 내렸다.

와이?

어째서 그런 결론이 나오는 걸까 여엉문을 모오르겠어요오.

어~? 아니, 응…….

이야기의 흐름은 알겠거든?

지금 인족과 마족은 전쟁 중이고, 그런 와중에 제멋대로 난장을 치는 나츠메를 가만 놓아둔다면 인족 전체가 위기에 처할 수밖에 없겠지.

그렇다고 눈앞에 있는 왕국을 가만 방치한 채 토벌을 하러 떠나자는 이야기가 나올 수 있나?

왕국에 남은 제3왕자도 진짜 용사인 야마다라는 전력은 수중에 남겨 두고 싶었을 텐데.

이제부터 제1왕자 파벌과 분명 한바탕 붙어야 할 중대한 시기에 말야.

제3왕자는 넓은 시야를 가지고 있다고 평가 받는데, 듣기에는 좋을지도 모르겠지만 너무 먼 곳을 내다보다가 정작 발밑이 흔들리게 된다고 말할 수도 있는 셈이잖아?

이제부터 왕국에서 진흙 구렁 같은 내전이 벌어질지도 모르는 상황인데 말이야~.

아마 배웅을 받고 출발한 야마다는 별생각을 안 했겠지, 분명히…….

제3왕자한테 「다녀오거라」라는 말을 듣고는 「물론입니다」라고 즉답했잖아.

왕국의 정세라든가 별로 생각을 않고 나츠메를 가만 방치할 수 없다는 느낌으로 대답했을 거야, 보나 마나.

가능하면 야마다는 이대로 왕국에 남아주기를 바라는 마음이지만, 뭔가 만장일치로 야마다를 엘프의 마을을 향해 출발시키자는 흐름으로 진행되어버렸어.

이런 분위기에 하이린스가 반대 의견을 제시하도록 시키는 것은 좀 잔인한가?

아니나 다를까, 하이린스는 딱히 반대도 않은 채 야마다의 엘프 마을행이 결정되어버렸다.

갓뎀.

뭐, 이러이러하여 제국군이 엘프의 마을에 도착할 때까지 제때 도착은 못 할걸~ 하고 방심했던 게 접니다.

그치만 말야~ 일단 이렇게 사태를 상정한 다음 더즈톨디아 대륙에서 엘프의 마을이 있는 카사나가라 대륙으론 출입을 못 하도록 잔꾀도 부려 놨거든.

신언교의 힘을 빌려서 말야!

곤란할 때는 신언교를 의지하라.

실제 이익이 생기니까 참 멋지지.

뭐, 별로 대단한 조치를 취한 게 아니다.

각국에 애너레이트 왕국에서 발생했던 사건을 퍼뜨려서 야마다 군 일행을 지명 수배했을 뿐.

에너레이트 왕국에서 발생했던 사건은 표면적으로 야마다가 임금님을 살해해서 왕위 찬탈을 노렸다는 결론이 나온 상황이니까.

야마다가 찾아와도 전이진을 쓰게 허락하지 마라~ 지시를 내릴 바에야 지명 수배를 하는 것이 빠르고 간편하다.

대륙을 건너가려면 전이진을 쓰는 게 제일이니까.

이동을 틀어막기 위해 애너레이트 왕국의 마법진을 부숴 놓았던 거야.

각국에 지명 수배를 당한다면 야마다 군 일행의 움직임도 둔해질 수밖에 없다.

물론 사진 같은 매체가 없어서 일반인들까지 전부 인상착의를 알아보는 상황은 기대할 수 없겠지만, 그럼에도 치안 유지를 맡은 위병이라든가 그쪽 사람들의 시선은 꽤 신경을 써야 하겠지.

이렇게 생각을 정리하던 때 얄밉게도 광룡으로 변한 시노하라의 등에 올라타서 붕~ 날아가버렸다.

하늘로!

하늘하늘!

……죄송합니다, 잘못했어요, 시답잖은 개그에 도전해봤습니다, 살아 있어서 죄송합니다.

하늘을 날아다니는 탈것이면 게임에서도 종반이 돼야 손에 들어오는 이동이 엄청나게 편한 수단이잖아.

하늘을 휙 날면 터무니없이 이동이 수월해지거든.

길을 구태여 신경 쓸 필요가 없고 장해물도 낮은 산 정도라면 날아서 넘어갈 수 있다.

마물이 실재하는 이 세계에서는 길도 저런 마물의 영역을 피해서 꾸불꾸불 만드는 게 보통이란 말이지.

꾸불꾸불 돌아가는 만큼 여정이 길어지는 셈이니까 중간을 다 무시해서 똑바로 날아갈 수 있다면 당연히 시간도 단축되지.

또한 마물의 영역 이외에도 장해물, 강이라든가 산이라든가 길을 만드는 것에 여러 가지 제한이 따라붙기 마련인데 역시나 하늘을 날면 상관없어지잖아.

최단 거리로 나아갈 수 있다는 말씀.

그리고 최단 거리로 나아갈 수 있다는 말은 중간에 들러야 할 도시나 마을도 역시 최저한으로 적어진다는 뜻.

적발당할 위험이 적어진다.

실제로 한 번도 안 들켰고…….

큰났다~.

나, 도보 이동으로 계산했었는데 이거 하늘을 나는 이동으로 다시 계산하면 제때 도착해버리겠네?

……무슨 섭섭한 소리!

야마다 군 일행이 노리고 있는 경로란! 설마! 설마! 설마했던 엘로 대미궁!

엘로 대미궁의 안쪽에서는 날아다닐 수 없을 테니까 이동 속도도 분명 떨어진다.

게다가 엘로 대미궁은 무지 복잡하고 넓어.

일단 헤매면 빠져나가는 게 엄청 어렵다.

이런 사정 때문에 안내인이라는 직업도 성립될 수 있는 셈이고.

엘로 대미궁의 입구에는 이미 제국군 병력을 배치해 놨다.

그리고 안내인한테도 애너레이트 왕국에서 발생했던 사건을 주지시켰기에 야마다 군 일행의 지명 수배 조치는 전파가 완료.

이럼 야마다 군 일행의 안내를 맡을 안내인은 없을 거야.

안내인 없이 엘로 대미궁에 진입하면 자살행위나 마찬가지.

엘로 대미궁에서 살았었던 내가 증언해줄게.

틀림없어.

여기서 달리 대륙을 건너갈 방법이라면 바다를 곧장 날아간다든가?

그 방법도 역시 자살행위나 마찬가지거든~.

바다는 수룡의 앞마당이니까.

광룡으로 진화한 시노하라라면 어느 정도는 수룡을 상대할 수도 있겠다 싶기는 한데, 어차피 줄곧~ 비행하면서 버티기는 아무래도 무모한 부분이 많단 말이지.

언제 대공 포화가 날아들까 알 수 없는 해원을 밤낮 가리지 않고 쭉 날아가야 하는 입장이잖아?

체력도 기력도 못 버텨준다고.

결론, 야마다 군 일행의 모험은 여기에서 끝나버렸다…….

후후~ 실제로 양쪽 다 자살행위니까.

아무러면 저런 도전을 시도했다간 하이린스가 말려주겠지.

이대로 더즈톨디아 대륙 방면에서 시간을 때워주게나.

그렇게 생각해서 방심했던 게 접니다.

현재 제 분체가 몰래 야마다 군 일행의 뒤를 따라다니고 있답니다.

그리고 현재 위치는 엘로 대미궁 안쪽.

워째서!

화들짝 놀랄 만큼 거침없이 안내인을 척척 확보하더니 제국이 단단하게 방비하고 있는 정면 입구를 무시한 채 바닷속 비밀 입구로 입장까지 마쳐주셨다.

대체 워째서!

야마다 군 일행이 확보한 안내인은 미남 아저씨, 배스거스 씨라는 사람이었다.

어딘가에서 만났던 적이 있다는 느낌?

의아해하다가 거미 시절의 나를 처음 발견한 사람이었다는 기억이 났다.

어째서인지 살짝 자랑스러워하며 내게서 도망쳐 나온 이야기를 야마다한테 들려주기도 했다.

저 폭발할 것 같은 이름을 가진 안내인 아저씨는, 아들분이 하이린스를 옛날에 한 번 안내해줬던 인연으로 알게 되어서 여차여차하더니 안내 역할을 수락해줬다.

이봐, 하이린스.

너 때문에 유능한 안내인이 동료로 들어와버렸잖아!

어떻게 책임질 거야?!

아니, 이 아저씨가 되게 우수하더라고.

나도 말이야, 베이비들을 보러 오니까 가끔 엘로 대미궁에 오기도 하고 그때 겸사겸사 인간들의 행동을 관찰하는 때가 있거든.

그러던 중 알게 된 사실은 안내인들도 당첨이랑 꽝이 있다는 거야.

길을 아무렇지도 않게 틀리는 안내인도 있더라니까~.

그런 점에서 이 아저씨는 지도도 안 보고 헤매는 일 없이 쭉쭉 전진한다.

지도를 안 보고 안내가 가능하다는 것은 안내인 중에서도 상당히 뛰어난 사람이 아니면 무리였다.

나이로도 알 수 있듯 베테랑이다.

덕분에 야마다 군 일행의 여로는 무척 순조롭다.

일행 전원이 제법 높은 능력치를 보유했다는 이유도 있어 상당한 하이 페이스로 전진 중이다.

안 좋아, 안 좋다고~!

이대로 두면 상당한 여유를 갖고 엘로 대미궁을 돌파해버리겠어.

엘프의 마을에는 꼭 엘프들이 숨겨 둔 전이진을 써야 들어갈 수 있지만, 내가 파악한 위치 중 엘로 대미궁의 출구에서 가장 가까운 곳을 이용하면 계산상 제국군보다 한발 앞서서 도착해버린다.

아, 참고로 엘프가 쓰는 전이진은 거의 다 파악을 마쳐 놓았거든.

어쨌든 우리 집 분체의 첩보 능력은 우수하니까!

뭐, 손바닥 사이즈의 감지에 안 걸리는 거미는 먼저 인지를 해서 경계하는 게 아니라면 발견하기가 엄청 힘들지.

그런 녀석들은 몇천 마리나 전 세계에 뿌려 놓았으니까 정보도 상응하는 수준으로 모일 수밖에 없죠.

아무튼 엘프는 다른 대상보다 정성을 들여 마크해왔던 입장이라 살금살금 움직이든 말든 싹 미행하면 전이진의 위치를 밝혀내는 것은 간단했다.

그 녀석들도 아예 바깥출입을 안 할 수는 없고…….

그러니까 내가 분체를 뿌려 놓은 이후에 사용됐던 전이진이라면 전부 파악이 완료됐을 거야.

아예 사용을 안 했다면 별수 없이 파악이 안 됐겠지만.

훗. 엘프 녀석들은 우리가 전이진의 위치를 파악하지 못했다고 생각하겠지.

후후후. 어리석은 녀석들.

너희는 전이진의 위치도 모르잖냐~ 바보 자식아~ 이렇게 바보 취급을 했던 녀석들에게 반대로 바보 취급을 당할 엘프들.

푭~ 키득키득!

아, 엘프를 바보 취급할 때가 아니구나.

야마다 군 일행은 어쩌고 있을까~.

이대로 아무 불상사 없이 나아가면 제때 도착해버릴 텐데~.

음~ 베이비들을 출동시킬까?

이때 베이비란 과거에 내 병렬 의사들이 만들어 냈던 하얀 거미들을 말한다.

산란 스킬을 써서 양산한 권속 비슷한 녀석들이야.

뭐, 걔넨 어딘가의 도시에 병렬 의사 녀석들과 함께 습격을 벌인 이후에 남은 생존자를 이곳 엘로 대미궁에 전이로 휙 던져 놓았을 뿐이지만 말야.

그 후 아무래도 이곳 엘로 대미궁에서 독자적인 생활을 꾸려 나갔던 것 같다.

신화한 이후 불쑥 얼굴을 내밀었더니 엄청나게 반가워해줬다.

아무래도 나는 신화한 이후에도 낳아준 어미 판정을 받는 것 같아.

실제는 병렬 의사 녀석들이 만들어 냈었지만 말이야~.

또한 베이비 녀석들은 인간들 사회에서 악몽의 잔재라고 불린다더라.

참고로 내가 미궁의 악몽이다.

악몽이 사라진 후에 출현했던 같은 거미형 마물이라는 이유니까 뭐, 관련성에 의문을 갖고 잔재라는 이름을 붙였나 본데.

의문을 가질 필요가 있나? 관련성이 넘쳐나는걸.

암튼 베이비 녀석들을 야마다 군 일행한테 보내서 시간 끌기를……. 안 되겠다……. 관두자.

베이비 녀석들이 상대면 전부 다 죽어버릴걸.

베이비들은 한 개체만 나서고도 선대 용사 율리우스를 궁지에 몰아넣었었잖아…….

그렇게 강한 애들이 와글와글 몰려다니니까 야마다의 무력이 용사 율리우스와 비교해서 대폭 향상된 것도 아니고 괜히 보냈다가는 죽는다.

야마다는 능력치만 놓고 보자면 아마도 용사 율리우스보다 우위에 있다는 생각은 들거든~.

그런데 실전 경험이 압도적으로 모자라다.

그리고 각오라든가 마음가짐과 정신적인 부분.

따라서 실제 용사 율리우스와 비교하면 비슷한 수준이거나 오히려 용사 율리우스가 더 강하다는 평가까지 내릴 수 있겠네.

이러니저러니 해도 용사 율리우스는 퀸 분체를 쓰러뜨렸던 실력자니까.

그나저나 용사 율리우스의 무력으론 분명 퀸 분체를 쓰러뜨릴 수 없어야 했을 텐데 쓰러뜨려버렸단 말이지~.

용사의 저력, 무시무시해라.

용사에다가 하늘의 가호라는 스킬까지 가지고 있는 야마다는 더 많이 경계해야겠지.

으음~. 으음~.

그나저나 어떻게 한담?

야마다 군 일행의 방해를 죽이지 않는 범위로 해치우자는 게 제법 어렵구나.

멀쩡하지 않지만 죽지 않게 해치워야 되는 셈이잖아?

죽이기야 아주 간단하지만~.

아니, 선생님이 같이 있는 관계로 안 한다.

애매한 부상 따위를 입혀봤자 치료 마법으로 회복시키면 끝이거든.

발 묶기도 안 된다.

차라리 전이를 써서 왕국으로 돌려보낼까?

……안 된다.

내 손이 모자라.

솔직하게 말하면 지금 난 어~엄청 바빠서 야마다 군 일행한테 손을 쓸 여유가 없는 처지거든.

가능한 조치라면 외부의 누군가에게 사주를 하는 정도일 텐데 엘로 대미궁 내부에서 동원 가능한 인원은 베이비 녀석들밖에 없단 말이야.

그리고 베이비 녀석들은 지시를 대충 내렸다가는 너무 의욕을 발휘해서 온갖 만행을 저지를 게 훤히 내다보인다.

용사 율리우스를 습격했던 사건도 내가 인마대전에서 쓰러뜨려야겠다는 계획만 세워 놓았는데, 어디에서 듣고 알았는지 나한테 잘 보이겠다고 냅다 폭주해서 저질렀던 짓이고…….

지금 야마다 군 일행의 발을 묶어 놓으라고 말하면 다리를 싹둑 잘라서 글자 그대로 다리를 묶어 놓는 엽기적인 행각을 저지를 것 같아서 무섭다.

기세가 넘쳐나서 죽일 것 같다는 게 가장 무섭지만…….

야마다 말고 다른 사람이면 야마다가 소생을 써서 되살릴 수 있어도, 어쨌든 위험하다는 건 바뀌지 않으니까 관두자.

솔직히 지금의 나에게는 노는 손이 없어서 야마다 군 일행한테 조치를 취할 여지가 거의 바닥인 만큼, 어설프게 손쓰지 않는 게 차라리 좋겠어.

까놓고 말하자면 상대해줄 여유가 없다.

이렇게 감시하는 게 대충 한계일까.

그나저나 가만 감시만 해도 꽤 유쾌하구나, 야마다 군 일행.

뭐가 유쾌하냐고?

이래저래 여러가지로, 이래저래.

구경하면 질리질 않아.

구경만 해도 잇따라 해프닝과 맞닥뜨리고 있고…….

시노하라가 인간화를 해낸다거나.

시노하라가 맥주병이었다는 사실이 판명되거나.

인간화에는 많이 놀랐다.

나는 아라크네가 될 때까지 무척 고생했었는데 아주 간단하게 인간화를 이뤄버렸어!

이쪽은 아라크네에서 신화한 후 완전한 인간 형태를 갖출 때까지 무척 고생했단 말이야!

아니, 애당초 스킬 일람에는 인간화라는 녀석이 없었고!

기본으로 인간화가 있는 용은 치사하다!

용한테 있음 거미한테도 당연히 있어야지!

용과 다르게 거미한테는 고유 스킬이 없지만!

그래도 용서한다.

살짝 얄밉기는 해도 그 후에 맥주병이라는 사실이 드러나서 엄청 창피를 당했으니까.

크훗, 거만하게 왕따나 하고 다녔던 시노하라가 설마 맥주병이었다니.

안 웃고 버틸 수 있겠는가?

아니! 웃어주겠어!

아~핫핫핫하!

아마도 시노하라한테 왕따를 당한 기억이 있기 때문인지 무척 고소한 심정이다.

실제 왕따를 당한 사람은 진짜 와카바 히이로, 즉 D였지만.

뭐, D의 입장에서는 강아지가 컹컹 짖는 정도의 인식이었을 테지만 말야~.

어쨌거나 이렇듯 내가 불쾌하다는 느낌을 받는 이유는 D도 유쾌하지 않았다는 의미일 거야. 아마도…….

그리고 수영을 못 하는 시노하라는 가엾게도 물속에서 수룡한테 쫓겨 다니다가 어푸어푸 꼴사나운 모습을 선보이고 말았다.

후후, 유쾌해, 유쾌해라.

그 후 수룡의 브레스에 뻥 날려 가다가 수영복이 큰일을 겪어서 야마다한테 행운의 색골 이벤트가 일어났던 것도 역시 웃음 포인트였지.

시노하라는 야마다를 이성으로 인식하지 않는 입장이지만, 굉장히 민망한 차림인 상태에서 바짝 밀착했다가 오오시마한테 은근슬쩍 눈총을 받더라.

러브 코미디야?

분명 이후에도 두근두근 이벤트가 자꾸 일어나서 야마다한테 반하는 전개를 예상한다!

그리고 삼각, 사각 관계로 발전한 뒤 질척질척한 아침 드라마 전개가…….

야마다가 찔려서 죽을까, 상대 여성이 찔려서 죽을까. 어느 쪽으로 끝이 나려나. 두근두근.

아니, 잠깐만.

야마다가 가지고 있는 하늘의 가호의 효과를 감안하면 아침 드라마 전개로 흘러가는 대신에 러브 코미디 노선이 이어지다가 얼렁뚱땅 하렘을 건설하는 게 아닐까?

뭐 이렇게 부럽고도 괘씸한 스킬이 있어!

야마다랑 얽힌 여성은 다들 야마다한테 홀짝 반하는 걸까 생각하면 터무니없이 무시무시한 스킬이네!

실제로 야마다의 주변 여자아이들은 묘하게 야마다한테 반한 확률이 높다.

여동생에다가? 하세베에다가? 오오시마에다가?

시노하라는 아직이라고 치고, 선생님도 좀 다른데.

안나라는 하프 엘프 아가씨 전직 메이드도 반했다는 것과는 조금 다른 느낌이었지.

반한 게 아니라 충성에 가깝나?

충성 맹세도 홀딱 반한 결과라고 말할 수 있을까.

약간 뉘앙스는 다를 테지.

……어라?

농담으로 해본 말인데 의외로 진지하게 야마다 군 하렘이 만들어지고 있다?

나츠메의 활약 덕분에 지금은 분리되어버렸지만…….

……이거, 도대체 어디까지가 하늘의 가호 스킬의 효과야?

야마다 본인의 인덕에 반한 결과라면 딱히 상관없겠는데 스킬의 효과라면 진짜 무시무시한 스킬이다.

이런 때 스킬 효과를 실감하기 어려운 부류는 가늠이 안 되니까 난처하다.

수룡한테 뻥 날려 갔을 때 발생했던 행운의 색골 이벤트도 사실은 하늘의 가호 효과였을까?

다만 이렇게 가정하면 야마다는 저런 이벤트가 발생하기를 몰래 바랐던 음흉한 녀석이라는 결론이…….

음, 뭐, 남자애잖아, 응…….

뭐, 농담은 이쯤 하고, 야마다 군 일행의 여정은 가만 구경하면 마음이 따뜻해지는 기분이 든단 말이지~.

진짜 뭐랄까, 비장감이 전혀 없달까.

요즈음 내가 만났던 녀석들은 이놈 저놈 전부 다 막다른 길에 몰려서 비장감 가득 찬 녀석들만 잔뜩이었거든.

마족의 어려운 처지에 대항하는 아그너, 발트, 와키스…….

인족을 위해 신언교를 조직해서 줄곧~ 쭉 헌신해왔던 교황.

이런저런 딜레마에 치여서 옴짝달싹을 못 하게 되었던 쿠로.

그리고 여신을 구하기 위해 일어섰던 마왕.

누구 할 것 없이 더 이상은 어쩔 도리가 없는 지경까지 몰린 처지에서 그럼에도 포기하지 않고 저항해왔다.

가만 바라보면 마음이 아릿할 만큼…….

야마다 군 일행한테는 저런 비장감이 없어.

뭐, 재네도 물론 이런저런 사정이 있고, 놀러 다니는 기분으로 움직이는 건 딱히 아니지만 말이야.

그래도 뭔가 좀 부족하거든.

각오가…….

각오를 시험받을 만큼 속수무책의 처지에 맞닥뜨린 경험이 없어서겠지.

용사 율리우스처럼 줄곧~ 각오를 시험받은 끝에 자신이 나아가야 할 길을 스스로 선택했던 입장이 아니잖아.

이제껏 고난다운 고난과 맞닥뜨렸던 경험이 없기 때문에 결국 끈기를 갖고 아득바득 버텨 나아가는 삶의 자세와는 거리가 있다.

아니, 각박한 세계에서는 살지 않는 게 당연히 좋겠지만 말야.

용사 율리우스가 지키고 싶어 했었던 대상은 저런 세계였겠지.

그러니까 본인들은 무척 진지해도 어딘가 마음 따뜻해지는 심정으로 지켜보게 되네.

아그너는 가만 지켜만 봐도 되게 괴로웠는데 나는 입장상 아그너를 사지에 보낼 수밖에 없었잖아.

……그래도 결국 야마다 군 일행이 엘프의 마을에 도착해버린다면 더 이상의 배려는 베풀어주지 않겠다.

지금처럼 마음 따뜻해지는 분위기로 지내지는 못할 거야.

엘프의 마을에서 곧 일어날 전쟁에 휘말리면 이 세계의 부조리와 직면하게 될 테니까.

가능하면 그런 사실을 알지 못한 채 전부 끝날 때까지 얌전히 지내주기를 바랐는데.

뭐, 이렇게까지 거침없이 쭉쭉 전진했다는 것은 야마다 본인이 품은 바람이라는 뜻이다.

아무래도 이렇게까지 순조롭게 전진하면 하늘의 가호의 효과를 의심할 수밖에 없다.

그럼 이것은 야마다 본인이 바란 결과이고, 전진한 곳에서 기다리고 있을 결말이 무엇이든 간에 도착해버린 이상은 인정하고 받아들여줘야 한다.

설령 야마다가 바란 결과가 아닐지라도…….

그렇게 웃고 즐기고 살짝 감성적인 기분에 잠기는 등 오르막 내리막이 심하지 않냐는 타박을 하고 싶은 심정이었지만, 어쨌든 나는 야마다 군 일행을 끝까지 지켜보고말고요.

또한 하이린스도 야마다 군 일행이 엘프의 마을에 도착하는 것을 바라지 않는지 독자적으로 방해했다.

야마다 군 일행이 엘로 대미궁의 대통로라고 불리는 구역에 걸음을 들여놓았을 때 녀석이 나타났다.

지룡(地龍)이다.

아라바와는 비교도 안 되도록 약해 빠진 녀석, 막 진화를 마친 녀석이었다.

상층에 있던 용(竜)에게 급히 근처에 나다니는 마물을 싹 잡게 지시해서 레벨 업을 시켜주고 진화를 마친 것 같다.

또 생태계가 왕창 파괴될 만행을 저질러주네~.

내심 어이없어하며 지룡과 야마다군 일행의 전투를 지켜본다.

약해 빠졌어도 엄연히 용은 용.

능력치든 스킬이든 근처의 흔한 마물하고는 비교가 안 된다.

용사 율리우스도 용(龍)을 쓰러뜨렸던 경험은 없다.

뭐, 용사 율리우스가 하위의 용과 맞닥뜨렸다면 쓰러뜨렸겠지만…….

야마다 군 일행의 입장에서도 이제껏 조우했던 마물 중 단연코 제일 강력한 녀석이었음은 분명하다.

참고로 야마다 군 일행이 싸웠던 상대 중 가장 강했던 녀석은 흡혈 양이다.

흡혈 양이라면 저런 수준의 지룡이야 콧노래를 흥얼거리면서 쓰러뜨릴 수 있어.

즉 이런 수준의 지룡도 쓰러뜨리지 못한다면 흡혈 양한테는 못 당한다.

그렇다 한들 야마다의 능력치라면 고전은 해도 패배하는 일은 없을걸.

게다가 야마다뿐 아니라 시노하라까지 있잖아.

광룡으로 진화한 시노하라의 능력치는 야마다를 뛰어넘은 것 같아.

과거의 나도 마찬가지였는데 마물은 인간보다 능력치의 성장 속도가 빠르니까.

시노하라는 용(竜)인데도 불구하고 용(龍)에 필적하는 능력치를 보유했다.

실제 지룡을 때려서 날려버렸어.

여자애한테 안면을 콱 얻어맞고 날아가는 지룡…….

아니, 어쩔 수 없다는 생각은 들거든?

생각이야 그렇지만 그림이 좀 한심하구나~ 싶네.

같은 생각을 떠올린 게 나 혼자는 아니었는지 뻥 날아갔던 지룡 본인도 킁킁 화내며 시노하라에게 돌격을 감행했다.

그러나 세차게 휘두른 발톱은 시노하라한테 맥없이 가드당했어.

지룡의 존엄이…….

그 후 마법의 화염 선풍 비슷한 공격을 맞아 움직임이 묶였을 때 야마다가 마무리 일격을 날림으로써 지룡은 허망하게 토벌당해버렸다.

존엄…….

이거, 발 묶기는커녕 야마다랑 다른 사람들한테 용 살해자 칭호에 경험치까지 선물로 바친 셈 아닌가?

아, 어쩌면 하이린스의 목적이 저거였나.

이미 발 묶기는 거의 불가능하니까 조금이라도 야마다 군 일행을 강화해주려는 의도인가?

음~ 뭐, 하이린스의 목적이 무엇이었는지 진위는 몰라도, 결국 야마다한테 이득이 됐구나~.

이것도 하늘의 가호 효과일까…….

진짜 뭔가 야마다한테 유리한 전개가 일어나면 전부 다 하늘의 가호 탓으로 넘기고 싶어지네.

앗, 어라?

『용사?』

염화로 야마다 군 일행에 말을 붙이면서 등장한 녀석은 놀랍게도 베이비들 중 하나였다.

어? 너는 뭐하러 온 거야?

아니, 잠깐만, 이상한 짓 저지르면 되게 난처한데…….

큰났다, 난 지금 도저히 손을 못 떼니까 베이비 녀석들이 혹시 야마다 군 일행을 습격한다면 말릴 방법이 없어.

어떡하지?!

『용사.』『지배자?』

『지배자.』『지배자.』『지배자.』『지배자.』『지배자.』『지배자.』

뭔가 떠드는 동안에 우글우글 베이비 녀석들이 집결했다?!

『감정 불능?』

『감정 불능.』『감정 불능.』『감정 불능.』『감정 불능.』『감정 불능.』『감정 불능.』

『지배자?』

『지배자.』『지배자.』『지배자.』『지배자.』『지배자.』『지배자.』

『전생자?』

『전생자.』『전생자.』『전생자.』『전생자.』『전생자.』『전생자.』

『그런데도 약하다?』

『약하다.』『약하다.』『약하다.』『약하다.』『약하다.』『약하다.』

『약하다, 약해.』『약하다, 약해.』『약하다, 약해.』『약하다, 약해.』『약하다, 약해.』『약하다, 약해.』

힉~?!

약하다고 냅다 덮쳐버리면 안 돼! 안 된다고!

"전생자를 알고 있는 건가?!"

그리고 야마다.

넌 무서운 줄도 몰라?

용케 베이비 무리를 앞에 두고도 입이 열리는구나.

습격당하면 어쩌나 걱정은 안 하니?

『알고 있어.』『알고 있어.』『모를 리 없지.』

"어떻게 그 말을 알고 있지?"

후유. 아무래도 베이비 녀석들도 당장 습격하려는 느낌은 아닌 것 같아.

『마스터.』『마스터.』

『마더.』『마더.』

엉? 나를 말하는 건가?

"너희가 말하는 마스터는 전생자인가?"

『금방 알게 될 거야.』『곧 알 거야.』『이제 곧.』『얼마 뒤.』

아, 넵.

뭐, 야마다 군 일행이 엘프의 마을에 와버리면 얼굴을 마주하게 될 테니까.

“무슨 뜻이지?”

『선언.』『선고.』

『종말의 시작.』

『세계가 시작된다.』

『세계가 종말한다.』

“잠깐, 잠깐만! 대체 무슨 뜻이야?!”

진짜 도대체 무슨 뜻인데?!

의미를 제대로 알고 꺼내는 말이야? 이 녀석들!

대충 그럴싸하게 멋있는 말을 던져주는 느낌 아니야?

『알아봐야 의미가 없어.』

『어차피 죽어.』

『모두가 죽어.』

『살려면 발버둥 쳐봐.』

그렇게 말한 뒤 베이비 녀석들은 야마다 군 일행의 앞에서 모습을 감췄다.

어떡하지…….

어느 틈인가 우리 집 아이들에게 중2병이 발병해버렸다…….

뭔가 야마다 군 일행한테 안 보이는 곳까지 온 베이비들이 와아, 끝까지 해냈다, 요런 느낌의 만족스러운 표정을 짓고 있고…….

언제 어디서 교육을 잘못했던 걸까?

……뭐, 습격을 하진 않았잖아. 괜찮아.

뭔가 엄청 의미심장한 말을 꺼내서 야마다 군 일행한테 겁을 줬지만 결국 뭘 하고 싶었던 걸까? 재네들.

내 아이인데도 머릿속 생각을 이해할 수가 없다.

혹시? 경고였을까?

그래 봐야, 경고한들 뭐가 달라지나.

야마다 군 일행이 어떤 행동을 하든 이제는 어쩔 도리가 없는 지경까지 와버렸다는 느낌은 있거든.

야마다 군 일행이 하다못해 마음의 준비라도 할 기회를 주자는 의미에서는 성공일 수도 있겠지만…….

그렇게 생각하면 이것도 야마다한테 플러스가 될 이벤트였나?

……모르겠어.

하늘의 가호도 딱히 만능은 아닐 테니까 뭐든지 전부 다 하늘의 가호 탓으로 떠넘기는 건 좋지 않아.

하늘의 가호가 만능이었다면 애당초 나츠메의 암약은 성공도 못 했을 테고…….

여동생이랑 하세베는 나츠메의 손아귀로 떨어졌는걸.

경계해서 나쁠 건 없어도 너무 의식하면 안 좋겠네.

어쨌든 야마다 군 일행을 계속 지켜보도록 하자.

막간 용사의 여동생과 사신의 꼭두각시와 사냥개

창문 너머로 아래쪽을 내려다본다.

그곳에는 제국군이 해산하면서 배당을 받은 방으로 흩어지는 광경이 있었다.

그중 낯익은 얼굴, 성녀 후보인 유리가 있어서 무의식중에 얼굴을 찌푸리고 말았다.

"여어. 나의 혼약자께서는 평소처럼 기분이 언짢으시군."

노크도 안 하고 방문이 열리면서 유고가 얼굴을 내밀었다.

"다물어, 가짜 용사."

"오~ 무서워라, 무서워."

유고는 신경 쓰는 기색도 없이 비치되어 있는 소파에 난잡하게 앉았다.

"그리고 혼약자라는 소리는 집어치워. 더러우니까."

"말버릇 참 지독하군. 알겠다, 스우."

"스우라고도 부르지 마. 그 호칭은 오라버니와 특별히 친한 사람이 아니면 허락하지 않았어."

"그래그래. 스우레시아 공주."

히죽히죽 웃으면서 어깨를 으쓱거리는 유고.

시야에 들어오는 상황조차 불쾌했기에 창밖으로 시선을 되돌렸다.

제국군은 순조롭게 엘프의 마을로 접근 중이다.

오늘은 이곳에서 제국군을 하루 주둔시켰다가 내일 전이진을 써서 또 다른 장소로 이동하게 된다.

그리고 이 방은 나와 유고를 위해 주어진 곳.

대단히 유감스럽게도 나와 이 남자는 혼약자라는 관계를 가지고 있다.

나와 이 남자가 행동을 함께해도 부자연스럽지 않도록 조치하기 위해…….

비록 기만이라지만 이따위 남자와 혼약이라니 구역질이 난다.

오라버니를 위해서가 아니었다면 이따위 남자는 당장 죽여버렸을 텐데.

그래, 이것도 오로지 오라버니를 위해.

그러니까 괴로워도 견딜 수 있어.

그날, 나는 사신(邪神)과 마주쳤다.

그 녀석은 새하얀 외모와 달리 사악했다.

오리버니에게 손을 뻗치는 대죄를 저질렀던 유고라는 어리석은 작자에게 내 손으로 심판의 철퇴를 내리려고 찾아간 곳에서 유고는 사신에게 무엇인가를 당하는 와중이었다.

본능이 저자에게는 당할 수 없음을 알려줬다.

거역하면 죽음.

태어나서 처음으로 공포에 휩싸여 옴짝달싹을 못했던 내게 사신은 속삭였다.

"오빠, 눈감아줄까?"

그렇게 나는 사신의 꼭두각시가 됐다.

내가 사신의 지시를 잘 따라주면 오라버니에게는 손을 쓰지 않겠다고 약속을 받았으니까.

오라버니를 위해서라면 저는 어떠한 시련이든 끝까지 견디겠어요…….

"좀만 더 가면 엘프의 마을이군."

안 봐도 유고가 웃고 있음이 짐작된다.

이 남자는 별 재미가 없어도 항상 실실거린다.

"큭큭큭. 기대되는군."

귀가 썩잖아, 다물어.

오라버니의 목소리가 천상의 악기를 연주하는 음색이라면 이 남자의 목소리는 녹슨 현을 억지로 튕기는 것 같아서 거슬릴 뿐.

아아, 오라버니의 목소리를 듣고 싶어라.

오라버니의 목소리를 잠시라도 들을 수 있다면 잔뜩 거스러미가 일어난 이 마음도 진정될 텐데…….

"잠깐 실례할게."

큭.

눈엣가시가 늘어났다.

"잘 지냈어? 여동생 양."

나타난 것은 사신의 앞잡이, 소피아 케렌.

"뭐하러 왔죠?"

"여동생 양의 상황을 보러 와줬지."

"그럼 다 봤잖아요? 어서 꺼져요."

그렇지 않아도 유고라는 더없는 눈엣가시가 있는데 여기에서 더 늘어나면 나는 스트레스를 받아 정신이 나가버릴 거야.

"쌀쌀맞기는. 잠깐만 대화 좀 나누자니까?"

"당신과 할 얘기는 전혀 없습니다."

"아, 그래. 사랑하고 사랑하는 오빠를 세뇌당한 척 배반했던 여동생 양이 슬픔에 젖어서 울고 있을까 봐, 기껏 위로해주러 왔는데."

"큭! 쓸데없는 참견입니다! 신의 사냥개가!"

세뇌당한 척이 아니라 그때는 정말 세뇌당했었단 말이에요!

아마 사신의 지시를 받은 조치였겠지만 아버님을 죽였던 그때만큼은 정말 세뇌를 당한 처지였다.

어째서 그런 짓을 했는가.

추측에 불과하지만 그 사신은 내게 도망칠 길을 마련해주었을 것이라 짐작된다.

세뇌당했기 때문에 어쩔 수 없다는…….

그 사신은 악랄한 주제에 어중간하게 배려를 한다.

철저하게 사악했다면 나도 매듭을 지을 수 있었을 텐데…….

"어머? 너도 지금은 똑같잖아? 그래서 하필 오빠를 배반했지."

"아니야! 나는 절대로 오라버니를 배반하지 않았어!"

그것만큼은 절대 아니야!

"그래도 주인님께 복종하는 건 분명하지. 틀림없는 인족의 적이 됐잖아?"

"큭!"

"그래그래. 그 얼굴. 그 얼굴을 보고 싶었어."

소피아의 표정에 유열의 빛이 떠오른다.

"최악이에요."

"칭찬하는 말로 받아들여줄게."

정신 상태가 의심된다.

사신보다도 성격이 고약하지 않나 생각된다.

죽어버리면 좋겠어…….

"이봐, 이봐. 소피아. 나한테는 인사도 없나?"

"어머? 있었네?"

벌레를 대하는 듯 유고를 쳐다보는 소피아.

"그런 눈으로 보지 마라. 나도 상처를 입는단 말이다?"

"아, 그래."

벌레를 벌레처럼 보는 게 뭐가 나쁜가.

벌레와 독부가 함께 시야에 들어오다니. 눈이 썩을 것 같아.

"그래서? 여동생 양은 7대 대죄 스킬이나 7대 미덕 스킬, 뭐든 하나를 습득했을까?"

"……아직, 이에요."

"난처하네~. 주인님이랑 한 약속, 잊었어?"

끅.

내가 사신과 한 약속.

그것은 사신에게 협력하는 것, 그리고 7대 대죄 스킬이나 7대 미덕 스킬을 획득하는 것.

두 약속을 달성하면 오라버니의 안전은 보장되고 나도 자유의 몸이 될 수 있다.

그런데 아직껏 나는 습득을 하지 못했다.

"뭐, 주인님도 딱히 기대는 안 하는 눈치였으니, 별로 상관 없지만."

"헹! 어차피 우리들하곤 근본이 다르다는 말이군."

주먹을 부르쥐었다.

이런 굴욕이라니!

이따위 오물들에게 멸시당하다니!

"멋진 얼굴이야."

소피아가 히죽 웃는다.

"출생도 성장도 아무 불편함 없이 자랐던 공주님이 이렇게 굴욕에 부들거리는 모습. 흥분되는걸~."

쓰레기. 쓰레기 중의 쓰레기.

"……."

봐, 쓰레기 대표 유고마저 질겁하잖아.

쓰레기가 질겁하는 쓰레기한테 살아갈 가치가 있어?

죽어버리면 좋겠어…….

어째서 이 세상에는 오라버니 말고도 버러지들이 이렇게 많은 거야?

오라버니와 나 말고는 전부 죽어버리면 좋겠어.

"그나저나 이 녀석이 끝내 성과를 못 거둔다면 괜찮은 건가?"

"괜찮을 거야. 지배자 스킬은 많으면 많을수록 좋다지만, 현시점에서도 최저한은 확보가 되었다더라. 늘어나면 편해지는 정도 아닐까?"

"흐음. 뭐, 어차피 나는 지배자 스킬의 열쇠? 맞나? 이걸 사용하는 방법도 모르고 말야, 아무래도 상관없지만."

이 자식, 사신한테 조종당해서 무슨 열쇠를 두 개나 넘겨준 주제에 태평하기는…….

내가 아는 한 유고의 탐욕과 색욕, 소피아의 질투, 그리고 만났던 적은 없지만 라스라는 녀석의 분노, 똑같이 만났던 적은 없지만 메라조피스라는 남자의 인내, 마왕 아리엘의 폭식, 도합 여섯 개의 열쇠가 확보되었다.

그 열쇠를 어디에 쓰는 것인가, 나도 알지 못한다.

그래도 사신이 올바른 용도로 쓸 것 같지는 않았다.

"이 녀석보다는 유리가 습득을 못 하는 게 문제잖냐? 걔도 우리와 같은 전생자인데."

"전생자여도 맞고 안 맞는 분야는 있는 법이잖아."

유리도 참 불쌍하게 됐어.

아무리 오라버니에게 끈질기게 포교하는 썩을 비구니라지만, 세뇌당해서 남의 뜻대로 놀아나다니…….

오라버니에게 포교나 했던 녀석이니까 상관없나.

깜빡 실수를 저질러서 곧장 신의 슬하로 떠나가주면 안 될까.

신앙심도 깊은 녀석이잖아, 좋은 결말이네.

"아, 맞아, 맞아. 네 오빠 말이야, 엘프의 마을로 가는 중이라더라?"

"앗?!"

오라버니가?!

"엘프의 마을에서 감동의 재회를 기대해보자."

오라버니…….

만나고 싶어.

그렇지만 만나는 게 무서워.

어떤 표정을 짓고 만나면 되는 걸까…….

"선생님이랑 다른 사람들도 같이 다닌대. 선생님에 카티아에 페이, 안나. 여성한테 엄청 인기네."

그 자식들…….

그래…….

내가 이렇게 고생하는데 염치도 없이 오라버니에게 접근하는구나…….

그 선생님이라는 녀석은 줄곧 수상쩍게 생각했었어.

그리고 카티아.

카티아는 친구로 생각했었는데 오라버니에게 손을 댄다면 다음에 만났을 때는…….

"……이봐. 이 녀석, 다른 사람들 험담은 태연하게 꺼내 놓는데. 이 녀석도 어지간하지 않나? 지금 틀림없이 뭔가 끔찍한 생각을 하는 눈친데?"

"제대로 된 녀석을 주인님이 영입할 리 없잖아. 살짝 험악한 꼴을 겪어도 양심이 아프지 않을 녀석을 선택했는걸."

"맞네. 되게 맞는 말이네."

쓰레기들이 뭔가 떠들지만 어차피 쓰레기들이 지껄이는 소리다.

신경 쓰지 않겠어.

7 지난 활동을 정리하며 추후 예정을 세우는 임무

요즘 분주함은 진짜 정상이 아니었는데 그럼 상황이 이렇게 되기 전에 이것저것 해치우는 게 맞지 않았냐? 하는 의문이 들 거야.

변명하겠다!

나한테는 아예 짬이 없었다!

지금 같은 지경은 아니었어도 꽤 바빴단 말야!

이래 봬도 엄연히 군단장이니까.

부대 운영을 맡아 처리해야 되는 직책이랍니다.

게다가 말이죠?

내가 책임진 곳은 애당초 부대 체계도 갖춰지지 않았던 제10군.

오합지졸 집단에도 못 들어갔던 망나니들을 한데 모아서 눈 가리고 아웅하는 듯한 발상으로 던져 넣어준 제10군이었거든요?

그런 녀석들은 조련…… 흠흠, 훈련시켜서 훌륭한 군인으로 만들어 냈고 또한 군비를 갖춰 최저한 군대로서 기능할 수 있도록 편성을 다 마칠 때까지 얼마나 많은 시간이 걸렸던가.

전쟁 준비에 열중하던 동안은 쉴 틈도 없었어.

블랙~.

휴가를! 신청한다!

각하당했지만…….

게다가, 게다가 말야?

저거랑 병행해서 또 이것저것 처리했거든요.

우선 분체의 등급 업.

대전 때 선보였던 첩보용 분체.

얘넨 맨 처음에 만들어 냈던 손바닥 사이즈의 작은 거미 분체를 고대로 강화한 느낌.

손바닥 사이즈는 변한 게 없지만 은밀성을 강화해서 감지 계열의 스킬에 걸리지 않게 신경을 썼고, 보고 듣는 내용을 본체에 피드백하는 기능까지 딸렸다.

대전 때에는 피드백 기능을 더욱 확장시켜서 전용 모니터에 영상 송출이 가능하도록 재주까지 부렸어.

초고성능 자동 카메라예요!

얘네를 세계 각지에 수천 마리 뿌려서 리얼 타임으로 갖가지 정보 수집에 사용했었죠.

덕분에 세계 각지에 있는 엘프의 소재라든가 빈틈없이 파악 끝.

엘프가 숨겨 둔 전이진의 위치도 다 들통났다.

후후후.

신언교라든가 엘프라든가 첩보 활동에 꽤 힘을 쏟는 녀석들이지만 나의 발끝도 못 따라오는구나!

뭐, 이런 첩보용 분체는 전투력이 없어서 발로 밟아 누르기만 해도 뽁 뭉개진다는 것이 옥에 티.

은밀 능력이 높아서 웬만하면 저런 횡액은 안 당해도 가끔 사고 비슷한 느낌으로 뭉개지는 경우가 있긴 있더라.

뭐, 그런 피해는 필요 경비로 결론을 지을 수밖에 없지.

뿅 하고 떠나갈 때마다 새로 보충해줘야 하니까 또 수고가 들었지만…….

아무튼 상시 수천 마리의 첩보용 분체를 가동시키고 있거든요? 게다가 전투용 분체 양산도 진행 중이랍니다.

전투용 분체는 이름 그대로 전투에 쓰기 위한 분체.

이쪽은 첩보용 분체와 달리 용도에 따라 형태가 달라진다.

우선 양산형으론 범용 전투용 분체!

사이즈는 대강 1미터 정도.

형태는 아라크네로 진화하기 일보 직전이었던 무렵, 즉 자나 호로와 시절의 나랑 거의 똑같다.

요컨대 하얀 몸뚱이에 앞다리 두 개가 낫 모양으로 된 느낌이네.

그리고 주된 전투 방법도 자나 호로와 시절이랑 다를 게 없다.

마법을, 지금은 마술이지만 펑펑 퍼붓다가 마안을 번쩍번쩍 날리는 도중 거리가 가까워지면 낫으로 요격.

물론 실이랑 독도 완비.

양산형이라고 붙인 이름에서 알 수 있듯 범용 전투용 분체는 무지무지 많다.

숫자는 군사 기밀이라서 비밀로…….

다음이 퀸 분체.

대전 때 용사 율리우스한테 돌격시켰던 녀석이 얘야.

마더를 참고해서 만든 분체인데, 큼지막하다! 설명은 필요없다! 라는 느낌으로 거체를 이용한 파워를 써서 막 밀어붙이는 분체이다.

사실 전투력은 범용 전투용 분체랑 썩 다르지 않아.

다만 물리적으로 큰 까닭에 만들 때 비용도 높아진다.

따라서 숫자는 적다.

그리고 마지막으로 내 비장의 수단 격인 존재, 공간 전문 분체.

이름처럼 공간 마술에 특화된 손바닥 사이즈의 분체다.

겉모양은 첩보용 분체와 다를 게 없지만, 지닌 능력은 아주 다르다.

이공간을 만들어 낸다거나 공간을 침식한다거나.

어째서인지 신화한 이후 무척이나 적성이 높았던 공간 마술, 그 집대성을 나의 분체에게 쏟아부었다.

공간을 갈라 목 싹둑이라든가 아무렇지도 않게 가능하니까 대항할 수단을 갖지 못했다면 공간 전문 분체한테는 절대로 이길 수 없다.

상반신만 전이로 아무데로나 보내서 작별시켜줄 수 있거든.

도망쳐 봐야 애당초 도망칠 공간을 조작할 수 있으니 도망칠 방법이 없다.

대항하려면 내 공간 간섭에 재차 간섭해서 최저한 호각으로 맞붙을 수 있는 수준은 되어야 하지.

시스템 기반으로 말하자면 공간 마법의 진화 스킬인 차원 마법을 10레벨까지 올려도 무리가 아닐까 싶어.

즉 시스템의 범위 안쪽에서 나에게 대항하기는 불가능하다는 뜻이지.

강~하~다. 난 강~하~다.

이런 전투용 분체는 평소에는 공간 전문 분체가 만들어 낸 이공간에서 머무른다.

필요해졌을 때 이공간에서 불러내는 거야.

뭐, 퀸 분체를 용사 율리우스한테 돌격시켰을 때 이외에는 지금까지 집만 쭉 지켰다.

땡땡이가 아니라 가만 안 움직이면서 에너지를 절약하는 거야.

그런 부분은 착각하면 안 돼.

흡혈 양이랑 다른 아이들이 쓰러뜨려준 신화급 마물이라든가 온갖 시체를 분체가 있는 이공간에 먹이로 던져 넣어줘서 에너지를 보충하고, 에너지가 일정 이상으로 쌓이면 새로 분체를 만든다.

그런 사이클로 전투용 분체를 천천히 불려 나갔지.

처음 손바닥에 올라갈 수 있는 귀엽기만 했던 분체에서 용케 여기까지 성장을 시켜왔구나.

진짜 맨 처음에는 아무 데도 못 써먹었거든.

꾸준함은 힘이 될지니.

스킬처럼 단련하면 강화가 보장되는 입장은 아니었지만, 그럼에도 역시 노력하면 어느 정도 보답을 받는 법이라는 생각이 들어.

아무튼 말야, 분체 중에는 또 하나 상당히 특수한 녀석이 있다.

얘네는 군단장 근무랑은 별개로 병행해서 진행하고 있는 다른 임무와 깊이 관련된 분체다.

그 분체의 이름은 시스템 관련 분체.

이름으로 눈치챘겠지.

뭐, 요컨대 시스템과 관련된 임무를 이것저것 맡아주는 분체올시다.

내 최종 목적은 시스템을 쳐부수고 그때 발생할 에너지를 이용하여 세계를 재생시키는 것.

그러기 위해서는 면밀한 준비가 필요하다.

그리고 준비를 진행하기 위해서는 시스템의 사양을 세부까지 죄다 알아야 할 필요가 있다.

이게 세계의 운명을 건 단판 승부란 말야.

신중에 신중을 거듭해서 조금 강박적이지 않냐고 생각할 만큼 지독한 것이 딱 좋다.

따라서 준비 단계도 대충 넘기지 않고 상당히 힘을 쏟아서 시스템의 조사에 시간을 들여왔다.

군단장의 임무와 분체 관련 임무.

이것들도 충분히 바쁘다면 바쁜 임무인데, 사실 리소스의 대부분을 쏟아온 곳은 이렇듯 시스템의 조사였다.

조사를 위해서 전용 분체를 만들어 낼 만큼은 진지하게 착수했거든.

그런고로 나한텐 쉴 틈도 없었다는 말씀!

알겠는가, 제군!

지금처럼 빌어먹도록 바빠지기 전부터 나는 충분히 바빴다는 사실을!

이렇게 바빴던 내게! 나중에 더 바빠질 테니까 힘내라고 누가 말할 수 있으랴?!

미래를 먼저 알았더라도「아니, 더 이상은 무리거든……」하고 푸념했겠네!

근로 기준법은 일해라!

아, 여긴 이세계라서 저런 법률이 없는 겁니까……. 그런 겁니까…….

블랙~.

뭐, 암튼, 해내기로 결심한 것은 나 자신이니까 해낼 테지만요!

그런고로 이제껏 판명됐던 시스템에 관하여 보고~.
애당초 시스템이란 무엇인가?
시스템이란 D가 만들어 낸 초거대 마술이다!
주된 효과는 이 세계에서 살아가는 생물에게 스킬 및 능력치 따위를 부여한 뒤 사후에 전부 회수해서 에너지로 변환하고, 그 에너지를 활용하여 세계의 재생을 수행하기 위한 것이다!
길어!
한 문장인데 세 줄!
세 줄로 요약!
이래 봬도 요점만 정리해서 알기 쉽게 한 문장으로 줄여줬거든?
뭐, 요는 이 세계에서 사는 생물한테 사는 동안에 에너지를 축적시켜서 빚을 상환받는 것처럼 죽은 뒤 모조리 회수하는 야비한 마술이란 뜻이다.
이때 에너지 축적 방법이란 것이 스킬 및 능력치 따위를 단련하는 행동인데, 이런 게임 같은 설정은 아마 D의 취미일 거야.
거둬들인 에너지는 붕괴 직전인 이 세계의 재생에 사용되고…….
애당초 어째서 세계가 저런 시스템에 의존해야 버틸 수 있게 되었냐고 묻는다면, 아주 옛날에 이 세계의 인간들이 바보짓을 저질렀기 때문이라더라.
그쪽 부분의 상세한 경위는 금기한테 듣도록.
끊임없이 「속죄하라」 소리가 잠들어도 깨어나도 들리는 서비스가 딸려 있다네.
나는 신화해서 저 서비스를 해약해줬지만!

저게 은근히 짜증났었는데 다행이었지.

뭐, 금기 얘기는 일단 넘어가고, 아마도 먼 옛날의 인간들이 이 세계의 에너지를 고갈시킬 만한 만행을 저질러서 그 구멍을 메우기 위해 여신이 산 제물 신세가 되었다.

나도 자세한 사정은 몰라.

알 필요도 없다고 생각한다.

왜냐면 알아 봤자 쓸데없이 기분만 안 좋아질 게 뻔한걸.

당신을 잘 아는 마왕을 필두로 쿠로라든가 교황이라든가 보면 말이야, 진짜 당찮은 짓거리를 잔뜩 벌였을 것이라 짐작할 수 있거든요.

이 세계의 생물은 죽어도 에너지만 갈취당한 다음, 또 똑같은 세계에서 거듭 전생해야 한다는 지옥 같은 연쇄에서 벗어나지 못한다. 그것에는 분명 처벌의 의미도 있겠지.

그런 처벌과 관계없는 지구에서 온 전생자를 시스템에 끌어들이지 말라 말해주고 싶지만!

아무튼 시스템의 이야기를 다시 하자면 시스템에는 저러한 기본 기능 말고도 D가 놀이용 기능을 추가로 달아 놓았다.

게임 같은 부분은 거의 다 저거야.

스킬이라든가 마물이라든가.

단순히 살아가는 동안 에너지를 축적시켜서 끝내면, 스킬이라든가 능력치라든가 레벨이라든가 저런 요소는 딱히 필요가 없어지잖아.

이런 부분은 D의 놀이였다고 분명하게 말할 수 있어.

그럼 마물은 무엇인가, 이쪽은 미묘한 설정.

스킬 등등이 놀이 요소라고 치고, 이렇게 에너지가 쌓이는 설정을 채택한 이상에는 당연히 전투 행위가 동반되어야 한다.

그 상대로 준비된 것이 마물.

게임 용어로 말하자면 적 캐릭터.

시스템은 적 캐릭터를 준비해준 셈이네.

다만 시스템이 마물을 준비한 것은 최초의 시기뿐이고 나중에는 자연 번식으로 알아서 자기들끼리 늘어났던 것 같아.

마물을 만들어 낼 때도 에너지가 드는 데다가 알아서 늘어나준다면야 그게 더 좋잖아.

그 결과 지금 마물은 시스템이 만들어 낸 마물의 자손과, 본래 이 세계에 서식했던 동식물이 지금 환경에 적응한 종류와, 그런 녀석들이 뒤섞인 종류 등등. 더 이상은 분류가 불가능한 느낌으로 잔뜩 종류가 늘어났다.

시스템이 현재 마물에게 가한 조치를 말하자면 본능적으로 인간을 습격하도록 각인시킨 정도일까.

인간의 입장에서 봤을 때는 이보다 더한 민폐가 또 없겠지만 전투 행위는 꼭 필요하니 어쩔 수 없다.

게다가 마물도 이미 먹이 사슬에 편입되었기 때문에 이제 와서 덜컥 사라져도 난처하거든.

그리고 마물 이외에도 인간끼리 싸움을 조장하는 설정이 있다.

그것이 바로 용사와 마왕.

용사는 인족.

마왕은 마족.

각각의 세력을 지휘해서 싸운다.

각각 별개의 능력이 부여된 특수 칭호가 있지.

용사한테는 마왕에 대한 특별 효과와 용사검의 사용 허가.

더욱이 궁지에서 힘을 발휘하는 깜짝 기능도 있다.

마왕은 용사에 대한 특수 효과는 없을지언정 마왕검의 사용 허가가 있다.

용사가 더 우대를 받는 기분이 들겠지만 애당초 마족과 인족은 서로 신체의 스펙 및 수명에서 격차가 있기 때문에, 마족이 더 강해지기 십상이니까 부여된 핸디캡 비슷한 녀석이겠네.

이런 게 없으면 한 명의 마왕한테 줄곧 유린당하는 인족이라는 구도가 만들어지는걸.

문제는 이때 용사에게 부여되는 마왕에 대한 특별 효과인데 아무리 강한 마왕이 나타나더라도 용사는 호각으로 싸울 수 있단 말이지.

다만 전력이 떨어지는 용사가 강한 마왕을 따라잡으려면 어딘가에서 에너지를 보충해야 되잖아.

요컨대 시스템에서 에너지를 받아다가 일시적으로 파워 업을 이루는 게 마왕 특수 효과의 정체라는 뜻이다.

그런데 당대의 마왕은 역대 최강이잖아?

능력치 평균이 9만이라던데.

저런 마왕이랑 용사가 싸우면 어떻게 될까?

터무니없는 에너지를 시스템에서 쓸데없이 빼내 써버리는 거지요.

에너지를 모아야 할 상황에 저런 낭비가 말이나 되냐~!

애당초 용사가 돌아다니면 마왕의 신변이 평범하게 위험해지는 이유도 있어서, 대전 때 용사 율리우스를 말살하고 겸사겸사 용사라는 요소 자체를 철폐하기 위해 시스템에 간섭했었답니다.

그 결과는 실패였지만 말야.

시스템의 구조를 제법 조사한 뒤 성공할 수 있겠다고 판단했는데 아무래도 좀 안이했었나 보다.

이번 실패를 교훈 삼아서 더욱 시스템을 이해, 그리고 장악을 진행해야겠다~ 마음먹은 것이 현 상황.

그리고 이때 시스템의 장악에 중요한 것이 지배자 스킬.

7대 죄악 스킬과 7대 미덕 스킬이다.

요 스킬들은 시스템에 액세스할 수 있는 열쇠로 기능한다.

지배자 스킬을 보유했고, 뒤이어 금기에서 알 수 있는 지배자 권한의 확립 과정을 마치면 이런저런 특전이 따라온다.

감정의 방해가 가능해지거나 시스템에 검색을 실시할 수 있다거나.

다만 저러한 특전을 너무 과하게 쓰면 혼이 마모되니까 남용은 추천할 수 없다.

감정의 방해 정도라면 거의 소비가 없기 때문에 괜찮아.

나도 신화 전에는 감정의 방해로 몇 번인가 신세를 졌다.

아무튼 이런 지배자 스킬을 열쇠로 비밀 메뉴 비슷한 조치가 가능하다는 것을 시스템 조사 중 발견했다.

이것은 권한을 확립했을 때 머릿속에 입력되는 지식이 있는데, 그런 내용 안에도 없는 것이었다.

즉 시스템을 나처럼 세밀하게 조사하지 않으면 알 방법이 없는 부분이기도 하다.

그렇게까지 해야 간신히 알아낼 수 있는 비밀 메뉴.

그 안에 있었답니다.

시스템 자폭 프로그램.

역시나랄까, 과연 성격 고약한 D가 떠올릴 만한 방법으로 공략을 위한 샛길이 준비되어 있었다.

그게 친절하게 수행 방법까지 설명서가 딸려서 존재했던 만큼 웃음밖에 안 나오더라.

차근차근 메인 메뉴에서 에너지를 축적했던 게 대체 뭐였냐는 기분이 들어.

나조차 이런 마음이었으니까 실제로 차근차근 모아왔던 마왕이라든가 교황은 어떤 심정에 사로잡힐지…….

뭐, 마왕은 더는 안 될 것 같아, 이렇게 반쯤 포기하려던 때에 광명이 보였다며 기뻐했으니까 괜찮지만.

이 방법을 빨리 알아냈다면 좋았을걸, 하고 아쉬워하는 마음도 아마 있을 것이다.

왜냐면 이걸 시스템이 만들어졌던 직후에 발동시켰으면 세계는 이미 재생을 이루었다는 뜻이 되잖아.

이렇게 오랜 세월 동안 메인 메뉴에서 죽을 둥 살 둥 에너지를 넘겨주는 고된 경험을 하지 않아도 괜찮았을 테니까.

분명 긴 역사 속에서는 비극 따위야 썩어나도록 많았을 테고 마왕이나 교황은 그런 광경을 줄곧 봐왔겠지.

그런 비극들이 안 일어났어도 괜찮았다는 사실을 알게 된다면 역시 괴로운 마음이 들 거야.

뭐, 과거는 바꿀 수 없으니까 아무리 다시 생각한들 전부 망상이지만…….

내게 가능한 것은 과거의 비극을 바꾸는 게 아니라 미래를 최선으로 만드는 것.

과거의 비극을 바꿀 임무는 타임 트래블러를 찾아서 맡기도록 하자.

그런 재주를 부릴 수 있는 녀석이 과연 존재할지 알 수는 없지만…….

D의 황당무계한 능력을 아는 입장에서는 가능해도 이상할 게 없다는 생각이 든다.

적어도 나는 불가능하다.

불가능한 목표에 얽매이기보단 가능한 일을 해 나가야지.

그러나, 하지만!

나 혼자서는 도저히 속수무책인 과정이 있다!

그게 지배자 스킬 보유자를 늘리려는 이유.

지배자 스킬은 열쇠 역할을 한다.

사실 이 시스템의 비밀 메뉴인 자폭 프로그램 말이야, 발동시키려면 모든 지배자 스킬의 열쇠가 필요하다네.

모 든 열 쇠 가 필 요 하 다 !

넵, 어림도 없죠~!

왜냐하면 현재 지배자 스킬 중 몇몇은 자리가 비어 있는걸.

한마디 더 하면 지배자 스킬 보유자 중 절대로 우리한테 협력할 리가 없는 녀석이 한 녀석 있다.

그래, 포티머스야.

그 자식은 진짜 어째서 가는 곳곳마다 우리를 방해하는 걸까!

존재 자체가 너무 걸리적거려!

이 비밀 메뉴의 기동 방법을 알았던 날 나의 심정을 이해할 수 있을까?!

망연자실했다고!

그래도 포기하면 그 순간 시합 종료랍니다, 라고 대단한 감독님도 말을 했잖아.

나는 어떻게든 다른 방법이 없을까 고민했던 끝에 꼼수를 사용하기로 했다.

열쇠, 키, 열다…….

피킹(자물쇠 따기)이다!

……대체 뭔 소리를 하냐고 의아해했을 거기 당신!

정공법이 안 먹힌다면 꼼수를 쓸 수밖에 없잖아!

애당초 비밀 메뉴 자체가 꼼수니까 또 재차 꼼수를 써도 괜찮은걸!

애초에 말야, 실제 저렇게 꼼수라도 안 쓴다면 모든 지배자 스킬 보유자한테 열쇠를 받아 내기는 불가능하다니까.

우선은 나는 지배자 스킬을 획득할 수 있을 만한 인물들을 점찍고 마크했다.

가능하면 영입하기로 했지.

아군 중 이미 지배자 스킬을 보유한 인원은 마왕의 폭식, 흡혈 양의 질투, 오니 군의 분노.

이렇게 셋.

그날 이후로 난 마족의 군단장 클래스, 인족의 유명인, 그리고 우리와 같은 전생자 등등으로 좁혀서 감시를 개시했다.

첩보용 분체 대활약이었죠.

그러던 중 머지않아서 메라가 놀랍게도 인내를 획득했다.

깜짝 놀랐어.

메라는 원래 평범한 일반인이었잖아?

그런데 흡혈귀가 되는 등 비록 파란만장한 인생을 보냈다지만, 설마 지배자 스킬을 획득하는 경지에 다다를 줄은.

지배자 스킬은 획득하는 데 엄청 장벽이 높단 말이지~.

그야 용사 율리우스조차 얻지 못했는걸?

인족의 정점이라고도 말할 수 있는 용사가 보유하지 못했던 초레어 스킬이라고.

……신화 전에는 네 개, 예지를 넣어서 다섯 개 갖고 있었던 녀석이 무슨 소리냐고 핀잔을 들을 것 같네.

그러고 보니 예지는 아무래도 완전히 내 전용 스킬이었던 것 같아.

그걸 손에 넣은 계기는 감정이랑 탐지가 최고 레벨을 달성했을 때였는데 같은 조건을 충족한 마왕은 예지를 못 얻었거든.

아, 얘기가 어긋났다.

아무튼 메라 힘냈어.

엄청 힘냈어.

그런 상태로 쭉 힘내줘라.

인내야, 인내.

평범한 인간의 힘을 보여줘라.

지금은 인간이 아니라 흡혈귀지만…….

그 후 인족들 중 나츠메가 저질러줬지.

야마다한테 되레 앙심을 품고 살해를 계획했던 거야.

뭐, 선생님 덕분에 미수로 끝났지만 말야.

또한 선생님이 지배자 권한을 써서 나츠메의 스킬을 없애버렸다는 덤까지 붙었고.

지배자 권한을 썼다는 데서 선생님도 지배자 스킬 보유자임이 확정.

게다가 권한을 확립까지 시켰다.

선생님이 금기를 끝까지 다 올렸을 리는 없으니까 권한의 확립 방법은 아마 포티머스한테 들었을 거야.

그 녀석도 권한은 당연히 확립시켰을 테니까.

선생님이 가지고 있는 지배자 스킬은 7대 미덕 스킬 중 구휼로 짐작된다.

과거에 내가 갖고 있었던 녀석이네.

내가 얻었을 때는 사람들을 마구마구 구해준 덕에 칭호를 얻었고, 그때 덤으로 홀랑 습득해버렸지.

선생님이 같은 방식으로 얻었는지 또는 스킬 포인트를 써서 습득했는지는 불명.

뭐, 중요한 것은 어떻게 습득했는지가 아니니까 아무래도 좋아.

포티머스가 있는 한 선생님한테는 섣불리 손을 쓸 수가 없다.

따라서 선생님이 지배자 스킬을 갖고 있다는 것은 내가 사용 가능한 열쇠가 하나 줄어들었다는 뜻도 된다.

조금 뼈아프다.

다만 별수가 없어.

모든 열쇠를 다 모으는 건 처음부터 불가능했거든.

그나저나 선생님도 참 무모하다니까.

지배자 권한 중 스킬 소거는 혼을 상당히 소모시킨다.

보통은 혼이 큰 상처를 받아 본인도 스킬을 잃어버리거나 능력치가 대폭 하락했어야 마땅했다.

그런데도 선생님이 무사했던 이유는 얄궂게도 포티머스 덕분이었다.

선생님한테는 포티머스의 혼 일부가 기생하고 있다.

이것은 선생님뿐 아니라 엘프 전원이 마찬가지다.

아마도 저게 포티머스가 보유한 7대 미덕 스킬인 근면의 효과일 거야.

기생한 상대의 몸을 강탈하거나 본인의 분체로 활동시킬 수 있다.

일단 강탈당하면 더 이상 원래대로 돌아올 수가 없어.

즉 실질적으로 선생님은 포티머스에게 인질로 잡힌 셈이었다.

그런 셈이었어.

이때 나츠메가 폭주 사건을 일으켰죠.

지배자 권한을 쓴 선생님은 혼이 소모되어야 했을 텐데 놀랍게도 기생하고 있던 포티머스의 혼이 소모를 대신 짊어졌다.

아마 포티머스도 예상하지 못한 사태였을 거야.

덕분에 선생님한테 기생하고 있던 포티머스의 혼은 대폭 약체화됐고 선생님의 몸을 강탈하기 어려워졌다.

어려워졌다 뿐이지 절대 불가능하다는 게 아니라서 아직 불안하지만 말이야.

그렇다 해도 저때는 포티머스 꼴좋다! 하고 갈채를 보냈었지.

그리고 이 사건은 여기에서 그치지 않고 나에게 더한 순풍이 되어 주었다.

나츠메를 우리 쪽 진영으로 세…… 흠흠, 영입하는 데 성공했거든.

세뇌라고 말하려던 것 아니었냐고?

착각이야, 착각이야.

아까 소개하지 않았던 세뇌 분체라든가 존재하지 않아요~.

손가락 사이즈의 극소 거미가 나츠메의 뇌 속에 있다거나 그런 호러 같은 일을 벌였을 리 없잖아~.

핫핫하.

어차피 가만 방치했다면 또 폭주해서 이번엔 진짜 처형 코스를 밟았을 텐데, 차라리 내가 유용하게 활용해주는 게 낫잖아?

그랬더니 놀랍게도 제대로 당첨이 돼서 색욕과 탐욕, 두 개나 지배자 스킬을 얻어줬답니다.

싼값에 얻었네~.

색욕의 세뇌를 쓰면 이런저런 못된 짓도 가능하니까, 그때 내 판단은 틀리지 않았다고 단언할 수 있겠네!

뭐, 나츠메를 세…… 아니지! 설득하던 때 야마다의 여동생 양한테 덜컥 목격당했던 것은 예상 밖의 사건이었지만…….

일순간 입막음이라는 단어가 머릿속에 떠올랐었는데 곰곰이 생각하면 여동생 양, 전생자인 야마다에게 뒤지지 않을 만큼 우수하다는 정보가 스치고 지나갔다.

그럼 기회를 주면 지배자 스킬을 습득할 수 있지 않을까?

그런 이유로 야마다를 건드리지 않는 대신에 협력해줄래? 하고 다정하게 말을 건네줬다.

야마다를 러브하는 브라콤 여동생 양은 내 협박, 아니, 아니야. 달라, 다르다고. 설득이야, 설득. 그래, 설득을 흔쾌하게 수락해줬어.
유감스럽게도 지배자 스킬 획득은 아직 못 달성했지만.
뭐, 자잘한 계획에 협력을 받은 보답으로 약속을 지켜서 야마다를 건드리는 짓은 관둬주기로 했다.
나는 말이지!
나츠메를 안 건드린다는 약속은 안 했거든~.
게다가 분명 목숨은 보장해줬거든~.
약속을 깨뜨리지는 않았다.
뭐, 농담은 이쯤 하고, 성실하게 협력해줬던 보수로 시스템 붕괴의 여파에 휩쓸리지 않게 돌봐줄 생각이야.
친아버지를 살해하는 제법 잔인한 짓을 시켜버렸잖아.
일단 그때만큼은 나츠메가 세뇌를 해서 살해를 강제했다는 상황은 만들어줬지만, 어쨌든 마음의 상처는 남았을 테니까~.
아무튼 나츠메의 세뇌의 힘을 써서 전생자인 오오시마라든가 하세베를 세뇌한 뒤 지배자 스킬을 얻지 않았나 체크.
얻었다면 세뇌한 틈에 열쇠를 빼앗을 작정이었는데 유감스럽게도 없더라.
야마다는 여동생 양과 한 약속이 있어서 가만히 내버려 뒀다.
하늘의 가호 안건도 있고 말이야.
섣불리 손을 썼다가는 사태가 이상해질 것 같아서 무섭기도 했다.
그런데 야마다가 자비를 갖고 있었다는 게 큰 타격이었지.
여동생 양과 한 약속은 무시한 채 열쇠를 빼앗는 것이 좋았을까…….
뭐, 지나간 일을 아쉬워한들 소용없지.

시노하라도 야마다랑 대체로 붙어 다녀서 손을 쓸 수가 없었고…….

그런고로 인족의 학원에 다녔던 전생자들은 이런 느낌이야.

나머지는 재야에 있던 전생자인 타가와랑 쿠시타니인데, 저 두 사람은 모험가로 각지를 돌아다니며 전투도 제법 수행했다.

그 과정을 보고 판단한 바 지배자 스킬을 얻은 분위기는 아니라서 가만히 감시만 하고 말았는데, 대전 때 메라와 격돌하더니 그 후에 선생님에게 안내를 받아 엘프의 마을로 가버렸다.

막고 싶었다면 아마도 막을 수 있었지만, 그 시점에 우리가 개입하는 것도 부자연스러운 데다가 전후 처리로 바빴던 이유도 있어 가만히 무시해줬지.

그리고 실은 교황의 세력에도 쿠사마라는 전생자가 있는데, 쿠사마도 지배자 스킬은 갖고 있지 않아서 무시~.

어? 쿠사마의 대우가 너무 박하다고?

쿠사마는 그런 캐릭터라서 어쩔 수 없어.

나머지 전생자는 전부 엘프의 마을에 감금되어 있는 처지니까 저런 환경에서 지배자 스킬을 얻을 수는 없을 테니 무시~.

그런고로 현 상황에서 지배자 스킬 보유자는 아래와 같다.

분노, 오니 군.

질투, 흡혈 양.

탐욕 및 색욕, 나츠메.

폭식, 마왕.

오만 및 나태, 빈자리.

자비, 야마다.

인내, 메라.

근면, 포티머스.

구휼, 선생님.

절제, 교황.

겸양 및 순결, 빈자리.

열넷 중 열쇠를 얻은 것은 여섯.

빈자리가 넷이고 우리 쪽 이외의 진영에서 소지한 것이 넷.

가능하면 절반 정도는 확보하고 싶은 마음이지만 아마 이쯤이 한계일까.

나머지는 피킹으로 어떻게든 해낼 수밖에…….

그래서 말인데.

이때 피킹 난이도가 아마도 지배자 스킬의 상태에 따라 바뀌는 것 같아.

구체적으로는 권한 확립 완료 〉 권한 미확립 〉 빈자리의 순서로 난이도가 높다.

빈자리가 무방비하게 열쇠 구멍 근처에 열쇠가 떨어져 있는 느낌인 데 반하여 지배자 스킬 보유자가 있으면 그 열쇠를 해당 인물이 들고 돌아다니기 때문에 난이도가 높아진다.

더욱이 권한까지 확립되어버리면 열쇠 구멍에 방범 대책을 설치해 놓은 느낌일까.

이런 난이도의 차이 때문에 나는 자비를 누군가가 습득했다는 사실을 파악했다.

요컨대 지금 현재 최난관이 될 곳은 근면과 절제와 구휼까지 셋.

다음은 자비.

이렇게 네 개만 어떻게 처리하면 아마 빈자리 넷은 무난할 거야.

근면은 얼마 뒤 포티머스를 죽일 테니까 빈자리로 돌아올 게 결정됐고.

저 자리를 억지로 여는 건 나중에 하면 돼.

구휼은, 포티머스를 처죽인 다음이면 선생님을 설득할 기회가 있다.

과연 선생님이 설득을 받아들여 줄지는 알 수 없지만 기회가 있다면 그때를 기다리는 게 좋겠어.

그런고로 이쪽도 포티머스를 죽일 때까지 참는다.

절제는, 그냥 손쓸 방법이 아예 없구나…….

여기는 당분간 방치.

포티머스를 죽인 다음 상황을 보고 판단하자.

그럼 최우선은 자비구나.

야마다가 권한까지 다 확립시키기 전에 억지로 열어 두는 게 좋겠어.

물론 야마다가 금기를 최고 레벨까지 올려서 우리 쪽에 협력해주면 좋겠지만, 그게 아니라면 일이 번거로워진다.

먼저 억지로 열어 놓아야 위험이 적어지겠네.

그리고 나머지 빈자리 넷도.

지금껏 버텨봤지만 더 이상 질질 끌어도 미리 확보한 누군가가 지배자 스킬을 얻을 확률은 낮을 것 같아.

오히려 우리 쪽 진영이 아닌 사람이 습득할 확률이 더 높을걸.

우리 쪽 진영에서 습득할 수 있을 법한 사람이어도, 엘프의 마을에서 전투를 치르는 도중 목숨을 잃어버리는 사태도 감안해야 한다.

흡혈 양이나 오니 군처럼 이미 지배자 스킬을 가지고 있는 사람들이어도 마찬가지야.

그리고 저들 중 누가 죽으면 또 지배자의 자리가 공석이 된다.

그렇게 되기 전에 이미 확보해 둔 몫이라도 열쇠를 넣어서 활짝 열어젖혀 놓도록 하자.

"그런고로 난 잠깐 작업을 하러 다녀올게."

"음~. 그 작업은 평소처럼 시스템 관련 분체라는 녀석들한테 맡겨 놓으면 안 되는 거야?"

보고, 연락, 상담은 중요한 절차라서 출발 전 마왕에게 보고 중입니다.

장소는 마차가 아닌 거미차의 안쪽.

아크 타라텍트의 등 위에 바구니를 올려놓았다는 여러 의미에서 호화로운 탈것이다.

"무리. 아무래도 이런 중요한 역할을 본체가 다른 장소에서 원격으로 진행하는 건 리스크가 너무 커."

"그렇구나~."

뭐, 마왕이 나를 말리고 싶어 하는 이유도 이해가 간다.

마왕에게는 포티머스와의 대결이라는 가장 큰 승부를 앞두고 있는 중요한 시기.

적의 정보를 한발 빠르게 감지할 수 있는 첩보 능력을 보유했고, 전이로 어디든 갈 수 있고, 유사시에는 부대를 통째로 파견할 수 있는, 우리 쪽 진영에서 최고의 전력에 해당하는 나를 근처에 두고 싶다는 심정이겠지.

앗?! 나의 우수함이 무서워!

나 너무 우수한 거 아니야?!

괜찮을까, 진짜?

치트 판정을 받아서 펑 터지면 어쩌시?

그만큼 너무 우수한 나 자신이 무섭구나~.

"시로야……. 또 바보 같은 생각 떠올리는 거지?"

"그, 그렇지 않아요~."

"시로가 이런 소리를 할 때는 대부분 정곡일 때였지."

"그, 그렇지 않아요~."

마왕이 호들갑스럽게 어깨를 으쓱였다.

끙. 유감의 뜻을 표명하겠다!

겸사겸사 마왕군이라는 초 블랙 기업을 고소해주마!

사장 자리를 맡은 마왕은 당장 나에게 위자료를 지급해달라!

"……."

어째서인지 마왕이 내 손을 잡더니 휙 잡아당겼다.

오, 오오?

가만히 끌려가줬더니 마왕이 나를 눕힌 후 실을 뽑아서 복슬복슬 둘러줬다.

실이 솜 같은 형태를 이루어 온몸을 포근하게 감싸줬다.

오오오?

"가려면 내일 출발하자. 오늘은 여기에서 자고 가."

잠을 자라고?

이렇게 복슬복슬한 상태로?

아니, 복슬복슬해서 엄청 편하게 잠들 수 있을 것 같기는 한데…….

명색이 마왕의 탈것 안쪽인데 이렇게 복슬복슬 화사한 모습으로 잠들면 위엄이라든가 그런 부분은 어떡하고?

"시로야, 스스로는 눈치를 못 챘을까봐 말해주는데 엄청 피곤한 얼굴이거든?"

"진짜?"

얼굴에 드러났었나.

아무래도 요즘은 격무가 좀 심했으니까.

신이어도 육체가 있는 이상은 지친다.

조금 열심히 일한 걸까…….

"그래도 시간이 별로 없는데……."

"지쳐서 멍하게 굴다 실패하는 게 위험하다니까."

정론!

지치면 집중력이 떨어지니까 적절하게 휴식을 취해야 업무 효율이 더 올라간다잖아.

"그럼 고맙게 받아들일게."

"응. 분체 녀석들도 필요 최저한만 남기고 전부 휴식시켜주자."

"어어……."

그렇게 하면 전 세계의 감시망이 일시적으로 멈춰버리는 셈인데…….

"대답은?"

"……네."

뭔가 오늘 마왕은 단호하네.

아마 나를 온 힘을 다해서 잠재울 작정이야.

"……나도 말이야, 시로한테 마냥 다 의지한다는 자각은 갖고 있거든."

"응?"

뭔가 마왕이 살짝 자기혐오에 빠진 표정으로 말을 선넀다.

"그러니까 있잖아. 시로가 이렇게 지친 모습을 보면 쉬어주기를 바라게 되는 거야."

"……내가 좋아서 하는 일이잖아. 그런 표정은 짓지 마."

"미안. 아니구나. 이럴 땐 고맙다고 말해야겠지."

"맞아, 맞아."

"전부 다 끝나면, 다시 한 번 고맙다는 말을 정식으로 해주고 싶어. 그러니까 그 전에 덜컥 쓰러지면 안 된다?"

"OK, 보스."

그런 뜻이라면 잘래!

전력으로 잘래!

안녕히 주무세요!

단장 손주의 과로를 위로하는 할머니

새근새근 숨소리를 내며 편안하게 잠들어 있는 시로.

시로가 이렇듯 무방비하게 잠든 모습을 보는 것은 참 오랜만이다.

애당초 시로는 무방비하게 잠드는 경우가 드물다.

신화한 직후에 힘을 잃었던 시기밖에 알지 못한다.

그런 시기에도 초기 무렵은 경계심이 강해서 작은 변화에도 곧장 눈을 뜬다는 느낌이었다.

그러다가 점점 나를 신용하게 됐던 까닭일까, 아니면 힘을 잃었기 때문에 경계한들 소용없다고 결론 내렸기 때문일까. 차츰 숙면에 들 수 있게 되었다.

마족령에서 숙박 장소로 썼던 공작가 저택에서는 아예 쿨쿨 잠자며 지냈었다지.

그러나 그런 모습도 힘을 되찾기 시작했을 무렵부터는 적어졌다.

그 이후 또다시 잠든 얼굴을 다른 사람들에게 절대로 노출하지 않게 된 시기는 시스템을 파괴하여 이 세계를 구해 내겠다고 결의했던 이후라는 생각이 든다.

그 이후부터 시로는 쉴 새도 없이 달려다녔다.

사실은 빈둥빈둥 노는 걸 좋아하는 주제에…….

이 모습은 초대 나태의 지배자를 연상케 한다.

빈둥빈둥 노는 걸 좋아했던 주제에 줄곧 일거리에 치여 살다가 과로사하고 말았던 초대 나태의 지배자를…….

나는 그때 아무것도 할 수 없었다.

지금에 비해 너무나 약했기에…….

아니, 지금도 역시 시로한테 의지만 할 뿐 주축을 맡았다고 말하기는 어렵다.

어차피 나는 시스템 안쪽에 속한 몸.

시스템 바깥 부분의 문제에 대해 내가 개입할 만한 여지는 적다.

이렇듯 시로를 억지로 잠재우는 것이 고작이다.

그게 안타깝다.

더욱 힘이 되어주고 싶어.

뭐랄까, 본래 외부인 입장이었던 시로한테 온갖 부담을 떠안긴 것 같아서 마음이 괴롭다.

시로 하나가 아니야.

소피아와 라스 군.

전생자는 아니지만 메라조피스 군도…….

아낌없이 협력해주고 있다.

축복받았다는 생각이 들어.

어쩌면 초대 지배자들에게 둘러싸여서 지냈던 그때와 마찬가지로, 혹은 그 이상으로…….

그때 나는 오로지 보호만 받는 약한 존재에 불과했다.

그러나 지금은 다르다.

강해졌다.

싸울 수 있도록, 포티머스를 쓰러뜨릴 수 있도록…….

시로를 직접 도울 순 없다.

하지만 나는 내가 가능한 일을 힘껏 해내자.

그것이 협력해준 모두에게 최저한의 보답이 될 테니까.

그리고 모든 목표를 성공시키는 것이야말로 모두에게 전할 최대의 감사가 될 테지.

사리엘 님.

이제는 사라져버린 초대 지배자들 모두.

지켜봐주세요.

제 손으로 이 세계를 구해 내겠습니다.

기필코.

그리고 바라건대 그 순간을 시로와 다른 아이들과 함께 축하하고 싶어.

그러니까 있잖아, 시로야.

너무 무리만 하면 안 된다?

8 시스템에 싸움을 거는 임무

복슬복슬 잠자리 최고~.

덕분에 개운해졌다.

피로가 싹 가셨어.

"좋은 아침."

"좋은 아침."

복슬복슬 바깥으로 기어 나왔다.

"그런~고로~ 이번에는 진짜 다녀오겠습니다~."

"응. 아, 출발하기 전에. 자, 이거."

응?

마왕이 무엇인가를 건네준다.

"……이건."

"필요하잖아?"

건네받은 것은 분명히 필요한 물건이었다.

"고마워. 도움이 될 거야."

"늘 도움 받는 사람은 바로 나잖아. 신경 쓰지 마."

그래도 덕분에 작업이 꽤 편해진 것은 분명했다.

"내가 해줄 수 있는 도움은 이런 것밖에 없으니까."

……그쪽이야말로 신경 쓸 필요 없는데.

내가 이 세계를 구하고자 마음먹은 까닭은 다름 아닌 마왕을 위해서인걸.

"그럼 다녀올게요."

"잘 갔다가 와. 조심하고."

……뭔가 지금 대화는, 가족 같았다.

살짝 쑥스럽다.

부끄럼을 감추기 위해 허둥지둥 전이를 실행.

도착한 곳은 신비로운 공간.

이곳이야말로 시스템의 중추.

기하학적 문양을 그린 거대한 마술진이 바닥에 펼쳐져 있었다.

더욱이 벽과 천장에도 문양이 펼쳐져 있고 엷게 발광하며 환상적인 광경을 연출해 냈다.

그리고 그 중심에는 하반신이 공간에 녹아든 모양새로 사라졌고, 마치 마술진에 묶여서 매달려 있는 듯한 모습의 여성.

여신 사리엘.

시스템의 핵(核)이자 산 제물로서 이 세계에 봉납된 사람, 마왕이 「어머니」라고 불렀던 소중한 사람.

『숙련도가 일정 수치에 도달했습니다.』

『경험치가 일정 수치에 도달했습니다.』

『숙련도가 일정 수치에 도달했습니다.』

그리고 여신의 입이 움직이지 않는데도 불구하고 이 공간 안쪽에서 불협화음처럼 거듭거듭 울려 퍼지는 목소리.

신언교에서 신이 들려주는 목소리라며 숭앙하는 시스템의 메시지.

이곳에 오면 불쾌감이 엄청나다.

진짜 뭐랄까, 이 공간 안쪽에 있는 모든 광경이 나를 불쾌하게 만든다.

그 이유는 과거 인간들의 방자함이 훤히 들여다보인다거나, 또는 마왕에게 더없는 경모를 받을 뿐 아니라 구출을 위해 분주해왔던 마왕과 달리, 정작 도움을 바라지 않는 여신에 대해 감정이 있기 때문인지도 모르겠다.

"……."

머리를 살짝 흔들어서 잡념을 떨쳐 냈다.

환상적인 공간 안쪽에 드문드문 하얀 거미의 모습이 보였다.

나의 시스템 관련 분체들이다.

저 녀석들, 시스템 관련 분체들은 이미 준비를 완료했다.

여신을 중심으로 벽에 열넷의 눈에 띄는 마술진이 있었다.

저 마술진이 열쇠 구멍이다.

저곳에 열쇠를 밀어 넣으면 자물쇠를 해제할 수 있다.

우선은 열쇠를 확보해 둔 **일곱 개**의 자물쇠를 해제하자.

본래부터 확보해 놓은 열쇠 여섯에 출발 전 마왕에게 받은 새 열쇠로…….

여기까지는 정당한 수순을 따라 자물쇠를 해제했기 때문에 문제 없음.

문제는 이제부터다.

시스템 관련 분체를 움직여서 해제하지 못한 마술진과 접촉시켰다.

이제부터 피킹 개시다.

『이상 감지.』

하지만 작업을 가로막는 예리한 목소리.

아까 전부터 불협화음처럼 울려 퍼지고 있던 목소리와 달리 분명하게 여신의 입에서 나온 알림이었다.

『외부 간섭을 확인. 방위 기구 발동.』

……역시 이렇게 되네.

여신의 주위에 힘이 모여든다.

방위 기구라는 녀석이 발동되는 중이다.

뭐, 내 작업이란 것이 도둑질 같은 짓이니까.

홈 시큐리티가 발동한들 어쩔 수 없지.

까놓고 말하자면 이렇게 될 줄은 예상했었다.

사실은 내가 이미 한 차례 방위 기구를 발동시켰던 경험이 있거든.

지난 대전에서 용사라는 요소를 철폐하기 위해 시도했던 때였다.

그때도 지금과 마찬가지로 방위 기구가 발동했던 터라, 시스템에 간섭을 시도하고 있었던 시스템 관련 분체가 물리적으로 배제당하고 말았다.

덕분에 용사라는 요소를 철폐하는 데 실패했고 새로운 용사 야마다를 탄생시켜버렸다.

이번에 내가 본체로 이곳에 온 이유는 방위 기구가 발동하는 것을 파악했기 때문에 직접 쳐부수기 위해서였다.

이런 임무만큼은 전투 능력이 없는 시스템 관련 분체들은 감당하지 못할 테니까.

여신의 주위에 에너지 덩어리가 모여들더니 곧 실체를 동반하는 검은 인형(人型)이 되었다.

새카맣기 때문에 간신히 인간 형태임을 알아볼 수 있는 실루엣.

그런 녀석이 열두 명.

저런 걸 명으로 헤아려도 되나 의문이지만…….

『배제 개시.』

음, 아무래도 좋은 생각을 하는 사이에 여신의 호령을 따라 일제히 움직이는 인영(人影)들.

인영들은 똑바로 나를 향해서, 앗, 빨라?!

반걸음 옆으로 피한 내 얼굴의 아주 가까운 곳을 바람 가르는 소리와 함께 주먹이 지나쳐 갔다.

인영 중 한 명이 무시무시한 속도로 내게 접근해서 펀치를 선사해 준 결과다.

엄청 빨랐어!

겁나라~!

아~ 겁난다.

살짝 방심했는지도 모르겠네.

나도 신의 힘을 사용하는 데 제법 숙달되면서 조금은 자만했었나 봐.

저렇게 동작이 뻔히 보이는 텔레폰 펀치를 얻어맞을 뻔하다니.

앗, 또 달려든다?!

아까랑 같은 인영이 다시 돌진했다.

세련된 움직임과는 거리가 멀고 천박하면서 야성미 가득 넘치는 돌격.

그럼에도 불구하고 속도 하나가 무시무시하니까 위협적이야, 이거!

그러나 마냥 일직선으로 돌진하면 회피는 간단하다.

아까랑 똑같이 옆으로 움직여서 회피했다.

인영이 통과한 후에 쿠웅! 소리가 지나쳐 갔다.

소리가 뒤늦게 따라왔다는 것은 음속을 넘었다는 뜻?!

저 인영, 속도만 비교하면 마왕을 뛰어넘은 거 아닌가?

그렇게 감탄하는 내게 보이지 않는 칼날이 들이닥친다.

아차, 저 빠른 녀석 하나가 인영 전부는 아니었구나.

이것은, 설마 실?!

내게 들이닥쳤던 것은 시각으로는 포착할 수 없는 극세사였다.

그것이 열 가닥.

아무래도 인영 중 한 명이 손가락으로 각각 한 가닥씩 실을 뽑아서 조종하는 것 같았다.

훗. 하필 나한테 실로 승부를 도전하다니!

분수도 모르는 녀석!

똑같이 되갚아주마!

그런고로 나 역시 똑같이 손가락으로 한 가닥씩 실을 뽑아서 인영의 실을 요격.

핫핫하! 그런 실 솜씨로는 나의 발끝에도 못, 따라, 못 따라오?!

세상에, 호각이야!

이럴 수가?!

설마 나하고 호각으로 맞붙을 수 있는 실 술사라니?!

채찍처럼 서로 후려갈기다가 실을 옭아매서 붙잡아 두기 위해 서로를 견제하고, 동시에 상대의 실을 절단하고자 시도한다.

그 공방은 완전하게 호각이었다.

그러는 동안 세 번째로 스피드 인영이 돌격 개시!

실 인영과의 전투를 일단 멈추고 거리를 벌려 피했다.

그런 나의 등 뒤에 갑작스럽게 나타나는 다른 인영.

이 자식, 어느 틈에?!

고개를 돌릴 틈은 없어서 등에서 어둠의 창을 발사.

별로 볼품은 안 좋지만 마술은 몸 어디에서든 발사가 가능하다!

기습을 시도했던 인영에게 카운터로 완벽한 기습을 먹여주었다!

어라, 또 뭐야. 나타났을 때와 마찬가지로 그 인영은 갑작스레 휙 자취를 감춰버렸다.

이번에는 제대로 기척을 탐지해서 사라짐의 원리를 해명해 냈다!

저 인영, 자신의 몸을 안개화해서 마치 사라진 것처럼 보여줬던 거야.

그 증거로 안개가 집결하더니 또 인영을 형성했다.

뭐니, 흡혈귀 같은 능력이잖아?!

흡혈 양도 확실히 같은 재주를 부릴 수 있었지?! 흡혈 양도 메라도 별로 안 쓰지만!

아차, 실~?!

실이 도망칠 곳 없이 나를 에워싸서 포획하겠노라 닥쳐든다.

후퇴! 전이로!

단거리 전이로 회피했다.

후유. 다시 붙어볼, 어라, 응?!

스피드 인영이 스쳐 지나갔다?!

잠깐만, 타임, 타임!

숨 좀 돌렸다가 싸우자!

공간 차단!

사방의 공간을 차단해서 입방체 상자 안쪽에 있는 것처럼 배리어 비슷한 벽을 형성했다.

공간을 차단했기 때문에 물리 공격으로도 마법 공격으로도 파괴는 불가능.

바깥에서 해제하려면 나와 비슷하게 공간 마술에 정통한 실력자가 나서야 한다.

즉 거의 무적의 배리어라네.

다만 완전히 소리라든가 빛까지 다 차단해버려서 나도 바깥의 상황을 알아볼 수 없다는 것이 결점.

암튼 이러면 적의 공격은 방비가 된다.

그동안 잠깐 숨 좀 돌리자.

방위 기구로 나타난 인영들이 예상 이상으로 강한 건에 대하여.

나의 방심이라든가 자만이라든가 다른 이유도 좀 있었지만 그렇다 쳐도 이렇게까지 바짝 몰린다는 것은 되게 이상하지 않아?

내가 이래 보여도 신이거든?

능력적으론 이미 아라크네 시절보다 훨씬 높아졌을 텐데 말이야…….

지금 내 강점은 공간 마술이니까 능력치로 환산하면 아마 마왕보다 아래일 거야.

그럼에도 능력치 환산으로 5, 6만 정도는 될 텐데.

그런데도 미처 대응이 힘들다는 게 어떻게 된 일이야?

마치 마왕 수준의 아찔한 녀석을 몇 명이나 상대하는 기분이잖아.

아니, 물론 마왕보다야 개개인의 힘은 아래였지만 말이지.

흡혈 양이나 오니 군 비슷한 수준인가?

응, 대강 맞아떨어지겠네.

그런 녀석이 열두 명…….

게다가 지금까지 확인을 마친 게 스피드 인영이랑 실 인영이랑 안개 인영까지 세 명의 능력뿐.

다른 아홉 명은 아직껏 어떤 녀석인지도 알지 못한다.

앞쪽에 세 명이 엄청 개성적이라는 사실을 감안하면 나머지 아홉 명도 획일적인 양산 타입은 분명 아니겠네.

뭐가 되었든 아찔한 능력을 갖고 있다고 가정하는 게 좋아.

시스템을 지키는 방위 기구가 맞구나.

대책도 없는 절망감 같은 심정은 안 들지만 예상과 달리 고전하겠어.

좋아!

꽤 진정이 됐다.

다시 기합을 넣고 상대해주자.

……일단 이대로 곧장 배리어를 해제하면 너무 위험하니까 전이를 써서 배리어 바깥의 조금 떨어진 곳까지 직접 날아가야겠네.

빛이 일절 비치지 않는 무음의 공간에서 해방되었다.

그리고 맨 먼저 눈에 확 들어온 광경은, 와아~ 뭔가 엄청나게 몰려들었어…….

내가 방금 전까지 있던 입방체의 공간 차단 박스가 안 보일 만큼 빼곡하게 검은 실루엣의 짐승이 달라붙었다.

방금 전까지 저런 녀석들은 없었잖아…….

어디에서 솟아난 거야…….

어라, 찾았다. 원인은 쟤야.

인영 중 한 명이 뽀글뽀글 짐승을 만들어 내고 있었다.

저 녀석이 범인이구나~.

저 녀석, 가만히 놔두면 짐승이 무한하게 솟아나는 거야……?

최우선으로 쓰러뜨릴 필요가 있겠구나.

아차, 먼저…….

공간 차단의 벽을 전면에 전개했다.

그곳으로 세차게 충돌하는 스피드 인영.

이 짧은 시간에 몇 번이나 같은 공격을 당한다면 제아무리 속도가 빨라도 적응이 되는 법이거든~.

스피드 인영은 자기 자랑인 속도로 공간 차단 벽에 충돌해서 반동을 죄다 받았다.

평범한 벽이었다면 약간의 충격은 벽에 흡수되었을 테지만 공간 차단벽은 물리적인 벽이 아니라 공간이 차단되어 만들어진 것.

부딪치면 그때 충격은 전부 부딪친 쪽에 반사된다.

스피드 인영이 힘없이 쓰륵 허물어졌다.

우선은 한 명.

……해치운 줄 알았는데 뒤쪽 방향에 있던 인영에게서 빛이 날아들더니 스피드 인영에게 직격.

스피드 인영이 벌떡 일어난다.

으엑. 힐러가 있었구나…….

회복 수단을 갖춰 놓았다면 저 힐러 인영을 제압하지 못하는 한 자꾸 회복할 테니 귀찮아지겠어.

짐승을 소환하고 있는 소환 인영과 힐러 인영.

우선해서 쓰러뜨려야 할 대상은 저 둘인 셈인데 어느 쪽부터 먼저 제압해야 할까.

역시 힐러일까.

소환 인영부터 먼저 공격해도 힐러 인영한테 회복받아버리면 의미가 없고.

힐러는 죽어야 한다. 자비는 없다.

그런고로 부활한 스피드 인영이나 실 인영, 안개 인영, 일제히 달려드는 짐승 떼를 피하는 한편으로 힐러 인영을 노리자.

스피드 인영은 단조로운 돌진밖에 안 하는 데다가 실 인영도 억지로 실로 대항하려고 들지 않으면 충분히 감당할 수 있어.

안개 인영은 주의만 잘하면 출현하는 순간이 포착되고…….

아까 전에는 처음 본 와중에 느닷없이 동시 공격을 당했던 탓에 제대로 대응을 못 했었는데 정체가 들통나면 별거 아니거든.

잔뜩 넘쳐나는 짐승들이라면 그냥 잡몹이다.

뭐랄까, 분명하게 말해서 약하네.

내가 견제를 위해 막 날리는 어둠 마술로 싹 쓸어버릴 수 있을 정도였다.

인영들의 무력과 비교하자면 현격하게 뒤떨어졌다.

그래서 소환 인영도 무제한으로 짐승을 불러낼 수 있는 거겠지.

쓰러뜨리자마자 뽀글뽀글 솟아나니까 이보다 더 짜증스러울 수가 없다.

게다가 묘하게 연계를 하고 있거든.

그 원인은 소환 인영의 옆쪽에서 이쪽에 손가락질을 하며 손짓으로 뭔가 지시하는 느낌의 인영 때문일 거야.

지휘 계통의 능력이려나?

그게 전부가 아니라 능력 상승의 버프 같은 재주도 부리는 것 같아.

아무튼 지휘 인영이 짐승을 포함해서 다른 인영들에게 지시를 내리는 탓에 연계를 갖춰 공격하는 것 같거든.

저 녀석도 은근 성가시네.

어쨌든 우선은 힐러 인영이다!

간헐적으로 덮쳐드는 짐승이나 스피드 인영 녀석의 빈틈을 찔러 어둠의 창을 힐러 인영에게 발사.

어둠의 창은 힐러 인영을 향해 똑바로 날아가다가 힐러 인영의 앞을 가로막고 나선 다른 인영에게 방어당했다.

방패를 든 인영이다.

내 마술을 막아 내다니…….

역시 이 인영 녀석들 제법 강하구나.

한 명뿐이어도 능력치를 환산하면 아마도 만 단위, 마물에 빗대어 설명하면 신화급에 해당될 만큼 강하지 않을까?

그런 녀석이 열두 명이나 있으면 시스템의 범위 안쪽에 속한 무력으론 공략이 몹시 버겁지 않나?

마왕이라면 어떻게든…….

아니, 마왕도 혼자서는 힘들겠지?

인형 거미라든가 부하를 같이 데리고 와야 간신히 상대가 될까?

마왕마저도 그런 느낌이니까 보통은 공략 불가능이겠네~.

부정은 허락하지 않겠다는 뜻인가.

뭐, 나는 꼭 해치울 거야!

힐러 인영이 두 동강 난다.

공간 차단으로 힐러 인영을 질단한 결과다.

공간을 차단했기 때문에 물리적인 방어는 불가능.

대처하려면 역시 나하고 동등 이상의 공간 능력으로 저항하든가 피할 수밖에 없다.

다만 나는 공간 능력에 관해서는 상당히 자신이 있고 피하려 해도 조짐이 없기 때문에 미리 감지해서 회피하기는 많이 어려울 거야.

뭐, 요컨대 발동하면 거의 즉사가 확정되는 부조리한 공격이라는 뜻이랍니다.

이번에야말로 한 명.

……어라, 또 뭐야.

두 동강이 나서 쓰러졌던 힐러 인영에게 포동포동한 외양의 인영이 달려가더니 빛을 비춘다.

그러자 아무런 일도 없었던 것처럼 부활하는 힐러 인영.

이봐.

소생도 가능했던 거냐.

게다가 힐러 인영이랑 다른 녀석이 있었던 거야.

처음으로 듣는 얘기인데요?

야, 뭔데, 진짜로 뭔데! 시스템 아저씨야~!

아무리 시스템의 중추를 지켜야 할 방위 기구여도 그렇지, 이 세계에서 저지르면 안 되는 행동의 필두라고 말할 수 있는 소생 능력을 들려주는 것은 꽤 뭣하지 않습니까요?

왜냐하면 이 세계에서는 일단 죽어야 에너지를 회수할 수 있는데 냅다 죽음을 막아버리는 소생은 금기잖아.

규칙 위반이라는 말까진 안 하겠지만 매너 위반은 분명하다.

그런 매너 위반을 시스템 쪽에서 저지르면 안 되지 않습니까~?

스킬로도 소생이 가능한 것은 야마다가 보유한 자비 하나뿐인데.

게임 밸런스 무너진다~.

운영진이 위반자한테 주는 패널티라고 생각하면 적정한가?

즉각 계정 정지를 때리지 않는 게 오히려 온정인가?

D의 힘이라면 나 따위야 한순간에 없어질 패널티는 충분히 부과할 수 있을 테고…….

그런 게 아니라면 이런 난이도여도 아직껏 봐주고 있단 뜻이 되겠네.

그리고 봐줘서 이런 난이도면 D 역시 공략을 허락할 의도가 아직은 있단 뜻이다.

난이도 조정 성대하게 실수했다는 기분은 들지만 말야!

아니면 뭘까?

D가 이런 정도는 클리어하라고 억지를 부리는 걸까?

……아~ 하지만, 설득력 있네~ 이거.

D는 이 세계가 정체됨에 따라 질려서 방치했다는 느낌으로 말했었잖아.

요컨대 이 세계의 사람들은 D가 요구하는 수준에 도달하지 못했던 셈이다.

과연 사신님.

극악 난이도를 떠안겨 놓고 사람들이 클리어를 못 하니까 관심이 사라져서 내팽개치다니…….

너무 제멋대로 아닌가요?

뭐, 그런 행동도 용납되는, 아니, 용납될 수밖에 없는 힘을 가지고 있다는 뜻이 되겠지만…….

실제로 나는 불만도 제기하지 못하는 처지였다.

힘이야말로 정의! 그 말을 고스란히 실천하는 몹쓸 패턴의 본보기…….

이 세계가 이렇듯 어려운 처지에 놓인 이유는 역시 D 때문이 아니었을까?

D의 요구 수준이 너무 높았던 탓에 클리어 난이도가 너무 높아졌잖아…….

마왕이나 교황 같은 사람이 평생 노력하며 활동하고도 목표를 이루지 못한 이유가 납득이 된다.

뭔가 이렇게 생각하니까 벌컥벌컥 화가 나는데?

어째서 사악하고 못된 억지꾼 때문에 마왕이 온갖 고생을 다 겪어야 되냐.

뭐랄까, 현재 진행형으로 내가 고생하고 있고!

공간 차단으로 스피드 인영을 양단했다.

다만 직후에 실 인영과 안개 인영, 또한 무수한 짐승의 맹공을 받아 회피에 전념해야 했다.

그리고 회피에 전념하는 동안 스피드 인영이 소생 인영에 의해 부활.

아까 전부터 똑같은 반복.

스피드 인영을 해치우는 횟수가 가장 많았지만 실 인영과 안개 인영도 이미 몇 번인가 쓰러뜨렸다.

하지만 그때마다 전부 부활해버려.

공간 차단으로 즉사시키면 소생 인영이, 실수로 즉사시키지 못했을 때는 힐러 인영이 각각 회복을 담당하고 있다.

덕분에 나는 줄곧~ 두더지 잡기를 하는 기분이 드는 참이야.

아마도 소생을 사용 가능한 녀석은 저 소생 인영뿐인지 힐러 인영도 쓰지 못한다.

따라서 소생 인영만 어떻게든 처리하면 훨씬 편해질 텐데 당연히 상대도 숙지하고 있는 상황.

소생 인영은 철저하게 다른 인영들의 보호를 받고 있었다.

방패 인영과 결계 인영, 둘이 달라붙어서 지켜준다.

공간 차단이라면 탱커가 있든 말든 아랑곳 않고 표적만 처단할 수 있다.

……처단할 수 있어야 할 텐데 현실에서는 얄밉게도 자꾸 대처가 이루어졌다.

거리도 상대의 방어력도 무시한 채 즉사 공격을 때려 박는 공간 차단을 어떻게 막아 냈냐고?

원리 자체는 용이 보유하는 마법 저해 효과와 같아.

용의 비늘이나 결계 계열에 속한 스킬이 발휘하는 마법 저해 효과는 마법의 구축에 간섭해서 효과를 떨어뜨린다.

그런데 이때 구축이라는 게 사실은 마술에서도 다른 부분이 없어.

이론상은 마법 저해가 가능한 스킬이라면 내 마술도 방해할 수 있다는 뜻이지.

실행에는 상당한 출력이 요구되지만…….

내 마술의 구축에 간섭을 성공시켜야 한단 말이잖아.

나 또한 과거에는 마도의 극의를 소지했던 마법의 전문가랍니다?

마법이 마술로 바뀌어도 힘은 쇠락하지 않았다! ……아무렴!

그런데 정작 방해를 당해버렸다.

방패 인영과 결계 인영.

방패 인영은 뻔히 보이도록 방패를 내밀고 있고, 결계 인영도 뻔히 보이도록 반투명 배리어 같은 방벽을 전개하고 있다.

저 배리어 같은 게 결계인데 내 마술까지 방해를 받는 것 같아.

그래도 달랑 한 녀석의 힘에 내 마술이 무효화된다는 생각은 하기 어려우니까, 아마 방패 인영에게도 방해 효과가 있을 것이라 짐작된다.

요컨대 둘이 협력해서 이쪽의 마술을 틀어막겠다고 작정한 거야.

난 진짜 특기라서 딱히 의식을 안 하고도 펑펑 발동하는 게 공간 마술이지만, 술식의 내용은 경지가 높고 몹시도 섬세하기 짝이 없다.

두 명이 작정해서 펼친 방해를 끝내 돌파하지 못하는 건 어쩔 수 없다고!

이렇게 변명해본다.

실제로 공간 마술은 본연의 성질상 발동이 이루어지는 기점은 물론 공간이다.

그 발동의 기점이 방해 범위 안쪽이면 발동을 위해 손쓰자마자 곧

바로 구축이 분해되어버리는지라, 다른 마술보다 방해와 맞닥뜨렸을 때 취약해지는 셈이지.

그럼 원거리에서 평범하게 마술로 저격하면 어떨까. 이쪽도 답이 안 나온단 말이지.

시험 삼아서 어둠의 창을 던져봤더니 결계에 직격했던 순간 위력이 대폭 떨어짐을 알 수 있었고, 전면에 나와 있었던 방패 인영의 방패에 충돌하자 허망하게 싹 사라져버렸다.

끄응~.

이 자식들의 방해 능력이 엄청나게 높다.

흡혈 양이랑 비슷한 수준은 될 것 같은데?

흡혈 양은 질투의 지배자 칭호 덕분에 천린이라고, 용이 보유하는 비늘 계열의 스킬 중 최상위의 스킬을 최고 레벨까지 올렸다.

뭐, 요컨대 마법 방해계 스킬의 최상위라는 말이네.

척 보아도 방패 인영과 결계 인영이 보유하는 방해 능력은 흡혈 양에게 필적한다.

오히려 결계를 두고 비교하자면 꽤 상회하는 것이 아닐까?

이렇게 성가실 수가.

정말 도대체 뭐야, 이 녀석들…….

진짜로 한 명 한 명이 평범한 전투라면 일기당천의 맹자잖아…….

그런 녀석이 열두 명이나 있음 어쩌란 거야…….

넌더리가 난다.

스피드 인영, 실 인영, 안개 인영, 소환 인영, 지휘 인영, 힐러 인영, 소생 인영, 방패 인영, 결계 인영.

이렇게 아홉 명.

나머지 세 명을 살펴보면 한 명은 여신의 앞에 진 치고 아직껏 움직임이 없음.

나머지 두 명은 내 시스템 관련 분체를 쫓아다니고 있다.

한쪽은 뭔가 이것저것 능력을 갖고 있는지 쓱 둘러보면 모든 속성의 마법을 써서 이리저리 도망치는 시스템 관련 분체에게 공격을 펼치고 있다.

그뿐 아니라 염동력인지 허공에 무기를 복수 띄워 놓았는데 역시 검이니 도끼니 창이니 통일성이 없었다.

그래도 굳이 띄워 놓았다면 사용할 줄 안다는 뜻이겠지.

재주가 참 많구나.

그리고 또 한 명의 능력은 무엇인가, 잘 알 수가 없었다.

뭔가 분체한테 수작을 부린다는 것은 알겠는데 전부 저항해버렸거든.

눈에 안 보이는 공격을 받는다는 것은 알겠지만 상세 형태는 아리송하다.

완벽하게 저항에 성공해버려서 솔직히 무시해도 괜찮을 것 같아.

하지만 다른 인영의 힘을 봤을 때 아마도 저항에 실패한다면 심상치 않은 사태가 벌어졌을 것이라는 예감이 들었다.

본체인 내가 아니라 굳이 분체들을 노리고 있는 이상, 즉사라든가 그런 살벌한 종류는 아니라고 생각되지만…….

아니, 오히려 즉사 같은 기술도 가능성이 있을까?

겉모습이 약해 보이는 분체부터 정리하자는 작전.

정작 효과가 없지만 말야~.

그러면 쓸데없이 분체를 상대하지 말고 이쪽에 가세하러 오는 게 괜찮지 않나 싶네.

그런 생각을 하던 때 지휘 인영이 뭔가 손짓으로 지시하니까 이쪽을 향해 달려들었다.

흠.

분체가 뭔 짓을 당했는지는 잘 모르겠는데 본체라면 해석도 가능할까?

분체 상대를 맡고 있었던 수수께끼의 인영이 이쪽으로 달려오더니…… 무슨 짓이야? 저 녀석.

어째서인지 이상한 포즈를 선보이는 수수께끼의 인영.

수수께끼가 수수께끼를 부르는 수수께끼의 포즈.

멋있게, 폼을 잡는 거야……?

새카만 실루엣이라서 얼굴은 전혀 알아볼 수 없으나 뭔가 윙크를 찡긋 날리는 자세다.

동시에 분체에게도 펼쳐왔던 수수께끼의 공격이 날아들었는데 역시 간단하게 저항에 성공해버렸다.

음~ 으음…….

어떻게 반응하면 될까? 이거.

이렇게 치열하게 전투를 하는 와중에 느닷없이 개그 요소가 끼어들면 난감한데…….

수수께끼 인영이 포즈를 바꾼다.

음? 이거, 진짜로 어떻게 반응하면 되는 거야?

뭔가 눈에 안 보이는 공격이 날아온다는 것은 저 자세에도 의미가 있다는 뜻인데…….

으음, 일단 수수께끼 공격을 해석해볼까?

수수께끼 인영이 자꾸 날리는 눈에 안 보이는 공격의 정체를 뜯어봤다.

……아하.

이거 매료 계열의 공격이네.

상대를 매료해서 꼭두각시로 만드는 방식이야.

그렇다면 저 몸동작은 멋쟁이 포즈였던 건가…….

매료 공격의 효과를 높이기 위한 수단이었겠지.

그런데 난 거미라서 이종족 연애는 좀…….

게다가 이래 보여도 신이잖아요.

신은 개인으로 완성된 생물이니까 까놓고 말하자면 생식이 필요 없거든~.

그뿐 아니라 죽을 만한 위기도 거의 없고.

생식은 자기 유전자를 후세에 남기기 위한 행위잖아?

그런데 신은 애당초 수명이 없는 데다 죽을 위기도 거의 없는 관계로, 생식 따위 안 해도 유전자를 본인이 끝까지 갖고 살아갈 수 있어.

또한 연애 감정이란 생식과 직결되는 것이고, 매료라는 게 결국은 연애 감정을 자극하는 상태 이상이니까…….

뭐, 요컨대 신한테는 통할 여지가 없네…….

지구의 신화에서는 의외로 질척질척한 아침 드라마 전개가 잔뜩 넘치지만 말이야.

그건 그거고.

아무튼 나랑 인연이 없는 이야기다.

일단 목격했던 대로 거미 분체한테 굳이 사용한다는 것은 이종족에게도 효과가 있단 의미겠지만 아무래도 상대가 너무 안 좋았구나.

애당초 나한테 그런 감정이 있더라도 새카만 실루엣 인영이 멋쟁이 포즈를 취한 모습에 반할 순 없잖냐!

하다못해 외모가 미남이었다면 비주얼로 어떻게든 방법이 날 수도 있었겠지만 단순하게 인영인 탓에 기묘하기 짝이 없는 광경만 연출된다네!

아니, 미남이어도 막 치고받는 와중에 느닷없이 멋쟁이 포즈를 잡는다면 역시 기묘한 광경이겠지만 말야!

수수께끼 인영이었던 매료 인영은 그 후에도 아주 열심히 자세를 잡는다거나 결국에는 춤까지 췄는데 역시 나한테는 아무런 효과가 없었다…….

혼자서 불쑥 쇼를 펼치고 있는 모습은 뭐랄까, 애수를 불러일으킨다.

……아무튼 해가 되지는 않으니까 방치하자.

분체를 이리저리 쫓아다니고 있는 다재다능 인영도 분체를 쫓아다니는 동안은 이쪽으로 오지 않을 테니까 방치.

전투 능력 전무인 시스템 관련 분체는 다재다능 인영의 공격을 끝까지 피해 도망칠 수가 없었다.

그래도 시스템 관련 분체는 잔뜩 있으니까 끝까지 도망치지는 못하더라도 철저하게 회피만 하면 다소나마 시간을 끌어줄 수 있다.

분체가 전멸할 때까지 제법 긴 시간이 걸릴 것이라 예상된다.
그때까지 이쪽에서 다른 인영을 격파하고 전황을 유리하게 바꾸면 굳이 두려워할 필요가 없어.
뭐, 먼저 소생 인영부터 방법을 짜서 처리해야겠지만.
아울러 소생 인영을 어떻게든 처리하자면 방패 인영이랑 결계 인영부터 처리 방법을 강구해야 하고…….
아울러 방패 인영과 결계 인영을 어떻게든 처리하려면 원거리 공격으론 결판이 안 나기 때문에 가까이 접근해야 할 텐데 스피드 인영과 실 인영과 안개 인영이 가만 안 있고 방해를 하려 들 테고.
그렇다면 우선 저 세 명부터 정리하자니까 소생 인영한테 소생을 받아버리네…….
다람쥐 쳇바퀴다.
진짜 망겜이네, 아이고!
전위를 맡은 세 명 가운데 스피드 인영은 별거 아니다.
속도는 물론 눈이 휘둥그레지도록 빨라도 일직선 돌진밖에 재주가 없는 녀석한테 낭패를 당할 내가 아니었다.
문제는 나머지 두 명이다.
실 인영은 엄청 상대하기가 까다로워.
열 가닥의 실을 부리면서 변화무쌍하게 공격한다.
게다가 뒤쪽에 눈이 달렸나 의아해질 만큼 사각으로 몰래 파고들어도 냉정하게 대처해 낸다.
애당초 검은 실루엣의 인영에 진짜로 눈이 달려 있냐는 의문에는 눈을 감도록 하자.

적어도 다른 인영은 분명 얼굴을 움직여서 이쪽을 쳐다보는 행동을 취하는지라 시각은 평범한 인간과 마찬가지일 거야.

특수한 녀석은 실 인영뿐이다.

이 녀석만큼은 시야에 의존하지 않는 감지 능력을 보유한 것 같아.

그런 주제에 공격 수단은 시각으로 확인이 어려운 극세사를 써먹잖아.

야비하다! 진짜 야비하다!

좋다, 정면에서 때려눕혀주마! 라며 큰마음 먹고 정면에서 맞서면 뭔가 휙 날아오더라고.

매료 인영이랑 똑같이 안 보이는 공격이…….

아마도 마안이든 사안이든 암튼 눈으로 직시함으로써 발동하는 부류의 능력일 거야.

실 인영의 시야에 들어가면 조금씩 에너지가 깎여 나가는 느낌이거든.

아마도 주원(呪怨)의 사안이려나?

주원의 사안은 HP랑 MP랑 같이 깎아 먹는 한편으로 능력치를 하락시키는 효과가 있다.

신화를 이룸으로써 나는 저러한 능력치를 잃은 입장이지만 능력치 대신 내부의 에너지가 직접 깎여 나가는 것 같아.

감소량은 되게 미미해서 대미지라고 부르기 힘든 수준이지만 자꾸 당해줘서 기분이 좋을 리 없잖아.

자연히 실 인영의 시야 바깥으로 벗어나려는 행동을 무의식중에 취하게 되고, 이렇게 되면 상대가 내 행동을 예측하기 쉬워진다는 폐해가 발생한다.

대미지는 적기 때문에 무시하면 그만인 데다 실제 무시하자는 마음을 먹고 있어도, 역시 무의식중에 자꾸 피하게 되는 바람에 좀 난처하다.

야비하다! 진짜 야비하다!

게다가 이 자식, 공간 차단을 피한다니까!

시각에 의존하지 않는 감지 능력을 보유했기 때문인 듯싶은데 저런 능력으로 아주 미세한 조짐을 파악해서 회피까지 해낸다.

덕분에 아무 생각도 없이 툭 발동시켜 봤자 해치울 수가 없어.

페인트나 다른 공격을 같이 섞어줘야 적중을 기대할 수 있다.

그러면 쓸데없이 또 수고가 늘어나니까 그만큼 상대한테 여유를 주는 셈이지.

게다가, 게다가!

이 자식은 가끔 공간 차단에 얻어맞고도 버티는 때가 있단 말이야.

어떤 원리인지 모르겠는데, 그거 분명히 치명상이잖아? 요런 상태에서도 끝까지 움직임이 안 멈춘다.

그런 경우는 소생 인영이 아니라 힐러 인영의 원거리 회복만 받고도 부활해버리기 때문에 이보다 더 성가실 수가 없겠다.

공간 차단은 회피하지, 얻어맞아도 버틸 때가 있지, 진짜로 야비하다!

그렇다고 방치하면 실이랑 사안으로 가차 없이 공격을 퍼붓고…….

야비하다! 진짜 야비하다!

굉장히 까다로워.

강하기도 강한데 여태 못 겪어봤던 타입의 강함이야.

대체로 강한 녀석들이란 알기 쉽게 강하다아~! 이런 녀석이 많았으니까.

이런 치밀한 수법을 구사하며 강하다기보다 능숙한 타입은 드물었다.

능력치가 낮은 인간이라면 비슷하게 능숙한 타입도 있을 테지만, 1만을 넘는 능력치를 보유한 녀석들은 능력치의 힘을 쏟아붓는 게 간편하고 빠른 법이잖아.

이지스 함에 격투기의 달인이 도전해 봤자 의미가 없는 것처럼…….

그런 헛짓은 관두고 이쪽도 이지스 함을 준비하는 게 훨씬 현명하겠지.

실 인영은 이지스 함 수준의 전력인데도 격투의 달인 비슷한 재주를 구사하는 희한한 존재라는 말이 되겠네.

……스스로 말해 놓고도 이해가 잘 안되는 비유구나.

아무튼 말야, 저렇게 잘 싸우는 실 인영과 달리 안개 인영은 오로지 자기 힘을 쏟아붓는 타입이다.

안개화 이후의 기습.

거대한 늑대로 변신해서 공격.

높은 능력치에 의지하는 치고 받기.

어둠 계통의 마법을 활용하는 공격.

튼튼함과 자기 재생 능력에 의지하는 무모하다고도 생각되는 돌격.

실 인영이 인간처럼 기량으로 싸우는 타입이라면 안개 인영은 괴물처럼 폭력으로 싸우는 타입.

괴물? 더 정확하게는 흡혈귀다, 이 녀석.

흡혈 양이나 메라하곤 전법이 많이 달라도 저 녀석의 여러 능력은 본 기억이 있다.

흡혈 양이나 메라는 그래 봬도 인간과 가까운 전투 스타일로 강해졌지만 이 안개 인영은 순수하게 흡혈귀의 강점을 살린 타입이었다.

일반적인 흡혈귀랄까.

흡혈귀는 단계에서 일반적이라는 말은 못 쓰겠지만…….

인간 형태의 괴물이라는 점에서는 흡혈 양이나 메라보다도 마왕에 가깝지 않을까 싶네.

능력치와 스킬을 휘두르는 폭거라고 표현해볼까.

기량으로는 실 인영에게 잔뜩 뒤떨어져도 그런 단점을 보충하고 남을 단순한 무력.

흡혈귀라는 단계에서 이미 수단이 교묘해지니까 단순한 무력이라기에는 조금 어긋난 표현이라는 생각도 든다.

아무튼 강하다.

실 인영은 수수께끼의 초근성 능력으로 공간 차단을 얻어맞아도 살아남는 경우가 있는데, 안개 인영도 공간 차단을 얻어맞았는데 살아남는 경우가 있었다.

이쪽의 경우 단순하게 생명력이랑 재생력이 특출하기 때문이라 뭔가 교묘한 재주는 없어!

몸을 두 동강 내도 자력으로 쓱 붙여서 재생하면 어쩌자는 거야?

저런 생명력을 믿고 방어도 하지 않은 채 돌진한다니까? 내가 아니었으면 대처가 아예 불가능했을 거야.

뭐! 요컨대 나라면 대처 가능하다는 뜻이죠!

쟤들이 강해 봤자 마왕보다야 몇 단계 아래인 데다 어쩌면 흡혈양보다도 아래가 아닐까 싶은 수준이거든.

그럼에도 현대의 인간들한테는 충분한 위협이다.

한 명뿐이었다면 여유롭게 대처할 수 있겠다.

문제는 같이 연계를 취해 덤빈다는 점이라서 실 인영과 안개 인영, 단독이라면 여유롭게 대처할 수 있는 상대여도 둘이 한꺼번에 들이닥치면 꽤 버겁다.

게다가 짬짬이 잊어버릴 무렵에 스피드 인영이 돌격을 감행하니까 방심할 수가 없다.

실 인영과 안개 인영에만 정신을 팔려 무심코 스피드 인영을 잊어버렸다간 빈틈을 찔릴 위기가 온다.

무한히 솟아나는 소환 인영이 불러내는 짐승도 미묘하게 성가시고.

전력으로는 딱히 숫자에 넣어줄 필요가 없다지만 너무 숫자가 많은 까닭에 어쩔 수 없이 집중력이 흐트러진다.

눈앞에서 윙윙 날아다니는 날벌레 같아.

이보다 더 짜증스러울 수가 없어.

단박에 돌파할 타개책이 없어서 바짝바짝 시간만 흘러갔다.

그렇다 해도 내가 봉변을 당할 우려는 없다.

강하다 강하다 말은 해줘도 나랑 인영들은 기초 스펙이 너무 다르거든.

인영들의 팀워크에 농락당하는 처지이고, 시간 끌기의 의미가 있다 뿐이지 나를 쓰러뜨릴 결정타가 저쪽에는 없다.

전이로 이곳저곳 마구 도망칠 수 있는 데다가 공간 차단이라는 최강의 방어벽이 있는 나에게 상처를 입힌다는 게 인영들로서는 어렵다.

불가능하다는 말까지는 안 하겠지만 말이야.

뭐, 상처를 입어 봤자 에너지가 고갈되지 않는 한 얼마든지 재생할 수 있다.

누가 뭐라든 나는 불사 스킬을 보유했었던 몸.

스킬에 따른 불사의 보증이 없어진 지금도 불사신이었던 시절의 감각은 잘 기억이 난다.

어떻게 하면 머리만 남은 처지에서도 안 죽을 수 있는가?

어떻게 하면 저런 상태에서 재생할 수 있는가?

이미 방법은 해명이 완료된 만큼 재생은 충분히 가능하고말고요.

따라서 산산조각이 나더라도 죽지 않는다.

치트?

대단히 멋진 말이야!

안 죽으면 싼값이지. 이기면 장땡 아니겠어!

그런고로 유감스럽게도 인영들에게 더한 비장의 수단이라도 없는 한 나를 쓰러뜨리기는 불가능하다.

한편 난 어떻냐면 사실은 인영을 쓰러뜨리는 것 자체는 가능하다.

이렇게 질질 전투를 끄는 주제에 변명이냐? 라며 의아해했을 거기 당신!

나라고 좋아서 질질 끄는 게 아니란 말야!

인영을 단지 쓰러뜨리는 거라면 가능하다는 말은 진짜야.

다만 막상 저질렀을 때 이곳이 어떻게 될지 모른다는 불안이 있어서 실행으로 옮기지 못할 뿐이지.

뭐, 요컨대 말야. 이곳, 시스템의 중추라는 초중요 장소에서 말이죠. 인영들을 싹 쓸어버릴 수 있는 화려하기 짝이 없는 공격은 불가능하잖아! 이런 뜻이랍니다…….

그런 만행을 저질렀다가 시스템에 이상한 에러가 발생할 것 같아서 무섭잖아!

최악의 경우 이곳에 있는 여신이 날아가버리고 시스템도 파괴돼서 강제 종료, 보~너~스~ 세계 멸망!

충분히 평범하게 일어날 수 있다.

그게 뭐야, 무서워.

여기까지 와서 그런 배드 엔딩은 말도 안 되잖아.

따라서 부득이하게 대응은 신중하게 검토, 선택할 수밖에 없는 처지야.

시스템과 여신, 양쪽에 흠집이 나지 않도록 꼭 집어 인영들만을 배제해야 한단 말이지.

그런 사정 때문에 인영들을 싹 쓸어버릴 수 있는 광범위 고위력의 공격은 필연적으로 여신이나 시스템을 같이 휩쓸리게 만들 테니까 불가능.

범위를 좁혀도, 예를 들어서 어둠 창의 위력을 늘리고 늘려 콱 쏘아버리면 인영들을 관통해서 뒤쪽의 벽까지 관통, 그 결과 시스템에 이상이 일어나는 난감한~ 사태도 벌어질 수 있기 때문에 역시 시도를 못 하겠다.

아까부터 내가 공간 차단만 자꾸 사용했던 이유는 노린 장소만 공격할 수 있고 살상력이 가장 높은 게 이 수단이었기 때문이거든.

시스템이나 여신한테 흠집을 내면 안 된다는 제한만 아니었다면 더 써먹을 방법이 많았을 텐데…….

끄응~.

이렇게 쓸데없이 시간만 흘러가는 느낌.

진짜로 너무 움직임이 없는 상황이라 야마다 군 일행의 엘로 대미궁 탐색 중계를 훔쳐보면서 싸우고 있단 말이지~.

물론 저쪽은 훔쳐보기만 할 뿐 손을 쓸 만큼 여유가 있지도 않지만.

격렬하게 치고받고 싸우는 와중인데도 움직임이 없다는 이 모순이여.

서로 간에 비김수라는 느낌.

실제 똑같은 수만 반복하면서 전투가 시작된 지 이미 며칠이 경과했다.

야마다 군 일행은 이 틈에 엘로 대미궁을 차근차근 전진하고 있는데도 나는 인영을 한 명도 쓰러뜨리지 못한 채 발이 묶여버린 처지네.

덕분에 야마다 군 방해 공작도 별 성과가 없다.

앗?! 설마 이것도 하늘의 가호 때문인가?!

내가 방해를 못 하도록 이렇게 길고 긴 전투를?!

……에이, 생각이 좀 지나치네.

지금 타이밍에 시스템을 손보겠다고 결심한 건 나였잖아.

뭐든지 전부 다 하늘의 가호 탓으로 떠넘기면 안 돼.

그래도 결과적으로 야마다 군 일행에게 유리한 전개가 됐다는 것은 분명하네.

후유, 맙소사~.

슬슬 뭐든지 간에 움직임을 만들어 내고 싶은데.

으음~.

역시 이 인영들, 숨이 차오르지는 않나 보구나…….

보통 줄곧~ 싸움을 지속하면 언젠가 숨을 헐떡거리게 된다.

체력이 바닥나거나 마력이 바닥나거나.

물론 나 또한 예외는 아니라서 영원히 쭉 싸우기는 불가능하다.

내 경우는 비축량이 많은 데다가 낭비를 가능한 줄이도록 유념하고 있기 때문에 이렇게 긴 시간이어도 싸움이 된다.

큰 기술을 못 쓴다는 제한도 있어서 전력 발휘를 강제로 못 하는 처지이고.

반면에 인영들의 상황은 어떠냐면 전력 전개로 진짜 실력을 다 발휘한다는 생각밖에 안 든다.

스피드 인영이 딱 그런 느낌이지.

엔진 전개 풀 스로틀.

저렇게 앞뒤 생각을 않는 전력 질주를 며칠에 걸쳐 계속하고 있다.

인영들의 뛰어난 능력을 감안하면 꼬박 하루 정도는 전력으로 싸울 수 있을 것 같기는 하다.

그래도 며칠은 무리잖아.

당연히 숨이 차올랐어야 할 텐데.

그런데도 멀쩡하다면 이 녀석들은 시스템에서 무한의 백업을 받고 있다고 생각하는 것이 좋겠지.

그 덕분에 MP랑 SP는 항상 꽉 차올라 있는 느낌이네.

내가 장기전에 어울려주고 있던 이유는 인영들의 기운이 바닥나기를 기다렸기 때문인데 별 성과가 없을 것 같다는 결론이 나온 이상, 방침을 바꿀 수밖에 없다.

조금 강경한 방법이어도 지금의 교착 상태에서 빠져나와야지.

다재다능 인영에 의해 시스템 관련 분체의 숫자도 많이 줄어들어 버렸고…….

시스템 관련 분체가 전멸하면 다재다능 인영도 공격에 참가할 테니까 말이야.

그렇다고 내가 무너지게 될까 묻는다면 걱정은 딱히 필요 없지만, 지금 이상으로 일이 귀찮아진다는 건 변함이 없다.

그리고 승부를 서두르고 싶은 이유가 하나 더…….

인영들이 시스템에서 백업을 받아 싸운다는 것은 즉 시스템에서 에너지 보충을 받고 있다는 뜻.

요컨대 싸우면 싸울수록 시스템이 비축된 에너지가 줄어든다.

인영들이 이 전투에서 쓰는 에너지의 양 따위야 별로 많지도 않겠지만 소량이어도 줄긴 줄잖아.

애써 대전까지 일으켜서 많은 사람들을 죽게 만들며 회수했던 에너지가 줄어든다.

전혀 달갑지 않다.

많은 희생을 치러서 쌓아 올린 에너지다.

이런 쌈박질로 쓸데없이 낭비할 수는 없잖아.

그런고로 서둘러 결판을 내자.

……그나저나 어떻게 해야 하려나.

인영을 싹 쓸어버리는 것 자체는 가능하거든.

다만 시스템이나 여신까지 흠집이 나면 안 된다는 것이 문제니까.

대책 1, 시스템과 여신이 다치지 않길 기도하면서 광범위 고화력 기술로 싹 쓸어버린다.

안 돼.

실수했다간 최악의 경우 세계 멸망 루트가 보이는 상황인데 불확정 요소가 강한 기도라는 수단에 의지한다는 것은 너무나 위험하다.

시스템이 설마 간단히 망가지겠어? 이런 의문이 남기는 해도 여신은 이미 하반신이 거의 소실되어서 진짜 떠나가기 직전이랍니다, 라는 분위기를 연출하고 있거든.

깜빡 유탄에 맞아 곧바로 임종이라든가 충분히 발생할 수 있을 만큼 약해졌다고 보인다.

그런 맥 빠지는 이유로 덜컥 죽였다가는 마왕을 볼 면목이 없다.

대책 2, 조금씩 내가 공격의 출력을 높여 가다가 방패 인영과 결계 인영의 방어력을 상회하는 단계에서 소생 인영을 처리한다.

제법 현실적으로 보이는 대책이지만 이게 의외로 어렵거든…….

마술과 마법은 상당히 비슷하다.

애당초 마법은 시스템이라는 초거대 마술의 일부니까.

그런 의미에서는 마법도 마술의 일부라고 말할 수 있겠다.

마술에도 마법과 마찬가지로 구축이라는 과정이 있고, 그것은 마술의 설계도라고도 말할 수 있다.

이때 구축한 대로 술식을 작성하여 거기에 에너지를 흘려 넣음으로써 마술은 발동한다.

또한 여기서 구축이라는 게 설계도 비슷비슷한 역할인데 사전에 미리 위력이라든가 결정을 해야 되거든.

건물 크기를 커다랗게 만들고 싶을 때 설계도의 축적을 똑같이 부풀리기만 해서 건축이 제대로 이루어지냐고 묻는다면 대답은 아니오잖아.

건물을 커다랗게 만들려면 그만큼 지주의 두께라든가 재질이라든가 다 같이 변경해서 맞춰줘야 되는 법이지.

그와 마찬가지로 마술 구축도 위력을 올려주고 싶다면 더 손을 보아야 한다.

이게 마법에서도 같은 설명을 할 수 있는데 나는 마도의 극의 덕분에 보조를 받아 꽤 제멋대로 위력의 조정 같은 걸 해냈었잖아.

그러나 마도의 극의가 없는 지금은 저런 부분의 조정을 나 스스로의 손으로 직접 해내야 돼.

이게 또 어렵거든.

이미 완성시킨 구축을 단지 쏟아부는 것뿐이라면 간단하다는 말까지는 못 하더라도, 지난 몇 년간의 수행 덕택에 제법 모양이 잡히게 됐다.

구축은 거듭거듭 말했듯이 설계도 비슷한 과정이니까.

설계도를 따라 술식을 조립한 뒤 에너지를 흘려 넣어서 발동시키는 방식인데, 똑같은 술식을 만들어서 똑같이 에너지를 흘려 넣는 작업은 열심히 반복하면 정밀함도 발동까지 걸릴 시간의 단축률도 올라가기 마련이야.

그거다, 부품별로 분해된 총을 조립해서 탄환을 장전한 뒤 방아쇠를 당기는 식이네.

총이라면 위력이 일정한 것도 비슷하고.

내가 떠올렸지만 참 적당한 예시다.

이때 위력을 올려주고 싶다면 아예 총의 구조 자체를 처음부터 다시 설계해야 하는 과정이 필요해진다.

까놓고 말하자면 엄청 귀찮아.

그야 조금은 위력의 미세 조정이야 가능하거든?

다만 어디까지나 조금뿐.

상대의 방어력이 어느 정도면 돌파 가능한가 모르는 이상 상당히 신중하게 위력 조정을 진행해야 한다.

지금의 나라면 권총 다음은 라이플, 또 다음은 바주카, 또 다음은 파동포. 이렇게 엄청 대강의 위력 조절밖에 못 해주거든.

수중의 마술을 바꿔보자면 이렇게 된다.

그야 결정을 하면 어둠 창의 위력을 조금씩 올려 나가는 방법을 써야 하지만, 결국 권총의 탄환에 넣는 화약의 양을 조금씩 늘려 나가는 방식이 되는 셈이잖아?

틀림없이 불쑥 폭발할 거야…….

그렇다고 다른 마술로 바꿔 쓰면 권총을 라이플로 바꾸겠다는 격인걸.

라이플로 쏴서 꿰뚫은 결과, 위력이 넘쳐서 뒤쪽의 여신까지 함께 관통이라든가…….

상당히~ 시간을 들여 어둠 창의 구축을 재구성하며 시험을 거듭하면 성공이 어림없지는 않을 테지만, 얼마나 오래 걸리려나…….

응, 포기하자.

대책 3, 전투용 분체를 소환.

전투용 분체를 이곳에 소환하면 숫자의 폭력으로 인영 따위야 단박에 섬멸할 수 있다.

상대는 열두 명짜리 분대이지만, 이쪽은 훨씬 더 많이 데려올 수 있으니까 여유롭게 승리를 거둘 거야.

이 방법이면 가장 확실하고도 편하게 인영을 섬멸 가능하다.

우려되는 점이 있다면 두 개.

하나는 나의 처리량 문제로 전투용 분체를 가동하려면 어쩔 수 없이 첩보용 분체들을 일시 정지시켜야 한다는 것.

아무리 제가 초우수 인재여도 말이죠, 한 번에 움직일 수 있는 분체의 숫자에는 한계가 있답니다.

따라서 전투용 분체를 움직이는 몫만큼 첩보용 분체의 가동을 일시 중단할 수밖에 없다.

시스템 관련용 분체가 다재다능 인영에게 조금 당한 탓에 그만큼 빈자리는 났지만 말야.

덧붙여서 한 번에 단시간 동안 인영을 섬멸할 수 있다면 첩보용 분체가 정지되어야 할 시간도 물론 적어진다.

가동 중단이 될 첩보용 분체는, 돌봐주지 않아도 문제가 없을 지역의 담당에서 선택하면 되고…….

따라서 이쪽은 별로 문제가 아니다.

굳이 따지자면 다른 하나의 우려 사항이야말로 꽤 위험할 것 같네.

이쪽은 기우로 끝날지도 모르는데 말이야.

요점이 뭐냐고 다들 궁금해할 것 같은데 요컨대 나는, 모종의 전개를 의심하고 있답니다.

이쪽에서 원군을 데려오면 저쪽도 늘어나는 게 아닌가? 요것이죠.

왜냐면 인영은 겉모양은 완전히 양산형이지?

실제 싸움에 나선 인영은 개체마다 특이한 능력을 갖고 있을 뿐 겉모양만 보면 구별이 잘 안되잖아.

소생 인영 같은 녀석은 포동포동해서 눈에 띄지만…….

이렇게 척 봐도 양산이 가능합니다, 느낌의 겉모양인데 여분이 안 나타난다고 어떻게 단언할 수 있겠어?

그 트리거가 이쪽의, 상대가 봤을 때 적의 증원이 아니라고 어떻게 단언할 수 있겠어?

적의 숫자에 맞춰 전력을 늘린다는 것은 전투의 기본이라고 말할 수 있잖아.

시험 삼아서 한 마리만 분체를 소환해보는 방법도 있지만, 소환한 순간 상대가 곱절인 스물넷으로 늘어나는 사태를 상상하니 섣불리 시험하기가 무섭다.

내 생각이 지나쳤을 뿐 인영의 추가분이 없다면 참 좋을 텐데 말이야.

그래도 이 방위 기구의 제작자가 하필 D잖아…….

뭔 일이 일어나도 이상할 게 없다고 할까.

그런 고약한 의미에서의 신뢰감은 발군이라는 생각이 들어.

최악의 경우 내 분체 군단 VS 인영 한가득이라든가…….

무슨 지옥 같은 광경이야…….

그렇지만 궁리한 대책 중 이게 가장 현실적이고, 인영이 보충만 안 된다면 깔끔하게 승리를 거둘 방법이기도 하단 말이지~.

으음~ 으음~ 으음.

고민한들 현 상황이 절로 타개되지는 않을 테니까 건곤일척의 승부로 분체를 소환해볼까?

앗, 너무 고민에 빠진 게 잘못이었을까. 문득 정신을 차렸을 땐 이미 지척까지 들이닥친 스피드 인영.

어, 큰일났다.

이거 직격 코스야.

그때 곧바로 팔을 내민 내 반응은 진짜 아무런 생각도 않은 반사적인 행동이었다.

팔 하나 뻗어도 스피드 인영과의 격돌은 면할 수 없다.

다만 각오했던 충격은 오지 않았고 그 대신 앞으로 내민 손에 무엇인가가 쥐여진 듯한 무게감이…….

응, 뭔가, 뭐랄까, 하얀 대낫이구나.

맞아, 있었지, 이거…….

신화하기 이전 내 앞다리의 낫을 소재로 만들었던 이 하얀 대낫은, 신화를 이룬 계기가 됐던 대륙을 날려버릴 정도의 위력을 가진 폭탄의 에너지 일부를 흡수했다.

내 몸의 일부를 써서 함께 신화를 이루었다고도 말할 수 있는 대낫.

그 때문일까, 내 의사를 무시한 채 가끔 이렇게 제멋대로 저질러 준단 말이지~.

아니, 뭔가 저질러줄 땐 지금처럼 도움을 받는 상황이 대부분이었지만…….

이 녀석 틀림없이 나랑 독립된 의식을 갖고 있는 듯한데 나의 착각은 아니겠지?

지금도 뭔가 우쭐우쭐! 요런 느낌의 분위기를 뿜내고 있고…….

뭐, 이런 태도도 납득이 되네.

이때다 싶은 타이밍에 나타나서 내 위기를 구해주고 스피드 인영을 싹 날려버려줬잖아.

응…….

나한테 돌격했던 스피드 인영 말이야, 싹 날아갔어…….

흔적도 없이…….

그야~ 이 대낫은 본래 부식 속성 비슷한 걸 가지고 있었잖아~.

부식 속성은 즉사 플러스 몸도 티끌도 안 남기고 소멸이라는 초위험 속성인걸.

용사 율리우스마저 이렇다 할 저항도 못한 채 순살당한 속성이지.

그런 걸 얻어맞은 이상 아무리 인영이 튼튼해도 도저히 버틸 수 없었나 보다.

그리고 새로운 인영은 늘어나지 않았다.

대낫의 소환은 원군으로 카운트되지 않는 덕일까, 아니면 인영 보충은 원래부터 없었던 걸까.

어느 쪽인지는 알 수 없지만 적을 순살 가능한 수단이 손에 들어온 지금 구태여 분체를 소환할 필요도 없어졌다.

그런고로 대낫으로 마구 베어주마~!

안개 인영을 향해서 직진.

대낫을 휘두른다.

안개 인영은 대낫의 일격을 얻어맞는 것은 위험하다고 판단한 듯 안개가 되어 도망치려고 했다.

푸하하하!

헛짓, 헛짓, 헛지잇~!

안개, 즉 자잘한 입자가 되면 대부분의 공격은 회피할 수 있겠지.

그러나~!

부식 속성은 애당초 즉사의 일격이거든?

자잘하게 입자가 되든 뭐가 되었든 접촉만 하면 죽음이 상대의 몸을 침식한다.

대낫으로 베어 가르자 안개화했던 안개 인영은 속절없이 부스러졌다.

멋지다.

치트 무기 강하다.

좀 과잉 화력이라서 요즘은 안 썼는데 역시 이 대낫은 강하달까.

이리된 이상 싹둑싹둑 해치우자고.

다음은 실 인영이다.

열 가닥의 실이 나에게 덮쳐든다.

그렇지만 나 역시 실 술사.

실을 이용한 공격 방법은 숙지하고 있다.

대처도 어렵지 않아.

뭐랄까, 대낫으로 후려치면 실 따위야 단박에 싹 날아간다.

실을 싹 날려버린 다음 곧바로 실 인영에게 육박.

실 인영이 이쪽을 똑바로 쳐다보는 느낌이 든 직후, 몸에 아주 약간의 위화감.

……뭔가 당한 것 같은데.

저항했지만.

아마도 실 인영의 마지막 발버둥이었을 사안을 간단하게 저항하고 대낫을 때려 박았다.

혹시 실 인영이 부식의 사안을 갖고 있었다면 더한 고전을 면치 못했을지도 모르겠다.

겁 없이 부식의 사안을 썼다가는 일단 술사부터 곧장 반동을 받아 죽어버리지만 소생 인영에게 소생을 받아 살아나면 그만이니까.

그럼 부식의 사안으로 자폭, 소생, 또 자폭, 요렇게 끔찍한 공격도 충분히 당할 수 있었다.

그런 전개였다면 아무리 나여도 꽤 위험했을 거야.

부식 속성의 무시무시함은 이 대낫이 증명해주고 있잖아.

자, 이제 전위는 전멸.

남은 건 후위의 녀석들이군, 그렇게 생각하던 때 다재다능 인영이 목표를 전환해서 이쪽으로 습격에 나섰다.

마법을 난사하고 허공에 띄운 가지각색의 무기가 독립적으로 습격한다.

다만 숫자가 많다 뿐이지 역시 각각의 위력은 낮다.

뭐랄까, 겉만 번드르르하구나.

날아드는 마법 및 무기를 가볍게 처리한 뒤 다재다능 인영의 본체를 대낫으로 양단.

다재다능 인영은 몸이 두 동강이 난 직후에 사방으로 부스러졌다.
오호~.
아까 전까지 겪은 고전이 아예 거짓말 같지 않습니까~.
엄청 기분이 좋아…….
장시간 줄곧 싸웠던 나도 꽤 스트레스가 쌓였나 봐.
일격으로 상대를 처단하는 상쾌함이란!
중독될 것 같아…….
자, 이번에야말로 다음은 가증스러운 소생 인영! 너다!
목표를 정한 뒤 달려 나간다.
방패 인영과 결계 인영이 앞을 가로막았지만 전혀 아랑곳 않은 채 전진!
일섬, 이섬.
고작 두 번의 공격으로 방패 인영과 결계 인영을 없앴다.
다음은 막대기처럼 우뚝 서 있는 소생 인영뿐.
너 때문에 엄청 고생했단 말이야!
핫핫하. 반갑습니다, 죽이!
대낫을 내리 휘두른다.
소생 인영을 밀치는 다른 그림자.
줄곧~ 의미도 없이 멋쟁이 포즈를 잡아 1인 쇼를 계속했던 매료 인영이었다.
몸 바쳐서 소생 인영을 감싸줬다.
이때까지 아무 도움도 안 됐던 주제에 마지막의 마지막에 사나이 다움을 보여주는구나, 이 녀석.

뭐, 낫의 날을 되돌리면서 소생 인영도 싹둑 베어버렸지만요~.
잔인하다?
서글프지만 전쟁이란 말이야, 이게.
적군은 무자비하게 처단할 따름이오!
나머지는 힐러 인영, 소환 인영, 지휘 인영, 그리고 줄곧 여신의 앞쪽에서 안 움직였던 최후의 인영뿐.
최후의 인영 이외에는 한 곳에 모여 있었다, 우선은 저 세 사람부터 처리해볼까.
아, 내가 움직이기 전에 이제껏 줄곧 부동이었던 최후의 인영이 움직였다.
대낫을 손에 든 이후부터 낙승 분위기였어도 다시 마음을 다잡는다.
어쩐지 저 최후의 인영은 방심하면 안 될 것 같아.
최후의 인영이 손을 앞쪽으로 내밀었다.
찌릿, 피부를 찌르는 듯한 기세.
아, 이거, 진짜로 위험한 녀석…….
자세를 낮춘다.
그리고 최후의 인영이 내민 손에서 발사되는 광선!
큰일났다!
엄청 농밀한 에너지의 집합체야, 이거!
얻어맞았다간 나도 멀쩡할 순 없을걸!
피하, 아니, 안 된다!
내가 피하면 뒤쪽의 벽에 직격하잖아!
그럼 시스템에도 대미지가 들어갈 텐데!

시스템의 방위 기구인 주제에 정작 시스템을 파손할 수도 있는 공격을 펼치면 못쓰잖냐?!

각오를 다진 뒤 광선을 요격했다.

대낫을 전면에 내세워서 낫날로 광선을 베어 갈랐다.

대낫을 쥔 손에 묵직한 반동이 전해졌다.

대낫에 서린 부식의 힘과 광선의 힘이 서로 반발하며 서로의 힘을 상쇄하고 있었다.

대낫이 반동 때문에 휙 날아가지 않도록 손에 힘을 넣어서 버텼다.

끙끙끙!

설마 대낫이 보유하는 힘에 맞버티다니 대체 얼마나 무시무시한 양의 에너지를 들이부은 거야!

다른 인영이랑 격이 심하게 다르지 않아?!

큰났다, 손이 저릿저릿…….

이제 한계야! 그 직전에 광선이 멎었다.

후유~ 살았다~.

여기서 1초라도 길게 광선이 지속됐다면 대낫이 손에서 쏙 빠져나갈 뻔했어.

그럼 광선의 직격을 맞고 분명히 내 몸은 산산조각이 났겠지.

위험해라, 위험해라.

광선 발사를 다 마친 최후의 인영은 곧장 낙법도 취하지 않은 채 허물어졌다.

그리고 몸이 사라져 간다.

설마 저 녀석, 아까 전 광선에 본인의 몸을 포함한 모든 에너지를 죄다 쏟아부었던 거야?

뭐 이리 무시무시한 짓을 한담…….

분명 터무니없는 위력이었지만 그렇다고 죽을힘을 다하는 필사적인 일격이었을 줄이야…….

저 인영이 마지막까지 안 움직였던 이유를 겨우 알겠다.

움직이면 죽을 테니까 이때다 싶을 때까지 못 움직였던 거야.

사용하면 죽는다는 의미에서는 부식 공격과 비슷한데, 몸까지 에너지로 변환해서 냅다 발사한다는 것은 혹시나 혼도 소비했던 게 아니었을까?

그렇다면 부식 공격의 반동보다도 무시무시하네.

혼이 사라지면 소생이 아예 불가능한 데다 전생마저 불가능해지잖아.

그렇게까지 온 힘을 다하는 일격이었다면 내가 불과 한 걸음이 남은 데까지 바짝 밀려났던 것도 납득이다.

자기의 전부를 바쳐 상대를 처단하는 일격.

인간이 아닌 인영이라서 가능한 수단이었구나~.

인간 중 똑같은 짓이 가능한 녀석이 혹시 있다면 그 녀석은 머리가 좀 이상한 거야.

예상 밖의 일격을 받아버렸지만 나머지는 세 명.

그런고로 들이닥치는 소환 인영의 짐승 떼를 싹 쓸어버린 뒤 소환 인영을 격파.

힐러 인영과 지휘 인영은 단독으로는 아무것도 못하는 탓에 이쪽도 싹둑 격파.

길었던 인영 전투가 겨우 끝났다.

살아남은 시스템 관련 분체와 함께 시스템 해킹을 진행한다.

다재다능 인영 때문에 시스템 관련 분체의 숫자가 많이 줄어들고 말았다.

새로 보충해야겠네~.

당장 보충하고 싶은 마음이지만 우선은 열쇠를 비틀어 여는 게 우선이야.

신중하게 닫힌 자물쇠를 피킹해서 억지로 열어젖혔다.

방해는, 없다.

사실 인영을 전멸시키면 또 보충되는 게 아닐까 걱정을 했었는데 기우로 끝났다.

아무래도 방어 기구라는 인영들은 한 번만 쓰러뜨리면 침묵하나 봐.

그럼 전투용 분체를 소환해도 괜찮지 않았을까.

뭐, 지나간 일을 아쉬워해도 소용없지.

결국 대낫 덕분에 분체를 소환 않고도 이긴 셈이고…….

이럴 줄 알았으면 용사 율리우스를 상대했을 때도 이 녀석을 쓰는 게 좋았을까?

……아니, 그때는 만에 하나의 사태도 용납할 수 없었던 만큼 분명히 그게 정답이었을 거야.

용사 율리우스를 죽인 수단은 내 부식의 사안에 의한 일격이다.

대낫과 마찬가지로 즉사 공격.

쳐다만 봐도 상대를 즉사시킨다는 터무니없는 능력이다.

그러나 대가가 제법 컸다.

내 안구는 현재 대미지를 받은 상태다.

내가 보유한 재생 능력으로도 쉽게는 회복이 안 될 만큼 깊은 대미지였다.

투시나 원시 정도는 사용이 가능해도 사안은 살짝 사용을 자제하고 싶다는 느낌.

각종 사안도 아주 못 쓰는 처지는 아니지만 사용하면 회복이 더 지체된다는 느낌이네.

이제는 꽤 많이 좋아졌으니까 사안을 써도 엘프의 마을에 도착할 무렵에는 완치될 것 같다. 그래도 어쨌든 안정을 취하는 게 최고잖아.

인영들과 싸움에서 내가 사안을 쓰지 않았던 이유에는 이런 사정이 있었다.

그렇게 큰 대가를 치러서라도 꼭 확실하게 처리해야 했을 만큼 용사라는 존재를 두려워했다는 뜻도 되겠다.

특수 효과의 대상인 마왕은 물론이고 용사검을 소지한 이상, 내가 신이어도 죽음을 각오해야 할 잠재력을 간직하고 있다.

퀸 분체를 상대로 용사검을 낭비시키지 못했던 것은 정말로 뼈아팠다.

그 용사검은 하이린스가 처분한다길래 걔한테 넘겨줬더니 어째서인지 돌고 돌아서 야마다의 허리에 매달려 있는데?

어찌 된 일이람~?

하이린스가 용사 율리우스의 유언이라는 말을 전하며 제3왕자 레스톤에게 건네줬고, 레스톤도 역시 용사 율리우스의 유언을 따라 야마다에게 건네줬다던가.

고지식하게도 레스톤은 용사 율리우스와 나눈 용사검에 관하여 남에게 발언하지 않겠다는 약속을 지켜서, 야마다한테 건네줬을 때도 딱히 설명은 해주지 않은 것 같았다.

레스톤은, 뭐, 괜찮아.

그런데 하이린스, 너는 왜 초위험 물건을 다른 사람한테 척척 넘겨주는 거냐!

그거 나랑 네 본체에도 유효한 무기거든?!

대체 뭔 생각이야…….

이게 전부 다 하늘의 가호 효과인가?!

야마다의 손에 최강 무기가 전해지도록?!

후유, 바보 같아라.

아무러면 저런 행운이 일어날 리 없잖아.

진짜로 그게 맞다면 하늘의 가호 만능설의 완성이네.

하이린스의 의도는 잘 모르겠는데 덕분에 야마다한테 섣불리 간섭했을 경우의 위험성은 번쩍 뛰어올랐다.

어쩌면 이걸 노리고 한 행동일 수도 있겠네.

내가 야마다 군 일행한테 이상한 짓을 못 하도록 견제했던 걸까.

뭐, 용사 율리우스는 내 손으로 처단했던 입장이니까 이렇게 경계를 당해도 어쩔 수 없나.

애당초 용사라는 요소를 제거할 수 있었다면 이런 고생도 할 필요가 없었을 텐데 말이지~.

일단 작업을 시스템 관련 분체에게 완전히 맡긴 뒤 여신의 곁에 걸어간다.

『숙련도가 일정 수치에 도달했습니다.』

『경험치가 일정 수치에 도달했습니다.』

『숙련도가 일정 수치에 도달했습니다.』

입은 안 움직이는데도 이 공간 안쪽에 단속적으로 울려 퍼지고 있는 여신의 목소리.

이곳에서 전 세계에 레벨 업이라든가 스킬 업이라든가 여러 시스템 메시지가 개인에게 날아간다.

감정이 느껴지지 않는 평탄한 목소리의 통지.

그래서 나는 여신이라는 사람은 감정이나 사고도 시스템에 구속된 동안 빼앗겨서 완전한 제물이 되지 않았나 생각했었다.

그렇지만 어쩌면…….

눈을 떠서 여신의 얼굴을 바라봤다.

용사 율리우스를 내가 죽였을 때 이곳에서 시스템 관련 분체들이 이번과 마찬가지로 방위 기구의 인영들에게 습격당했다.

전투 능력이 없는 시스템 관련 분체는 인영들에게 아예 대항을 못했던지라, 본체인 내가 달려왔을 때는 이미 다음 대 용사가 임명됐었고 용사라는 요소를 철폐하려던 작업은 실패했다.

실패한 이상 구태여 더 버틸 이유도 없었기에 그때는 시스템 관련 분체를 전원 데리고 철수했었지.

그리고 인영이 물러나는 것을 확인한 뒤 다시 시스템 관련 분체를 돌려놓았다.

이런 일련의 흐름에 위화감은 딱히 없다.

시스템의 방위 기구로서 사전에 설정되었던 조치라면 납득할 수 있는 반응이다.

그런데 나에게는 자꾸 마음에 걸리는 부분이 있었다.

야마다 군이다.

새로운 용사로 야마다가 임명되었다는 것이 너무나 작위적이야.

전생자이고, 하늘의 가호라는 파격적인 스킬을 보유했고, 게다가 선대 용사 율리우스의 친동생.

오호라, 듣고 보니까 용사가 될 만해서 되었다는 느낌이 든다.

야마다가 용사로 임명됨으로써 마왕 진영인 우리 쪽은 여러모로 고생을 겪어야 했던 것은 사실이다.

이토록 용사에 적합한 인물은 또 없었을 거야.

그런데 과연 정말로 그럴까?

내가 이런 의문을 품은 이유는 용사와 마왕의 취임에 대해 역대의 상황을 알아봤기 때문이다.

더 설명하자면 용사와 마왕은 죽은 이후에 다른 누군가가 칭호를 계승해서 다음 세대가 태어나지만, 이때 타이밍은 꼭 용사나 마왕이 죽은 직후는 아니었다는 거다.

아주 짧게라도 시간 지연이 발생하면서 그동안 시스템이 다음 대 용사나 마왕으로 적합한 인물을 자세하게 조사하는 것 같다.

그 짧은 지체가 있어왔기 때문에 마왕은 지배자 권한을 써서 이제껏 마왕 취임을 거절할 수 있었고, 아울러 이번 세대에서는 승인하여 마왕으로 취임할 수 있었다.

요컨대 마왕이 선택할 시간 정도는 있던 셈이다.

그런데 야마다의 경우는 아예 시간이 안 주어졌다.

용사 율리우스를 내 손으로 죽이는 한편 야마다를 분체 너머로 감시했던 나는 파악할 수 있었다.

용사 율리우스가 죽었던 때와 야마다가 용사가 된 때는 거의 동시였다.

이제껏 발생했었던 시간의 지체가 전혀 없었다.

혹시 누군가의 의사가 작용해서 야마다를 다음 대 용사로 임명하도록 미리 결정됐던 게 아니었을까 라는 생각이 당연히 든다.

그것이 누구인가.

후보는 두 사람.

D거나, 혹은 여신이거나…….

D라면 괜찮다.

그 유쾌범이라면 재미있을 것 같다는 이유 하나 때문에 야마다를 용사로 만든다.

그런데, 만약 범인이 D가 아니었다면?

그렇다면 나는 용서를 못 하겠어.

여신의 얼굴을 향해 주먹을 내밀었다.

그러나 눈앞에서 생각을 바꿔 직전에 멈췄다.

……아직 가설일 뿐 확정되진 않았어.

설마 저 여신이, 몸이 가루가 되도록 여신을 구하기 위해 달려다닌 마왕의 마음을 짓밟고 야마다를 용사로 만들었다는 괘씸한 사태는 절대 벌어져서는 안 되는걸.

그래, 정말로 아니었기를 기원할게.

여신님만큼은, 말이야.

나는 손을 거두고 곧장 여신에게서 등을 돌린 뒤 전이로 그곳을 떠났다.

Sariel

사리엘

본명은 불명. 신언교에서는 신언의 신, 여신교에서는 여신으로 숭앙하고 있는 당사자. 아리엘이 진짜 어머니처럼 생각하며 아껴주고 있다. 시스템 구축 전 인류에게 MA에너지의 위험성을 설득했었다. 그 노력이 허망하게도 세계는 붕괴 직전의 위기에 처하게 된다. 세계를 붕괴에서 구해 내기 위해 인류를 위한 제물이자 희생양으로 바쳐졌고, 그 끝에 시스템의 근본이라는 부품이 됐다. 엘로 대미궁 최하층 최심부에서 시스템을 정상 기능시키기 위해 붙들려 있는 처지. 과거에 시로가 하늘의 목소리(일단은)이라고 불렀던 목소리를 전 세계의 사람들에게 전해주고 있다.

막간 ???

어디인지도 모를 장소.

광대한 공간.

그곳에 한 명의 여성이 있었다.

여성은 상반신의 일부만을 남긴 채 신체 대부분이 공간에 녹아드는 모양새로 사라졌다.

너무나 애처로운 모습.

그리고 그 입에서는 기계적으로 말이 되뇌어진다.

『숙련도가 일정 수치에 도달했습니다.』

『경험치가 일정 수치에 도달했습니다.』

『숙련도가 일정 수치에 도달했습니다.』

…….

『괴로워.』

벌떡 일어났다.

……꿈, 인가.

종장 엘프를 멸망시키는 임무

뭔가 그곳에 계속 있는 게 싫어져서 아무 생각도 않고 뛰쳐나와버렸어.

뭐, 작업 자체는 시스템 관련 분체한테 맡겨 놓아도 괜찮을 테니까 문제없어, 문제없어.

뭐랄까, 맡겨 놓을 수밖에 없었달까…….

자물쇠를 억지로 열어젖히는 작업, 꽤 시간이 걸릴 것 같았거든…….

살짝 예측이 허술했을지도 모르겠다.

뭐, 본체가 없어도 약간 작업 효율이 나빠지는 정도니까 시스템 관련 분체한테 맡겨서 시간을 들여 천천히 자물쇠를 해제하면 될 거야.

누가 뭐라든 이후 큰 임무가 기다리고 있으니까.

"드디어 왔구나."

마왕이 불쑥 앞쪽을 쳐다보고 중얼거렸다.

제국군으로 분장한 마족군이 진군하는 곳, 아직 먼 곳이지만 이미 목적지가 보이기 시작했다.

광대한 숲.

가람 대삼림.

저곳이야말로 깊숙한 곳에 엘프의 마을이 있는 숲이다.

선행한 정규 제국군은 이미 숲속에 진입했다.

행군을 하기 쉽도록 나무를 베어 쓰러뜨리며 전진하고 있는 관계로 제국군의 걸음은 지체되었다.

따라서 조금 더 지나면 마족군도 제국군을 따라잡을 수 있다는 계산이다.

그리고 따라잡았을 무렵 엘프의 마을에 도착하게 된다.

드디어다.

드디어 포티머스와 결판을 낼 때가 왔다.

결국 야마다 군 일행은 문제없이 전투가 발생하기 전 엘프의 마을에 들어가버렸다.

불확정 요소인 야마다 군 일행이 어떻게 행동할까, 그에 따라서 흐름은 달라질 거야.

그래도 이것만큼은 말할 수 있다.

"포티머스는 끝장이네."

"후후. 그러게."

내 말에 맞장구를 치면서 미소 짓는 마왕.

"그래, 끝장을 내자. 길었던, 정말 길었던 인연을."

"응."

자, 세계 구원을 위한 첫 번째 발걸음.

이 세계에 오래도록 기생해왔던 포티머스라는 악성 종양을 제거하자.

"자, 가볼까."

"응."

■작가 후기

다들 건강하신가? 난 건강하다네!

이렇게 건강하게 지냅니다. 바바 오키나입니다.

13권이군요.

13이라는 숫자는 불길한 인상이 있습니다만, 올해는 그야말로 불길한 해가 되어버렸군요…….

제 경우 작가라는 직업상 자택에서도 업무가 가능한지라 큰 문제는 없었습니다.

다행히 가족 중에도 감염자는 없었고, 평화롭다고 말하기는 어려워도 어떻게든 지내고 있군요.

그러나 집필은 가능합니다만, 아주 영향이 없다고 말하기는 또 어려운지라 여기저기에서 지장이 발생하고 있습니다.

근처의 서점도 운영을 자숙하고 있는 형편이고요…….

과거에 유례가 없는 사태인 만큼 업계 전체도 더듬거리는 상태입니다.

뭐, 제게 가능한 것은 열심히 집필하는 정도겠습니다만.

제가 쓴 책으로 기운을 내실 수 있기를 바라며 노력하겠습니다.

이제부터는 감사 인사를…….

이번에도 멋진 일러스트를 그려주신 키류 츠카사 선생님.

이런 상황에서도, 아뇨, 이런 상황이기에 더더욱 키류 선생님의 일러스트를 보고 치유받았습니다!

키류 선생님의 일러스트를 배알하면 더 힘내자고 기운이 납니다.

만화판을 담당해주고 계시는 카카시 아사히로 선생님.

역시 만화판의 주인공이 때로는 코믹하게, 때로는 심각하게 노력하는 모습을 보면 저 또한 열심히 해야겠다는 의욕이 솟아납니다.

스핀 오프 코믹스를 담당해주고 계시는 그라탕도리 선생님.

네 자매의 시답잖은 개그를 보고 있으면 웃거나 따끈따끈하거나 행복한 기분이 듭니다.

저도 본편에서 독자 여러분들을 같은 기분으로…… 만들…… 만들 수 있을까? 정말?

……그라탕도리 선생님의 센스는 제가 따라할 수가 없습니닷!

그리고 애니메이션 제작에 참여해주고 계신 여러분.

애니메이션 제작은 많은 분들이 참여하시는 터라 그만큼 코로나의 여파를 받기 쉬워서 무척 큰일입니다.

그런 여러분들께서 힘내고 계신다면 저 또한 더더욱 힘을 내야겠죠.

그리고 애니메이션 말입니다만, 중대 발표입니다!

TV 애니메이션이 2021년 1월부터 2쿨로 연속 방송 결정입니다!

본래는 2020년 중 방영할 예정이었습니다만 코로나라는 녀석 때문에 2021년으로 연기되었습니다…….

이런저런 사정 때문에 내년으로 미뤄졌어도 방영을 기대해주세요!

담당 편집자 W여사를 비롯해서 이 책이 세상에 나오기 위해 협력해주셨던 모든 분들께.

이 책을 구입하고 읽어주시는 모든 분들께.

진심으로 감사드립니다.

거미입니다만, 문제라도? 13

1판 1쇄 발행 2020년 9월 20일
1판 4쇄 발행 2021년 11월 5일

지은이_ Okina Baba
일러스트_ Tsukasa Kiryu
옮긴이_ 김성래

발행인_ 신현호
편집장_ 김승신
편집진행_ 원현선 · 권세라
편집디자인_ 양우연
관리 · 영업_ 김민원 · 조인희

펴낸곳_ (주)디앤씨미디어
등록_ 2002년 4월 25일 제20-260호
주소_ 서울시 구로구 디지털로 26길 111 JnK디지털타워 503호
전화_ 02-333-2513(대표)
팩시밀리_ 02-333-2514
이메일_ lnovellove@naver.com
L노벨 공식 카페_ http://cafe.naver.com/lnovel11

ISBN 979-11-278-5688-5 04830
ISBN 979-11-278-2430-3 (세트)

값 9,800원

L BOOKS

모험가가 되고 싶다며 도시로 떠났던 딸이 S랭크가 되었다 1~6권

모지 카키야 지음 | toi8 일러스트 | 김성래 옮김

고향 시골에서 은퇴 모험가 생활을 보내던 벨그리프는
숲에서 주운 소녀를 안젤린이라 이름 붙여서 친딸처럼 키웠다.
벨그리프를 동경하여 도시로 떠나 모험가가 된 안젤린은
길드에서 최고위《S랭크》까지 올라 분주한 나날을 보낸다.
어느덧 5년이 지나 안젤린은 힙겹게 장기 휴가를 내서
정말 좋아하는 아빠 벨그리프를 만나러 가려 하지만
느닷없이 마물 토벌에 동원된다거나 도적단과 맞닥뜨리며
좀처럼 귀로에 오를 수가 없었다.

"도대체 나는 언제쯤이면 아빠랑 만날 수 있는 거야……!"

따뜻한 이야기와 모험이 가득한 하트풀 판타지!!

라이트노벨의 새로운 빛! L북스의 신간은 매월 20일에 발매됩니다. http://cafe.naver.com/lnovel11

BOOKS